貴妻 4

文創 風 184

油燈 著

目錄

第一百四十一章

當天邊的天空微微有些發亮的時候，產房裡傳來一聲清脆嘹亮的啼哭聲，一直杵在窗下，如石雕一般動也不動的董禎毅終於有反應了，眼睛巴巴地看著產房的門，什麼話都沒有說。

一直在房裡一邊小憩一邊等候消息的董夫人也驟然之間精神了，掀開簾子出來，問道：「是不是生了？是男孩嗎？」

沒有人回答董夫人的話，過了大概一刻鐘，跟進去產房幫忙的馮嬤嬤一臉笑地抱著襁褓出來，笑呵呵地道：「恭喜夫人、恭喜大少爺，大少奶奶生了個姑娘。」

姑娘？董夫人臉上的笑容微微一斂。等了大半夜卻沒有給她生個大胖孫子，真真讓人掃興。而一旁的董禎毅卻彷彿沒聽到這話，又是焦急又是擔心地問道：「拾娘呢？她還好吧？」

「大少奶奶精神還不錯，正在蓄力準備生小的呢。」馮嬤嬤在董夫人身邊伺候了那麼多年，怎麼會不知道董夫人心裡在想些什麼。她笑著道：「都說先開花後結果，大少奶奶先生了位姑娘出來，一會兒一定能生個小少爺。」

這討喜的話讓董夫人的臉色好轉了不少，她湊上去從馮嬤嬤手裡接過襁褓，看了一眼就皺緊了眉頭，道：「這孩子怎麼這麼小？」

新生的嬰兒大多數都不大好看，小臉紅彤彤的，皮膚也皺巴巴的，拾娘剛生下的這個女兒也是這樣，沒有什麼與眾不同、讓人看一眼就喜歡的地方，而且孩子很小，還不及董夫人的巴掌大小，更讓董夫人喜歡不起來了。

「不小了，有四斤三呢。」馮嬤嬤笑著說了一聲。說實話，這孩子確實是瘦小了些，但是想到她是雙生的姊姊，又覺得這樣的重量還不錯了。再說，孩子小也有小的好處，起碼大人不會太受罪，拾娘從發作到現在也不過一個半時辰，算是十分順暢了。

「才四斤三？」董夫人的眉頭皺得更緊了，也不管是不是合適，就埋怨道：「我就說她東西吃得太少，孩子長不大，她偏偏不聽，她只知道孩子小好生產，自己不受罪，就不想想孩子太瘦、太小不好養活，誰家的媳婦像她這樣啊。」

拾娘還在房裡不知道情況怎麼樣，董夫人就在這裡發牢騷，這讓董禎毅心中十分不悅，卻還是忍了忍，沒有說她什麼，只是伸手道：「娘，把孩子給我看看吧。」

「不過是個皺巴巴的瘦猴，有什麼好看的。」董夫人沒好氣地回了一聲，終究還是輕輕地將孩子放到了董禎毅懷裡。

剛出生的孩子眼睛都還沒有張開，小臉皺巴巴的，五官也看不出來像誰，但是孩子入懷的那一剎那，董禎毅心頭還是湧起了一股說不清、道不明的疼惜。他輕輕地搖晃著孩子，道：「書上說了，孩子剛生下來都這樣，等慢慢養就好了，娘這般著急做什麼。」

董夫人心頭不悅，沒好氣地道：「什麼叫做我著急了？我當年懷你們兄妹三個的時候，都是著勁地吃，有時間就臥床休息，自己養得白白胖胖不說，你們兄妹剛生下來的時候也都是白白嫩嫩的，一點都不像她這般皺巴巴的，臉上連胎紅都沒有，不知道有多討人喜歡。瑤琳生下來的時候最小，但也有六斤多重，我那個時候都懷疑她養不大；可是你看看這個，才四斤三兩，多瘦啊。」

董夫人對拾娘很有意見，懷著孩子卻不努力多吃，不注意多休息，不管颳風下雨哪怕是下雪都要出門遛好幾圈，肚子不小，但也只是比一般的孕婦大，要是她多吃多睡的話，孩子能這麼瘦小嗎？

「大夫和章嬤嬤都說了，雙胎的孩子都會小一些。」董禎毅可不覺得孩子有多瘦、多小了，他伸出一個手指輕輕地碰了碰孩子的眼眉。她可能也累了，閉著眼睛呼呼大睡，她的眼縫很長，以後長大了一定是個大眼睛姑娘。他漫不經心地道：「一個孩子四斤三，兩個孩子可就八、九斤……拾娘已經很辛苦了，要再沈的話，她更辛苦不說，還可能像劉大夫和章嬤嬤說得那樣早產，那對大人、孩子可都不好。」

「現在也沒有足月。」董夫人涼涼地補上了一句。到今天，拾娘懷胎也不過九個月零幾天，真是算不上足月生產。

「大夫說了，雙胎懷上九個月便已經算是足月了。」董禎毅不緊不慢地反駁了一句。自從拾娘懷孕之後，他就翻看了不少的醫書，每次劉大夫給拾娘診脈，他都陪在一旁，對這些很清楚，也不會被董夫人的寥寥數語給影響了。

「大夫說了、大夫說了，你就只會用大夫的話來敷衍我。」董夫人氣道：「當年我懷你們的時候，你外祖父請了太醫院的太醫為我把脈，人家可沒有說這些，難不成劉大夫比太醫還要厲害不成？」

劉大夫的醫術或許比不上太醫，但是醫德極好又十分有耐心，事情不分鉅細，該交代的都一一交代，卻是太醫做不到的——太醫是什麼人，他們都是為天潢貴胄看病的，為董夫人區區一個御史大夫的夫人看病，能有多仔細？不過，這樣的話董禎毅也只能腹誹一、兩句，不能說出來，要不然的話董夫人鐵定會抓狂。

他淡淡地道：「拾娘懷的是雙胎，和娘的情況怎麼會一樣呢？再說，章嬤嬤她們一直都說，頭胎最難生，最是折磨人，一般都要疼上三、四個時辰，而拾娘這還不到兩個時辰就已經生了一個，就證明大夫說的沒錯。」

董夫人哼了一聲，終於不再言語——她生董禎毅的時候足足疼了五個時辰，她以前經常在兒女面前叨唸，說自己為了他們吃了怎樣怎樣的苦頭，現在忽然覺得不應該說那麼多了。

正說著，產房裡又傳來一陣啼哭聲，董禎毅抱著女兒的手微微一緊，和董夫人一齊望向產房的門，似乎這樣就能看見裡面的情形一般。

過了一刻鐘，王嬤嬤笑呵呵地抱著另一個襁褓出來了，朝著董夫人、董禎毅微微一鞠，道：「恭喜董夫人、恭喜姑爺，姑娘生了個小少爺。」

「真應了奴婢剛剛說的先開花、後結果了。」馮嬤嬤笑呵呵地說了一句，臉上閃爍著發自內心的喜悅笑容。她深知董夫人的性情，要是拾娘同時生了兩個女兒的話，她心裡定然會十分惱怒，刁難拾娘，說些難聽的話出來刺拾娘，那肯定是避免不了的。而看董禎毅的樣子，不管拾娘生的是男是女都會很歡喜，也都會一如既往地護著拾娘，那樣的話，這家裡還真是沒有安寧日子了。

「我看看。」董夫人立刻喜笑顏開，伸手從王嬤嬤手裡接過孩子。和他的姊姊一樣，小傢伙也是滿臉胎紅，皺巴巴的，一副小老頭的樣子；但是董夫人卻歡喜地道：「這孩子看起來就很精神，長大了一定是一表人才。」

「可不是。」董夫人和董禎毅剛剛說話的聲音並沒有刻意地壓低，王嬤嬤在產房裡聽得清清楚楚的，現在卻不是提那個的時候。她笑著道：「這兩個孩子還真應了金童玉女的那句話，長大了一定是女的俏、男的俊，讓人喜歡都喜歡不過來。」

董禎毅沒有忙著去看兒子，而是關心地問道：「王嬤嬤，拾娘的情況怎麼樣？她從始至終就沒有吭聲，我都不知道她的情況怎麼樣。」

「姑娘好得很，就是有些脫力而已。」王嬤嬤的笑臉上帶著自豪，道：「姑娘知道生孩子需要力氣，所以不願意將力氣花費在喊疼上，疼得厲害的時候就在嘴裡咬了布條，所以才沒有發出聲音來。章嬤嬤都說，她親手給幾百個孩子接生過，除了姑娘之外，還真沒碰上幾個第一次生孩子就這麼耐得住疼痛的，她看了都心疼。」

董禎毅被王嬤嬤說得也心疼起來，他抱了抱懷裡的孩子，拔腿就要進去看拾娘——產房不能進，但是她現在已經生完孩子了，應該可以進去了吧？

「我的好姑爺，你可不能進去。」王嬤嬤被董禎毅的動作嚇了一跳，連忙攔著他，道：「章嬤嬤正在給姑娘收拾清洗呢，你就算是想要見姑娘也不急在這一時半刻啊。」

「就是。」董夫人恨鐵不成鋼地瞪了兒子一眼。

真沒見過這樣的，哪個剛當爹的不是著急著看兒子、女兒，就他，是惦記著媳婦。不過，王嬤嬤這個算是娘家的嬤嬤在場，董夫人也沒有說什麼難聽的話，只是閒閒地道：「產房裡現在定然是一屋子的血腥味，你一個男人是不能進血房的，還是在外面等等，等收拾好了，章嬤嬤叫人把她移出來之後再去見她。」

董禎毅點點頭，卻又跑到窗下，叫道：「拾娘，妳還好吧？」

屋裡沒有人回答，他不死心地又叫了一聲，產房的簾子又被掀開了，臉色有些蒼白的鈴蘭走了出來，朝著董禎毅道：「大少爺，大少奶奶脫力已經睡過去了，您就讓她安靜地休息一會兒吧，她累壞了。」

「喔、喔，我知道了。」董禎毅立刻閉上嘴，什麼話都不說了。

馮嬤嬤覺得有些好笑，卻不得不出聲道：「夫人，大少爺，都先回房吧。外面還有些涼，可不能冷到孩子。」

「是、是。」董夫人抱著孫子，心裡也很歡喜，對拾娘的不喜、厭惡都彷彿淡了幾分，叫了董禎毅一聲，就回了屋。

而董禎毅想了想，把懷裡的女兒遞給馮嬤嬤，讓她抱著進屋，自己依舊等在了產房外。不管能不能見到拾娘，也不管拾娘知道與否，他都希望自己能夠用自己的方式，這樣一直陪著她。

第一百四十二章

「娘說的沒錯，就是兩隻瘦皮猴子，一點都不好看。」拾娘看著身邊躺著的一雙兒女，心中滿是幸福的滋味，似乎在尋尋覓覓之中，她終於找到了親人，疲憊未消散的臉上洋溢著笑容，那笑容和平時的不一樣，帶了母性光輝。

「胡說，他們長得多好啊。」董禎毅白了拾娘一眼。他可不覺得孩子長得不好看，相反地，他覺得這是天下最好看的孩子。他笑著道：「妳看他們一模一樣的小樣子，多乖巧、多可愛。唔，王嬤嬤說了，等過些日子，長開了之後還會更好看的。」

「過些日子應該會好看，現在嘛……我真看不出哪裡好看了。」拾娘輕輕地拍了拍靠她最近的襁褓，看著孩子睡得安詳的小臉，道：「到時候也能知道他們長得比較像誰了。」

「當然是像我。」董禎毅理所當然地道：「妳看看他們的眼、他們的眉、鼻梁和嘴巴，都和我一模一樣，肯定是像我的。」

「像你？」拾娘看了看董禎毅，又看看孩子，卻沒有找到什麼相似的地方，她毫不猶豫地給董禎毅潑了一盆冷水，道：「我看不出來什麼地方長得像你，我看孩子還是像我比較多一些。」

「妳再看看、再看看。」董禎毅將臉伸到拾娘眼前晃著，大有拾娘不改口就不收回來的態勢，似乎當了爹之後反而孩子氣了。

「好，像你、像你。」拾娘無奈地妥協。她是覺得孩子長得像她，但是現在沒有必要和他爭，等過些日子孩子長開了，自然一眼就看出來了。

董禎毅滿意了，眼睛一直盯著孩子看，怎麼都看不夠似的，嘴上笑著道：「我們現在有兒有女，倒也算是兒女雙全了。馮嬤嬤還說，先生了女兒後兒子，這叫先開花、後結果，是個好兆頭。」

「我倒希望先生的是兒子，不是女兒，那樣的話，女兒就有哥哥了。」拾娘輕輕搖頭，臉上帶了一抹莫名的情緒，似乎想到了什麼一樣。

「不都是一樣的嗎？」董禎毅真不覺得這有什麼區別。反正是雙胞胎，哥哥也好，弟弟也罷，都是一樣大，能有什麼不同嗎？

「當然不一樣。」拾娘看著孩子，心緒卻不知道飄到了什麼地方去，嘴上似在喃喃自語一般地道：「哥哥和弟弟是不一樣的，哥哥會疼愛妹妹，會不管在什麼時候，不管發生什麼事情都擋在妹妹前面；但是弟弟就不一樣了，當姊姊得讓著弟弟，不能享受那種被哥哥護著的感覺。」

「說得好像妳經歷過一樣。」董禎毅失笑，心裡卻暗自決定，一定要好好地教兒子，讓他像個哥哥一樣對待女兒。

「你怎麼知道我沒有經歷過？」拾娘的心緒還在飄遠，輕聲道：「我問過劉大夫，他說一般來說，雙生子大多數都是家族遺傳，董氏家族不管哪一房都沒有出過雙生子，這樣推斷，那麼懷上雙胎很有可能是我的緣故了……最重要的是這段時間，我莫名有一種感覺，有一個和我最親密的人一直在遠方，而那個人極有可能和我是雙胞。昨晚在生產的時候，那種感覺更明顯了，我甚至能夠憶起一張和我一模一樣的臉，他和我一起歡笑一起悲傷，對我千依百順，一旦發生什麼就把我護在身後，從來都不會讓我受傷……我想，他應該是我的雙生哥哥。」

「妳想起那段遺忘的記憶了？」董禎毅不知道自己應該為拾娘高興還是要擔心，拾娘心裡有多麼渴望找到親人他是知道的，要是她回憶起來的話，一定會不顧一切去找他們的。

「只是憶起我應該有一個雙生哥哥，別的都沒有想起來。」拾娘輕輕地搖搖頭，卻又笑著道：「這也算是進步，不是嗎？起碼比我什麼都想不起來要好得多，將來去京城尋親的時候，也能有個大概的方向。」

「是啊。」董禎毅點點頭，卻不想繼續這個有些沈重的話題，笑著道：「我給孩子準備了好幾個名字，妳看看喜歡哪一個。」

「說來聽聽。」拾娘的興致也來了。按董氏的族譜排的話，孩子這一輩剛好排到「棣」字，他們做父母的也只能再給孩子挑一個合適字，就不知道董禎毅選了什麼字。

「華、渝、祁、軒。」董禎毅一邊說著一邊在拾娘的手心裡寫著，完了之後笑問道：

「妳覺得哪一個更好？」

「華字吧。」拾娘將幾個字默默地在心裡唸了一遍，之後選中了一個，她相信董禎毅也會更喜歡這一個，要不然的話，他就不會把這個字放在最前面了。

「我也覺得這個字好。」董禎毅點頭。就如拾娘猜的那樣，他更喜歡這個名字。然後又笑著道：「兒子出生的時候天色已經大亮，我留意到了，東邊已經有淡淡的紅光發散出來，剛好應了『華』字，棣華叫起來也很順口。」

「那就叫棣華吧。」拾娘笑著點點頭，然後問道：「女兒呢？你給女兒取了什麼名字？」

「女兒出生的時候是卯時一刻，天將亮未亮，正是破曉時分，選一個曉字，再從晨曦之中娶一個曦字，叫曉曦，平日我們叫她曦兒，妳看可好？」董禎毅也仔細想過女兒的名字，想來想去最喜歡的便是這個名字了。

「曦兒？」拾娘卻愣住了。這名字聽起來有幾分熟悉，她怔怔看著董禎毅，頭部又傳來一陣熟悉的疼痛眩暈。

「怎麼？妳不喜歡嗎？」看著拾娘的眉頭皺了起來，董禎毅不知道她的頭又疼了起來，只以為這個名字她不喜歡，有些失望地道：「那我再想想。」

「不是不喜歡，只是……」拾娘的話忽然一頓，想起了自己曾經有的那個名字——小喜。她隱約記得，花兒曾經說過，她的名字原本是叫喜兒，但是那個時候已經有了一個叫喜兒的女孩，為了區別她們兩人，就照年紀不同分別叫了大喜、小喜，而大喜就是因為這個耿耿於懷，對她充滿了惡意。那麼，她是不是可以猜測，自己當初並不是叫喜兒，而是名為曦兒，是花兒聽錯了，給自己胡亂改了名字的呢？

「怎樣？」董禎毅順口問了一句，卻發現拾娘又不知道想到什麼地方去了，他伸手在拾娘眼前晃了又晃，她卻還在發呆，不得已，他只能輕輕拍了拍拾娘，等她回過神來，又關心地問道：「怎麼？又想起什麼事情來了嗎？」

「這個名字不行。」拾娘輕輕搖頭，看著眼中帶著疑問的董禎毅，道：「我很久以前有一個名字叫小喜，聽說是為了和另外一個和我名字一樣的女孩區別才這樣叫的；事實上，我自稱喜兒，那個名字於我並沒有什麼感覺，我想可能是她們聽錯了，我說的是曦兒，她們卻誤聽成了喜兒。」

今天是什麼日子，一會兒憶起有一個可能十分疼愛她，對她千依百順的雙生哥哥，一會兒又記起自己可能的名字，再過一會兒會不會直接想起那段遺忘的過去了呢？

但是，這些董禎毅也只敢在腦子裡想想。他知道拾娘對已經遺忘的過去有多麼重視，自己要是敢說一句不中聽的話，她一定會翻臉，根本不會管自己是她孩子的爹。他只能輕笑著伸手揉開拾娘緊皺的眉頭，道：「是不是又頭疼了？」

「有點。」拾娘點點頭。她頭疼不是一天、兩天的事情，也不是一回、兩回了，她已經習慣了，董禎毅自然也知道她的這個小毛病。

「很不舒服吧。」董禎毅將手放到她的太陽穴上輕輕地揉著，這也是他習慣做的事情了，每次拾娘頭疼的時候，不管她是不是能夠忍受得住，董禎毅都會輕輕地為她按摩，消除她的不適。

「都已經習慣了，沒什麼的。」拾娘隨意地笑笑。很多事情一旦習慣了就不覺得有什麼大不了的，頭疼也是這樣，而且這一次也不算嚴重。

「除了想起曦兒是妳的名字之外，還想起什麼來？記得全名嗎？」董禎毅有些緊張地看著拾娘。要是能夠想起名字，在知道她應該有一個雙生哥哥的情況下，就更好尋找她的親人和身分了。

「想不起來。」拾娘失落地搖搖頭，但是很快就又振作起來。她頭疼不是一天、兩天的事，並不是每一次頭疼都能想起什麼來，相對而言，今天這頭疼得已經很值得了。

「想不起就不要去想了，有些是事情急不來的。」董禎毅輕輕地為她按摩著，嘴裡也安慰著。

「我知道。」拾娘閉上眼享受著董禎毅的體貼。她知道董禎毅心裡在擔心什麼，無非是擔心自己憶起了遺忘的那些事情，然後不顧一切地尋找親人而已。在沒有和董禎毅圓房，成為真正的夫妻之前，她有可能那樣做，但還是會仔細謀劃；懷了孕之後，卻不大可能那樣冒失。而現在，她已經成了母親，卻絕對不會那樣做了。她需要為兒女、為董禎毅這個體貼的丈夫考慮。

不過，這樣的話她卻沒有說出口，讓他多擔心一下未必就是壞事……唔，好吧，她承認她很享受董禎毅著緊她的感覺。

「好了，妳睡一會兒吧。」董禎毅看著拾娘閉上眼，輕聲道：「我再好好地想想該給女兒取什麼名字，說不定等妳醒來，女兒就有一個好聽又讓妳喜歡的名字了。」

拾娘沒有言語。她其實已經很累了，董禎毅按摩得又很舒服，很快就沈沈睡去……

第一百四十三章

「這兩個孩子長得可真好。」林太太看著襁褓中一模一樣的小臉，喜歡得不得了，看看這個又看看那個，笑著問道：「禎毅一定歡喜壞了吧？」

「可不是。」拾娘想起董禎毅初為人父的傻樣就好笑，她笑著道：「每天一有時間就抱著孩子看，怎麼看都看不夠的樣子，還一個勁兒地說孩子長得和他一般模樣……」

「胡說！」林太太笑著啐了一口，看著粉嫩嫩的孩子，他們臉上的胎紅已經消褪，雖然還有些皺巴巴的，但比起剛生下來的時候卻已經好太多。她很有經驗地道：「這兩個孩子明明和妳長得很像，就下巴和鼻梁長得和禎毅有幾分相似而已，哪裡和他一模一樣了？」

「我也是這麼認為的。」拾娘連連點頭，笑著道：「我這般辛苦懷了他們、生下他們，是應該像娘才對。」

「我倒是看不出來到底像誰。」谷語姝也很稀罕這兩個一般模樣的孩子，卻只敢看看，伸手輕輕地碰碰他們的小臉，不敢抱，覺得他們軟趴趴的，一個不小心就會傷到一樣。

「等妳以後生了自己的孩子就有經驗了。」拾娘忍不住調侃了一句。谷語姝現在還是新嫁娘，滿臉都是幸福的容光，顯然她的新婚生活過得很愉快——林老爺、林太太對這個兒媳婦那是沒有一處不滿意的，對她已經不僅僅是寬容，而是縱容疼惜了；林永星對她也是愛惜尊敬有加，就連林老太太面上對她也十分慈愛，她能不舒心嗎？

值得一提的是，在她嫁進門之前，林太太為了給她臉面，也為了讓清熙院安寧一些，好好地將清熙院梳理了一遍，礙眼的、喜歡挑事的丫頭都做了安排，該放出去配人就放出去配人，該換地方就換地方，剩下的也被敲打了一番；而名義上已經是林永星通房的敏惠則被直接送到了莊子上。林太太對她很有戒心，既擔心她的存在會讓谷語姝堵心，也擔心她會攪得林永星內院不寧。至於林永星對她算計拾娘的事情一直沒有釋懷，唯一對她心存希望的林老太太，在林家雖然看起來可以作威作福，實際上只能說話而不頂事，她想要回林府，還真是遙遙無期。

聽了拾娘打趣的話，谷語姝羞紅了臉，啐了一口。她剛剛成親，卻回都不好回敬一句——她很想有自己的孩子，但是這話說出來好生羞人啊！

「拾娘這話說的好。」林太太卻呵呵笑了起來，道：「語姝啊，妳打著膽子抱抱，說不定就能沾一沾這喜氣，馬上就能有喜呢。我倒不奢望有這麼一對一模一樣的，只要能給我抱個大胖孫子，或者一個像妳一般標緻的孫女我就很滿足了。」

林太太的話讓原本就害臊的谷語姝更羞得抬不起頭來了，只能裝作什麼都沒有聽見，自顧自地逗著孩子，看得拾娘哈哈大笑起來，道：「太太這話說的，難不成語姝要是生了個像大少爺的女兒您就不滿意了？」

「那當然不行。」林太太心情極好，埋汰著林永星道：「生個孫子像他還行，要是生個和他一樣的孫女的話，可不能看，以後該發愁怎麼給她找人家了。」

別說拾娘，就連谷語姝都被林太太的話說得笑了起來，一時忘了害羞，回了一句道：「都說夫君長得像娘呢。」

「噗！」拾娘這會兒真的噴笑了，就連一旁進來之後沒個笑臉，就那麼看著孩子發怔的林舒雅都難得地笑了起來，而林太太則恨恨地伸手掐了谷語姝一把，笑罵道：「妳這個壞丫頭，膽子越來越肥了，居然連我都敢埋汰了！」

「不敢了、不敢了。」谷語姝一邊笑著躲一邊告饒。林太太雖然精明厲害，卻不是那種不講理、不能容人的，兩人正在磨合，相互讓著，也相互適應著，但總地來說相處得十分融洽，只欠幾分親昵而已。

笑鬧了好一會兒才停下來，谷語姝笑著道：「記得我從京城回來的時候，我娘那邊倒也有一個表姊生了一對雙胞胎，不過那是一對雙胞兒子，我跟著過去看了，也長得一模一樣，可讓人喜歡了。」

「喔？」拾娘大感興趣，道：「聽大夫說，這生雙胎都是家族遺傳，不知道妳那表姊家族之中是不是有不少雙胞胎出生？」

「還真有這麼一回事。」谷語姝點點頭，笑著道：「我那個表姊自己就是雙胞，她有一個雙生弟弟，除此之外，還有好幾個姨母都生過雙胞。生雙胞在杜家女子中並不算稀奇。」

「那麼說，語姝說不定也能給我一個大大的驚喜嘍？」林太太兩眼放光地看著谷語姝，要是那樣她一定會樂翻的。

「娘——」谷語姝嗔怪地叫了一聲。怎麼又說到她身上了，她這才過門，至於這麼打趣自己嗎？

「好，不逗妳了。」林太太見好就收，轉向拾娘問道：「孩子取名字了沒有？」

「取了。」拾娘點點頭，笑著道：「女兒叫輕寒，兒子叫棣華，都是禎毅冥思苦想才想出來的名字。」

「輕寒？棣華？」林太太琢磨了半晌，真不覺得這兩個名字哪裡好了，但還是笑著道：「禎毅書讀得多，這名字取得就是好聽。」

谷語姝知道林太太讀書不多，說的定然是客氣話，也只是在一旁笑笑。而一旁一直看著孩子的林舒雅卻冷不防地道：「娘覺得好聽？不知道這名字好在哪裡了？」

林太太微微一僵，恰在這時，馮嬤嬤笑著進來，道：「親家太太、大少奶奶，客人們來得都齊了，都吵著要看姑娘和小少爺呢！章嬤嬤的東西也都準備妥當了，要給姑娘和小少爺洗三呢！」

「那快把他們抱出去吧。」拾娘笑著應道。今天是兩個孩子洗三的日子，除了林家之外，來的更多的還是董家的那些人，自從那次鬧過一場之後，和董家各房反倒有了來往，今天就連三房和七房的太太都來了。

「我抱一個。」林太太順手抱起靠她最近的那一個孩子，笑著道：「我們過去看孩子洗三，拾娘妳就趁這會兒工夫好好休息一下。舒雅，別愣著了。」

「我還是在這裡坐著等您回來吧，不過去湊熱鬧了。」林舒雅卻不肯動身。她今天來可不是想看兩個毛孩子洗三的。

「妳……」林太太臉色微微一沈。照她的原意，林舒雅今天就不應該來，卻不知道她從哪裡聽到了消息，早早便在董府外面等自己，她也只好帶著她一起進來了，而現在她真的後悔沒有直接讓人送她回去。

「我一個人待在屋子裡也悶得慌，就讓姑娘陪我說說話吧！」拾娘可不想她們母女起什麼爭執，破壞了氣氛，立刻出言打圓場。

林太太忍了忍，點點頭，卻又交代一直在一旁的王嬤嬤道：「妳就留在這裡伺候兩個姑娘，拾娘剛剛生完孩子，正虛著，可不能累著。」

這是擔心自己為難拾娘嗎？林舒雅輕輕冷笑一聲，但那個笑容卻很快變成一個苦笑。自己的娘都這樣防備自己，說到底也都是自己不爭氣啊……

「姑娘是有什麼話想單獨和我說吧。」等林太太等人出門走遠之後，拾娘直截了當說道。林舒雅的性子就是那樣，和她拐彎抹角，累的是自己。

「其實也沒有什麼想說的，就是想單獨和妳坐坐。」林舒雅卻是讓她意外地搖了搖頭，道：「想看看妳的幸福，再比比我的不幸……」

「姑娘這是什麼意思？」拾娘看著林舒雅，忽然有些拿不准她在想什麼了。就如董夫人上次說的一樣，她看起來很憔悴，一身衣衫也不是很合體，看起來有些鬆鬆垮垮的，顯然不是衣服做得不好而是整個人驟然之間瘦了下去，厚厚的香粉也沒有讓人添幾分光彩，整個人都有一種遲暮的味道。

「妳放心，我對妳只有羨慕，沒有嫉妒。」林舒雅輕輕地搖搖頭，眼中有了一種讓拾娘覺得陌生而又心驚的光芒。她直接道：「妳有今天的幸福那是妳自己經營來的，而我落到今天的下場也是自己作的孽，怨不得別人。」

那麼她是後悔了？拾娘沒有言語，就這樣看著她，聽她說話。

「我也不是後悔了。」似乎知道拾娘心裡在想什麼一樣，林舒雅笑笑，那笑容中帶著一抹慘厲。她直言不諱地道：「我並不後悔拒絕了這樁婚事，哪怕是到了今天，看到妳過得很滋潤的樣子，我也都不後悔沒有嫁給董禎毅。我和妳不一樣，妳能夠在董家過得很好，但是我不一定可以，董禎毅對妳或許很好，但對我卻絕對不會那麼好。我們是不一樣的，我身上沒有一處和董家是相融的，如果我嫁到董家，充其量也就是不像現在這麼淒慘，但絕對不會像妳這麼幸福，這一點自知之明我還是有的。」

這話說的倒也不錯，只是這話出自一貫糊塗、不明事理的林舒雅卻讓拾娘覺得有些不可思議，是不是經歷過磨難之後，她忽然之間就不一樣了呢？

「是不是覺得我變了？」林舒雅眼中帶著不可磨滅的痛楚和恨意，道：「不管是誰，只要經歷過我經歷的那些，都會變的。」

拾娘素來和林舒雅說不上話，現在更不知道該和她說什麼了。她輕輕地嘆了一口氣，只能安慰著道：「妳也不要太糾結過去，日子慢慢都會好的。」

「好不起來的。」林舒雅搖搖頭，道：「我的好表哥對我的情深意重，看中的不過是娶了我之後可以從林家分一杯羹；我的好姑母想的不過是如了她寶貝兒子的願，吳家那麼多的人，卻沒有一個是真心待我的，能好嗎？」

拾娘無言。這一切在她成親之前，林太太就和她說過了，她卻聽不進去，現在說又有什麼用呢？

「我今天過來，不過是想看看妳是不是過得真的很好而已。」林舒雅笑笑，道：「我過得不好，那是自作孽、自作自受，但妳算是被我連累的，要是妳過得也不如意的話，我的罪過就更深了。而現在，看妳這樣子，我心裡也踏實了。」

「妳——」拾娘覺得很是不安，林舒雅這話實在是太讓人心驚了。

「妳放心，我不會做什麼傻事的，我還要看吳家那一家子的下場呢。」林舒雅嫣然一笑，那笑容讓拾娘覺得炫目。她起身道：「我該走了，等娘回來妳告訴她一聲就是，她已經習慣了我的任性無禮，不會計較太多的。」

第一百四十四章

拾娘並沒有和林太太提起林舒雅的異常——她的那些話，王嬤嬤一字不漏地聽了去，她是林太太的心腹嬤嬤，自然會原原本本把那些話轉到林太太耳中，根本用不著自己做那個多嘴多舌的人。但是，拾娘卻對林舒雅的事情留上心了，時不時就會讓鈴蘭去打聽一下吳家的事情。令拾娘詫異的是，吳家卻什麼事情都沒有發生，林舒雅又沈寂了下去，彷彿不過是拾娘反應過度了；當然，也可能是林太太知道了她的異常，好好地開導了她，而她也聽進去了。

不過，那不是拾娘關心的重點，她現在大部分精力花在了照顧兒女和管家上面——不知道是董禎毅做了什麼還是怎樣，她一出月子，董夫人就讓馮嬤嬤將帳冊什麼的送過來給她。看了帳冊之後，拾娘忍不住苦笑。

將帳冊交給董夫人的時候，帳上大概還有四千兩銀子，每個月三個鋪子的收益大概是一千八百兩左右，除去掌櫃們的分紅、各項開支之外，起碼還剩一千三、四百兩，再除去家中各項開支大概一百兩，她一個月少說也能存下一千二百兩銀子。可是到了董夫人手裡，每個月剩下的銀錢最多不會超過一千兩，董夫人和董瑤琳每個月的各種費用就將近二百兩，至於換季的衣裳、過年過節的首飾，董夫人更是一點都不心疼地狠花了一筆。

但這並不是最讓拾娘覺得無奈的，她最無奈的是她生孩子之前，帳上還有八千多兩銀子，但是自己坐月子這段時間，卻忽然以各種名目為由花了三千兩，剩下不到五千兩。也就是說，她將帳冊交給董夫人足足九個月的時間，董夫人只存下了不到一千兩銀子，一個月一百兩左右。對於這樣的狀況，拾娘還真的不好多說什麼，只是苦笑一聲，將帳冊收了起來，連董禎毅都沒有說。

除了這個，管家的事情倒是很順手，畢竟這些都是做慣了的，而且董夫人管家的這段時間除了趁管家之便，為董瑤琳置辦了一些衣物、首飾，為自己攢了一筆私房錢之外，還真沒有胡亂改什麼規矩，她再接手過來倒也很輕鬆。讓拾娘比較費力的是兩個孩子。

初為人母，拾娘對怎樣照顧孩子十分生疏，但是不管有多麼生疏，孩子的事情她都沒有直接放手給奶娘——在生產之前，拾娘就很仔細地為兩個孩子挑奶娘，林太太也專門為她找了幾個覺得還算合適的過來，精心挑選一番之後，拾娘選中了兩個，一個姓曹，是人牙子帶過來的，簽了三年的活契；另一個姓陳，男人叫張得貴，是林太太送過來的，因為她看中了，林太太直接將他們一家子的身契送了過來。

拾娘仔細斟酌了一番之後，將女兒交給了張得貴家的帶，兒子交給了曹嬤嬤帶——她不希望奶娘對孩子的影響太大，輕寒可以一直放在跟前養，有一個親昵一些的奶娘也無所謂，她可以隨時留意著，一旦發現不對就可以把苗頭給掐了；但是棣華不同，他是男孩，長到七歲之後就該到外院住了，如果有奶娘一直陪著的話，極有可能養成萬事依賴他人的習慣，那可不好。

每天忙忙碌碌的，拾娘倒也過得很充實，很快半年就過去了，輕寒和棣華在拾娘和奶娘的精心照顧下，一天一個樣，不但沒有了剛生下來的瘦小樣子，還比一般的孩子稍微胖一些，眉眼也完全長開了；就如林太太說的那樣，除了下巴和鼻梁之外，還真沒有什麼地方長得像董禎毅的。拾娘覺得和自己長得很像，但是除了董禎毅之外，卻沒有人這麼說過——大多數人看了她臉上的胎記之後就會下意識忽視了她的五官長什麼樣子，哪裡還能仔細做個對比？

「大少奶奶，吳家出事了。」這日，拾娘正在逗兩個孩子玩，他們都已經半歲多了，最喜歡的卻是拿著紙用小手撕開，對此董禎毅倒是挺縱容的，找出一些他廢棄的紙張專門給孩子們撕著玩，鈴蘭卻急匆匆地進來。

「出什麼事情了？」拾娘把懷裡的輕寒放到炕上，讓她和棣華坐到一起，才好整以暇地問了一句。

「吳家大少爺死了。」

鈴蘭的話讓拾娘大吃一驚。吳懷宇死了，這件事情和林舒雅有關係嗎？她會這麼狠嗎？

「怎麼死的？」拾娘神色一正，腦子裡卻在思索著如果是林舒雅做的，她可能用的手段。

「具體怎麼回事不知道，只知道人是死在青樓的。」鈴蘭說到這裡臉上帶了些羞紅，道：「只知道是昨晚半夜死的，這件事情整個望遠城都已經傳開了，好多人都在推測他的死因，有的說是被人下了藥，有的說是自己不小心摔死了，還有說……反正說什麼的都有。」

死在青樓？拾娘微微嘆息。這半年來，雖然沒有打聽到林舒雅的動靜，卻打聽到吳懷宇是青樓的常客，他甚至在望遠城有名的怡香園包了兩個紅牌，隔三差五地就宿在怡香園，一點都不顧及林舒雅的臉面。現在，人死在了青樓，吳家的名聲也該臭大街了。

「還有什麼消息嗎？」拾娘輕輕搖頭，對他真沒什麼好同情的，她更關心的是這件事情和林舒雅有沒有關係。雖然說她一個女子，手不會伸那麼長，但是事情總是有出人意料的時候。

「聽說昨晚吳家大少爺是在青樓請人吃飯，請的是二房的永祿少爺和永林少爺，兩個少爺都已經被衙門傳喚過去了。」

鈴蘭的話讓拾娘再次意外。吳懷宇什麼時候和林永祿、林永林扯在一起了？他們之前似乎來往並不多啊。

「妳越說我越糊塗了。」拾娘輕輕地搖搖頭，道：「妳再讓人仔細打聽打聽，順便打聽一下林家那邊的消息。」

「不用了。」董禎毅的聲音響起。他一臉倦色地走了進來，朝著屋裡其他人揮揮手，所有人都會意地退下，曹嬤嬤和張得貴家的離開的時候還不忘將喔喔叫著，想要引起董禎毅注意的輕寒和棣華給抱了出去。

「你怎麼回來了？你這會兒應該在學堂啊。」拾娘看著董禎毅。自從過完年之後，他便沒有像以前一樣每天都去學堂，然後整天在學堂待著了。在家裡的時間比較多，有空閒的時候也會約上三、五個說得來的朋友，在望遠城附近走走逛逛，或者乾脆到酒樓茶館叫一壺茶，一坐就是一個下午，看看形形色色的人，聽一聽他們說這說那的……用他的話來說，體察民情也是一種學習，別的拾娘不知道，但是他的策論倒是越寫越好了，以前雖然辭藻華麗，卻無法擺脫只知讀書的那種言之無物。不過，拾娘記得，他今天早上起床的時候說過，他今天要去學堂的。

「我剛到學堂就被林家的下人攔住了。」董禎毅搖搖頭，道：「吳懷宇昨晚死在青樓，是馬上風，仵作連夜給他驗了屍，說是助興的藥吃得過了，才導致這樣的情況發生的。」

這種死法……拾娘很是無言，這種死算是最最不體面的了。她輕輕地嘆一口氣，沒有再問吳懷宇，而是問道：「那怎麼和林家又扯上關係了？他們找你做什麼？」

「昨晚吳懷宇在怡香園請人吃飯、喝花酒，請的是林家二房的長子林永祿和林永林，他出事的時候，這兩個人還在他隔壁的房間留宿，事發之後被衙役一起帶回了衙門。」董禎毅微微搖頭，道：「林伯父讓人把我攔住了，是擔心這件事情鬧開了讓我難堪，想讓我避一避風頭，等這件事情查清楚了之後，再去學堂。妳可別忘了，妳是林家義女，我和吳懷宇勉強也算是連襟。」

原來是這樣。拾娘微微放心之餘卻又有些噁心，和那麼一個人成了連襟，讓人相提並論還真是件不舒服的事情啊！

「林永林和林永祿現在呢？有沒有被牽扯進去？」拾娘想了想又問了一聲，但是比起這個，她更好奇的是吳懷宇是什麼時候和林永林走到一起的，兩個人以前好像沒有多少往來。

「林伯父活動了一下，他們現在都已經被放出來了；不過，林伯父對林永林小小年紀就去青樓，還在青樓留宿的事情極為不滿，將他打了一頓板子。」董禎毅輕輕搖頭。在他眼裡，林永林已經談不上什麼前途了，他才十三歲就跟著兩個貪花好色的表兄、堂兄鬼混，以後還能好得了嗎？林老爺可能也是這麼想的，對他表現出了極大的失望。也就是他現在還年幼這一點，要是年紀再大一些，林老爺說不定會盡快給他娶妻，然後以分家的名義把他給攆出門去。

「恐怕不只是不滿吧。」拾娘輕輕搖搖頭。董禎毅想到的她想到了，而董禎毅沒有想到的她也想到了——林太太一定不會放過這個機會，讓林永林徹底失去林老爺的歡心，到時候，林永林最好的下場或許就如同林二爺一樣，給一份過得下去的家業，打發出林家吧！

「那也不是我們該管的，我們管好自己就行了。」董禎毅笑笑，對這件事情下了注解。

「那倒也是。」拾娘贊同地點點頭。她現在要管的人和事都不少，那些事情還是少操心為妙。

第一百四十五章

拾娘雖然打定了主意不摻合林舒雅那些糟心的事情，但是當林太太親自上門，讓她陪著一起去吳家的時候，拾娘也只能和董禎毅說一聲，然後陪著林太太去了——林太太對她確實是很好，要是不去的話，未免也太無情了些。

坐在林家的馬車上，林太太一臉的擔憂，道：「今天早上，舒雅身邊的一個丫鬟就傳了話回來，說舒雅想要回家。那個丫鬟是我特意安排在舒雅身邊的，我當時和舒雅說過，不到緊要關頭不要使喚她。上次舒雅流產都沒有動用這個丫頭，而這一次……唉。」

「吳大少爺出事之後，太太就沒有見過姑娘嗎？」拾娘疑惑地問了一聲。吳懷宇是前天晚上出的事情，林太太於情於理，昨天就應該上吳家探望了，母女倆應該已經見過面了，為什麼還要讓一個丫鬟傳話呢？

「我昨天倒是見過她，但是她什麼話都沒有和我說，我擔心是不是昨晚忽然又出了什麼意料之外的事情。」林太太輕輕地嘆氣，養這個女兒真是沒有一刻讓她省心的。

「太太是擔心吳家對姑娘不利嗎？」拾娘心裡立刻浮起一個猜測。難不成吳懷宇的死真的和林舒雅有莫大的關係？而這兩天，吳家還發現了一些蛛絲馬跡。

「這是一方面。」林太太點點頭，臉上帶了苦笑，道：「我想妳心裡或許也在猜測，吳懷宇的事情是不是舒雅做了什麼……唉，我擔心她手腳不乾淨，留了痕跡，被吳家人給抓到了把柄。」

「那另一方面呢？」拾娘看著林太太，有些吃驚林太太難得一見的坦然態度。看來她心裡還真的是擔心得不得了了。

「如果不是舒雅做事不乾淨，被吳家察覺了什麼，那麼就是舒雅變聰明了，知道有些事情做得說不得，那麼就需要我『強行』將她從吳家帶出來了。」林太太說著另一種可能。她也希望是這樣，只是女兒能長進到那個地步嗎？她真的很懷疑。

「我明白了。」拾娘點點頭，道：「我會配合太太把姑娘從吳家接回來的。」

林太太點點頭。和聰明人說話就是省事，不用說太多她就能明白。她輕輕地嘆了一口氣，道：「這件事情原本不應該讓妳出頭的，只是我需要一個人陪伴，而語姝剛剛查出有了身孕，我擔心萬一和吳家的人起了什麼衝突，衝撞到了她……所以，只能讓妳陪我走一遭了。」

「語姝有了身孕？」拾娘臉上帶了一抹喜色，問道：「什麼時候發現的？」

「前天她一早起來，忽然吐得唏哩嘩啦的，我就請了劉大夫給她把脈，劉大夫說她已經有了，剛剛四十多天，正是需要靜養的時候。」林太太滿是憂慮的臉上也帶了一絲喜悅，道：「結果，這邊送走了劉大夫，那邊衙門就來人，說吳懷宇出事，永林、永祿那兩個不成器的是最後和他在一起的人，一併被帶到了衙門……真是喪氣。」

「二少爺怎麼和吳懷宇混到一起了呢？我隱約記得他們之間連話都不怎麼說的。」拾娘輕聲問出自己的疑惑。她相信林太太對林永林平日的舉動一定有留心，或許她知道這三個人之間有什麼貓膩。

「舒雅那次流產回家調養的時候，吳懷宇上家中看望過幾次，每次都被舒雅攔在了院子外，只能悻悻離開。有一次他離開的時候正好遇上永林，然後兩個人就說了幾句話，之後不知道為什麼，忽然來往多了起來。」林太太對林永林兄妹一直都沒有消除戒心，不管齊姨娘的死別人是怎麼看的，這兄妹倆一定認為是自己害死齊姨娘。當然。這樣想也沒錯，齊姨娘的死雖然可以說她自作自受，但是未嘗沒有她故意縱容的原因，被他們兄妹記恨倒也不算冤枉。因為心裡清楚，林太太面上對這兄妹倆比從前更寬容了，私底下卻讓人盯緊了他們，掌握了他們的舉動。只是，林永林顯然也有了戒備，林太太只知道他和吳懷宇忽然親密了起來，卻不知道其中的內因。

「這樣啊……」拾娘皺起眉頭。這兩個原本不來往的人忽然親密起來，一定是達成了某種共識，只是他們達成了什麼共識呢？他們有什麼一致的利益嗎？

「這個暫時不用管，老爺對永林小小年紀就去煙花之地廝混很是不滿，和我說他怎麼越來越像二叔了，還說等兩年，他年紀差不多就給他娶一門親，再給他準備一份產業，讓他自立門戶去。」林太太冷笑一聲。她也知道，林老爺這話是在氣頭上說出來的氣話，當不得真，卻也能看出來林老爺對林永林的失望。要是兒子一直像現在這樣爭氣，林永林再像現在這樣，不著緊自己的學業卻在私下做些小動作，這氣話總有一天會成真，而林太太只要推波助瀾一番，那一天會來得更快。

拾娘輕輕地搖搖頭。林老爺心裡最煩的便是林二爺了，不能完全不管他，但是也不敢真的管他，看來林永林距離徹底失去林老爺的歡心也不遠了。

說話間，馬車駛到了吳家門口。吳家已經為吳懷宇布置靈堂，卻沒有什麼人前來弔喪，整個吳家籠罩在一種死氣沈沈的悲切氣氛之中。

馬車停穩之後，拾娘先扶著丫鬟的手下了馬車，再和丫鬟一起扶林太太下來。吳家的門房見是林太太，一個人進去通報，另一個則先引著她們往裡走，一邊走一邊殷勤地道：「舅太太是去見我家老爺、太太還是去見大少奶奶？」

「去見你們老爺、太太。他們今天好些沒有？」林太太臉上滿是悲戚和關心，似乎來這裡只是為了看望吳太太一般。

「老爺好一些，已經掙扎著下地為大少爺處理後事了。太太還躺在床上，她今天又昏厥了好幾次……」那人輕輕搖頭，臉上也帶了悲傷。吳懷宇的死對吳家而言是一個巨大的打擊——當然，吳懷宇那些庶出的弟弟們應該不會這麼想，他們想得更多的應該是自己的機會來了。

「舒雅呢？她還好嗎？」林太太又問了一聲，臉上不用裝就是滿滿的關切。

「大少奶奶的精神也稍微好了一些，上午還勸著太太喝了幾口粥，現在還在太太跟前伺候呢。」說話的是迎上來的婆子，她是吳太太身邊的林嬤嬤，是當年吳太太從林家帶過來的，也是吳太太最器重的嬤嬤。

「那就好、那就好。」林太太點點頭。從林嬤嬤的反應立刻推斷出女兒極有可能是想要離開吳家，卻又不願意落人口實，這才讓人傳話的。她心裡安定很多，卻滿臉悲傷地道：「她和懷宇青梅竹馬、兩小無猜長大的，當初為了嫁給懷宇那般折騰，我最擔心的就是懷宇這麼一去，她也倒下了……」

「太太，我都說了讓您不要太擔心了，舒雅可是您的親生女兒，但凡有您的一分堅強，她就能很快振作起來的。」拾娘立刻說了一聲。林太太想到的她也想到了，看來林舒雅真的是吃了虧、受了苦，精明起來了。她配合道：「您看您，因為憂心她，昨晚一夜沒睡不說，還著急上火地生了滿嘴的皰，要是讓她見了，還不知道心裡有多不是滋味呢。」

「我能不擔心嗎？」林太太苦笑連連，道：「舒雅不像妳那麼穩重，經常腦子一熱就做些衝動的事情，我這是擔心她一個想不開，做些讓我傷心一輩子的事情。」

「這倒也是。」拾娘點點頭，卻又安慰道：「不過，您也不要多想了，她還有您和老爺要孝順，不會讓您和老爺也遭受白髮人送黑髮人的痛苦的。」

林嬤嬤心微微一跳，不知道為什麼想起林舒雅今早起來特別平靜的樣子，她原本是以為傷心了一天一夜之後，她恢復了一些。畢竟年前她和吳懷宇鬧了一場，孩子流產了不說，情分也去了幾分；而之後，雖然兩人的關係慢慢緩和了，卻沒有了之前的親密。大少爺這麼不光彩地去了，她或許傷心，但也不會傷心到哪裡去。但是，現在想來，卻覺得她的平靜後面帶著詭異。

「妳別說了。」林太太反應過度地斥了一聲，然後像是安慰自己一般地道：「舒雅不會做傻事的，一定不會做傻事的。」

「當然不會。」拾娘滿臉的無可奈何，似乎已經被林太太的神經質磨得沒有脾氣一般，然後看著林嬤嬤，苦笑道：「還請嬤嬤不要在意，太太昨晚一閉上眼就看到滿眼的血色，一夜心驚肉跳的，沒有合眼。」

「太太也是愛女心切，才會這樣。」林嬤嬤理解地點點頭，心裡卻在思量著一定得讓人看緊了林舒雅，可不能讓她出什麼事情，吳家現在已經禁不起任何的事情了。

拾娘勉強地笑笑，不用和林太太交換什麼眼神，兩人就已經想到了一塊兒去了……

第一百四十六章

「娘，您來了。」看到林太太和拾娘的那一瞬間，林舒雅的眼中閃過一絲光亮，但嘴上卻只是淡淡招呼了一聲，就什麼話都沒有說了。

「弟妹，妳快坐。」半靠在床上一臉憔悴的吳太太招呼了一聲。顯然吳懷宇的死對她的打擊實在是太大，她整個人的精氣神都不見了。

「大姊，妳可得振作起來啊。」林太太坐到床沿，伸手握著吳太太的手，道：「懷宇已經不在了，妳要是再一病不起的話，姊夫不知道該急成什麼樣子呢。」

「他能有多著急？我就懷宇這麼一個兒子，可他的兒子卻有一群，懷宇這麼一去，傷透的是我這個當娘的心，便宜的是那些賤人生的孽種……」吳太太的臉上帶了怨恨，道：「弟妹，妳是不知道，我的懷宇就是被那些孽種給害了的，他要是真心疼兒子的話，就應該查清楚到底是誰在背後使壞，讓他給我的懷宇償命！」

林太太微微一怔，皺眉問道：「大姊為什麼說這樣的話？是不是發現什麼了？」

她現在最擔心的是女兒有沒有被懷疑進去，要是那樣的話，就算能夠將女兒帶回去，後續的事情也不好處理乾淨。

「娘，懷宇以前不會吃那些稀奇古怪的藥，他是被人給帶壞的。」林舒雅眼睛紅紅腫腫的，她低聲道：「公公昨晚將懷宇身邊的小廝狠狠地打了一頓，原本是怪他沒有伺候好懷宇，卻沒有想到幾板子下去，那小廝說懷宇吃的那些藥不是他跑腿去買的，是別人給的，至於是哪一個他不清楚，但能夠肯定是家中的少爺。公公聽了大怒，親自帶著人將幾個小叔的房裡查抄了一遍，結果在三個小叔的房裡查到了一模一樣的藥，只是他們都否認給懷宇弄過那種藥。」

「也就是說，懷宇真的有可能是被人給害的了？」林太太臉上帶了怒色，心裡卻又有些奇怪。現在又是什麼狀況？她可不認為林舒雅有本事布這樣的局出來。

「不是有可能，一定是那些黑了心的孽種害了懷宇！」吳太太嚎啕起來，道：「懷宇不在了，他們才有資格染指吳家的家業，他們這是為了家產謀殺兄長啊！」

「姊夫最後怎麼處理？」林太太臉色鐵青，大有吳老爺處理不妥當就要找他麻煩的意思，而一旁的拾娘輕輕地拍著她的背，似乎擔心她被氣壞了。

「他把那三個畜牲各打五十板子後關了起來，說是現在不能鬧大了，要不然吳家真的該聲譽掃地了。」吳太太滿是怨恨地道：「我看他擔心查出來之後我要那個黑心肝的孽種償命，所以才這麼輕描淡寫地處置了。等到懷宇出喪之後，他也只會把那三個畜生責罵一通就放出來的，我的懷宇就這樣白死了……」

「這可不行。大姊，我去找姊夫討個說法去。」林太太霍的一聲站了起來，道：「我不能眼睜睜地看著姊夫包庇凶手。」

「就拜託妳了，弟妹。」吳太太淚漣漣地看著林太太。她被喪子之痛折磨得已經虛弱不堪了，根本沒有氣力去找吳老爺的麻煩；當然，也不乏她現在死了兒子，沒有了倚仗和底氣。

「大姊，妳這話就見外了。懷宇不光是我的外甥，還是我的女婿，我不為他伸冤作主，誰還能為他說話？」林太太頗有些義憤填膺的架勢，轉身就要去找吳老爺討說法。

「太太，您別衝動。」拾娘連忙攔住她。她相信林太太這般作勢不過是給吳太太看的，她現在最關心的還是怎麼把林舒雅從吳家帶回去。

「拾娘，妳別攔著我。」林太太順勢頓住了腳，嘴上卻不依不饒地道：「今天，吳家不給我一個說法的話，我非把這件事情鬧得全望遠城的人都知道。」

「太太，您冷靜一些。」拾娘死死攔著林太太，道：「您這樣鬧不但於事無補，還會驚擾了吳大少爺的在天之靈。我們剛剛進來是什麼樣子您也看見了，雖然設了靈堂，卻冷冷清清的連個弔唁的人都沒有，您要是再鬧一場的話，恐怕弔唁的人更不會有了，看熱鬧的人倒是會圍個水洩不通。」

「妳這話是什麼意思？」吳太太臉色難看地看著拾娘。對拾娘，她心裡充滿了厭惡，畢竟是她的出現破壞了吳家的算計，也讓她和林老爺夫妻生了嫌隙。

「吳太太一定不知道吳大少爺的事情已經傳得沸沸揚揚了吧？」拾娘了然地看著吳太太，看到她原本就沒有血色的臉色更蒼白了，才道：「外面的人都說吳大少爺死得極不光彩，什麼難聽的話都有，反正把吳大少爺說得極為不堪。素日有來往、應該前來弔唁的人，恐怕也是因為擔心被人把自己和吳大少爺相提並論而卻步了。」

聽了拾娘的話，林舒雅眼中閃過一絲快意，而吳太太則微微一怔之後，又嚎啕起來——要真的是這樣的話，她兒子真的是死了都不得安生啊！

「反正都已經是人盡皆知的了，再鬧大一點又有什麼大不了的？」林太太不顧拾娘的阻攔又要往外走，大有不顧一切豁出去的氣勢。

「我知道太太心裡想什麼，無非是覺得要是能夠找到那個害了吳大少爺的人，讓他給吳大少爺償命也算是個安慰。」拾娘沒有費什麼氣力就攔住了看起來氣勢洶洶的林太太，道：「可是，太太有沒有想過，這樣鬧不但於事無補，說不定還會起反作用呢？」

「這又怎麼說？」林太太很慶幸自己叫了拾娘一起來，有她在，自己真的是省心省力多了，只要順著她的話去做就好。

「您想想看，吳老爺現在正因為吳大少爺而傷心頭疼著，您這麼氣勢洶洶地過去，他是順著您，給您一個說法，還是乾脆梗著脖子不認帳呢？」拾娘擺出了一副苦口婆心的樣子，道：「順著您的話，對吳家來說可是雪上加霜，剛死了嫡長子，又要處置一個、甚至更多的庶子，嫡長子的死已經很不光彩了，庶子身上又有謀殺嫡兄的罪名，吳家的名聲還要不要？」

「他吳家的名聲與我何干，我這是要為大姊，為我的女兒、女婿討公道！」林太太眼角的餘光看到停下沒有再嚎啕的吳太太臉上閃過一絲猶豫，知道她把拾娘的話聽進去了，所以態度更堅決了。

「要是吳老爺一口否認有那些事情呢？太太，您可別忘了，這裡是吳家，昨晚跟著吳老爺查抄那幾位庶出少爺房間的，定然是吳老爺的心腹之人，只要吳老爺說沒有那回事情，他們還會站出來作證不成？」拾娘也看到了吳太太臉上的猶豫，立刻加了一把火，道：「與其現在氣沖沖地找吳老爺要說法，鬧得他下不了臺，最後只能硬著頭皮護著那個罪魁禍首，還不如降火氣壓下去，等吳大少爺的喪事辦完了，再慢慢地追究。」

林太太微微有些遲疑，但是她看了吳太太一眼，卻又堅決起來，道：「不行，這些事情耽擱久了容易出意外，還是快刀斬亂麻比較好。」

「太太……」拾娘哀叫一聲，而後看著猶豫不決的吳太太，道：「吳太太，您說句話啊！」

「妳希望我說什麼？」吳太太冷笑，道：「難不成讓我眼睜睜看著我的兒子白白地死了卻什麼都不管？」

「那您就忍心看著吳家亂得不可收拾？」拾娘看著已經動搖卻還是死鴨子嘴硬的吳太太道：「就算您什麼都不在乎，不在乎吳老爺會因此和您生分甚至陌路，不在乎整個吳家的人都和您對立，也不在乎舒雅以後在這個家待不下去，但是您也要想想，吳大少爺為了這個家付出了多少心血啊，您不能讓他死了都不得安寧啊！」

吳太太又哭了起來。兒子死了，她下半輩子沒有了依靠，她還在乎這個家嗎？

「姑母，您別哭了，您這一哭，我心裡也難過。」林舒雅嘴上安慰著吳太太，勸她別哭，自己的眼淚卻也一串一串往下掉，似乎傷心到了極致一般。

「我苦命的舒雅啊……」吳太太摟著林舒雅哭得愈發大聲起來，一旁的丫鬟、嬤嬤都在一旁抹著眼淚，林太太和拾娘也不得已努力擠出幾滴眼淚應景。

哭了好一會兒，吳太太才哽咽地收了聲，然後看著林太太道：「弟妹，拾娘的話很有道理，這件事情還是緩一緩，等懷宇入土為安之後，再慢慢地為他討個公道吧。」

「我是擔心夜長夢多啊。」林太太嘆氣，道：「萬一到時候姊夫什麼都不認的話，懷宇豈不是白白被人給害了？」

「那也得忍。」吳太太在吳家多年，練就了一身忍字訣的功夫，她苦笑一聲道：「老爺的性子我最清楚不過了，要真的是把他給逼急了的話，他還真的是會恨我，恨舒雅，恨林家所有人的。我倒是無所謂，但是舒雅還年輕，要是老爺記恨她的話，她在這個家怎麼待啊！」

人家根本就不想待在這個家。拾娘腹誹了一句，林舒雅恐怕最想的就是在這個家待不下去吧？

「姑母不用為我考慮，只要能為表哥討公道，您做什麼我都支持您。」林舒雅緩緩地搖了搖頭，臉上帶了一絲決然和悽楚，道：「反正我也不準備在這個家待太久……」

這是什麼意思？吳太太微微一怔，第一反應是林舒雅不願意留在吳家守一輩子的寡，她心裡升起一陣恚怒。兒子屍骨未寒，她就想改嫁了？

「林舒雅，妳在說什麼胡話！」拾娘見勢不妙，立刻呵斥一聲，道：「妳別忘了，妳還有爹娘要孝順，別胡思亂想。」

「爹娘有哥哥、嫂嫂還有妳，可是表哥卻只有我啊……」林舒雅也意識到了自己剛剛說了一句容易出錯的話，拾娘這麼一聲呵斥，她就立刻順著拾娘的話嘆息起來。

她這是……吳太太領會了她話裡的意思，在為自己的多疑而感到羞愧的同時，也開始轉起了另外的念頭……

第一百四十七章

「舒雅，妳娘也是擔心妳，要不然妳回家靜養一段時間？」吳太太看著坐在床尾的林舒雅，帶了幾分試探地道。林太太之前提出要接林舒雅回家一段時間，林舒雅毫不猶豫地拒絕了不說，還大發脾氣地讓進門沒多久的林太太離開，一副什麼都聽不進去的模樣。

「姑母，我娘說這樣的話我尚可以理解，但是您……」林舒雅雙目含淚地看著吳太太，臉上帶了受傷、控訴的表情，道：「您是表哥的親娘，表哥現在屍骨未寒，您怎麼能又怎麼忍心說這樣趕我走的話呢？」

「姑母怎麼捨得趕妳呢？」吳太太輕輕地拍了拍林舒雅的手，嘆氣道：「按理來說，妳是應該安心為懷宇守孝，但是這家裡眼看就要亂起來了，姑母是擔心妳受了什麼波及啊！」

「姑母不捨得趕我就別再說那種話。」林舒雅努力擠出一個苦澀的笑容，道：「我要一直陪著表哥，哪裡都不去。」

「好、好。」吳太太心中的疑慮未褪，臉上卻還是一副十分寬慰的模樣，再拍拍林舒雅的手，道：「妳在這裡伺候我一整天了，也該累了，先回去好好休息一下，要不然的話，我這還沒有好起來，妳就該病倒了。」

「我很好，就讓我伺候姑母吧。」林舒雅輕輕地搖搖頭，眼中帶著不捨和黯然，道：

「我嫁給表哥之後，不是被你們嬌慣著就是自己任性使小性子，都沒怎麼伺候過姑母，就讓我好好地伺候您吧！」

林舒雅的話和眼神讓吳太太的心微微一跳，心頭又升起那種不好的感覺。只是她還是不敢確定這是不是林舒雅裝出來誤導自己的，只是板了臉，道：「姑母知道妳是個孝順的好孩子，要伺候姑母以後有的是時間。聽話，回去休息。」

「姑母……」林舒雅叫了一聲，眼中的黯然之色更重了，臉上也帶了一絲淒苦。

「好了，別撒嬌了，先回房休息一會兒再過來。」吳太太心中那種不好的感覺更重了，她再拍拍林舒雅的手，對一旁的丫鬟道：「妳們還不伺候大少奶奶回房休息？要是讓我知道妳們不盡心的話，仔細妳們的皮。」

「是，太太。」立刻有幾個丫鬟上前攙扶林舒雅，林舒雅只能無奈起身，說了聲回去稍微休息一下就過來的話，才慢慢地離開，正好和從外面進來的林嬤嬤擦肩而過。

「我有話要和太太單獨說，妳們都下去吧。」林嬤嬤吩咐了一聲，等其他的丫鬟、婆子都離開之後，才走到吳太太床前，低聲道：「太太，奴婢去大少爺院子裡查過，也問過門房，大少奶奶身邊的丫鬟、婆子沒有一個出過門，都規規矩矩在院子裡做事呢。」

「那麼說，我那弟妹不是舒雅搬來的嘍？」吳太太瞇起了眼睛。剛剛趁著林舒雅強送林太太出門的工夫，她讓林嬤嬤去查了林舒雅身邊的人。她總覺得林太太來得有些蹊蹺，很懷疑她是林舒雅請回來的，林嬤嬤就趁著林舒雅在吳太太身邊伺候，將林舒雅身邊得力的丫鬟、婆子都查了一遍，卻還是漏過了一些平日裡形如隱形的。

「應該不是。」林嬤嬤也不敢把話說死，只是道：「別說大少奶奶身邊的下人，包括院子裡的其他下人也都沒有出過門，我還問了如月，她也是這樣說的，不過……」

「不過怎樣？」吳太太微微一緊，等著林嬤嬤說話。她嘴中的如月是吳懷宇的通房丫頭，也是吳太太給吳懷宇的，吳太太對她倒是比別人多了幾分信任。

「大少奶奶昨晚卻做了些奇怪的事情。」林嬤嬤看著有幾分緊張的吳太太，道：「大少奶奶把她身邊的丫鬟、婆子都叫了過去，每個人多少都得了些賞錢，還把她素日裡最寵信的幾個的身契給了她們，說什麼以後她要安心為大少爺守寡，過清心寡慾的清苦日子，身邊不用這麼多的人伺候，等到大少爺的喪事完了就讓她們自由。」

「還有嗎？」吳太太臉上帶了些沈思。林舒雅的舉動實在是太反常了。

「昨天大少奶奶讓人將她和大少爺的東西都規整了一番，晚上大少奶奶房裡亮了一夜的燈，如月半夜起來，偷偷地從窗子的縫隙裡看了一眼，看見大少奶奶坐在桌子前面流眼淚，桌子上擺滿了大少爺送給她的東西，但是今天那些東西卻都不見了。」林嬤嬤看著一臉沈思的吳太太道：「還有丫鬟說，今早在衣櫃裡看見大少奶奶進門穿的那身嫁衣掛在櫃子裡，也不知道她什麼時候從櫃子裡翻出來的。」

「妳說她這是想做什麼？」吳太太皺緊了眉頭，心中有了一種猜測，卻又覺得應該是自己想多了。

「要是奴婢說錯了，還請太太不要生氣。」林嬤嬤先說了一聲，然後才小心翼翼地道：「奴婢覺得大少奶奶像是在為自己安排後事。」

「妳說她會跟著懷宇去？要是他們剛剛成親，感情最濃的時候我倒是會相信，但是現在……舒雅對懷宇心中定然有不少怨恨，懷宇死了，她雖然不至於高興，但殉情也不大可能。」吳太太心裡也想到了這點，卻又覺得林舒雅應該不會這樣做。林舒雅流產之後，對吳懷宇就大不一樣了。

「大少奶奶和大少爺的感情確實不如剛剛成親的時候那麼好了，但是最近三、四個月來，大少奶奶倒也沒有再像以前那般任性胡鬧，和大少爺的感情也恢復了不少；要不是大少爺故意端著，想磨磨大少奶奶的性子的話，兩人說不定早就和以前一般親密了。」林嬤嬤沒有說的是吳懷宇故意端著，並非真的是為了磨一磨林舒雅的性子，讓她不要任性妄為，而是為了讓她回林家要好處。

吳太太想了又想，卻又揮揮手，道：「這件事情暫時就這樣吧，讓人盯緊了大少奶奶，別讓她胡鬧就是，這家裡真的禁不起再出什麼事故了。」

「太太，萬一大少奶奶是存了跟著大少爺去的心思呢？要是那樣的話，盯緊她也不一定有用，還得做更多的預防措施啊。」林嬤嬤的心一跳，聽出吳太太的話外之音，縱使她是吳太太最親信的嬤嬤，心裡還是忍不住為吳太太的涼薄而感到心寒。

「她要真不想活的話，再怎麼防備也是攔不住的，由著她去吧。」吳太太無情地道。吳懷宇的死，她最恨的是那個可能給了兒子那種見不得人的藥的庶子，其次就是林舒雅了。要是她得力一點，逼著林老爺、林太太將海貨生意分吳家一點的話，吳懷宇不會和林永林、林永祿合謀，不會為了避人耳目去青樓談事情，更不會在青樓出事。仔細論起來，兒子的死和林舒雅也是有些干係的，她不能讓她為兒子償命，但如果她自己想下地去陪兒子的話，她也是不會阻攔的。

「太太，可不能這樣啊！」林嬤嬤立刻勸著道：「大少奶奶可千萬不能出事啊，她要是有個三長兩短，您怎麼跟舅老爺、舅太太交代？」

「我有必要給他們什麼交代嗎？」吳太太冷著臉道：「女兒是他們養大的，什麼性情他們最清楚，是我想管就能管得住的嗎？」

「太太，您可不能糊塗啊！」林嬤嬤急了，道：「要是大少爺還在的話，您自然可以不管舅老爺、舅太太，也不用給他們什麼交代；但問題是現在大少爺已經去了，如果沒有娘家撐腰的話，老爺在尚好，要是老爺不在了，不管是哪個少爺當家，您的日子都不好過啊！」

林嬤嬤的話讓吳太太苦笑起來。是啊，自己才三十八、九，四十不到，起碼還能再活上十年、八年。現在，兒子死了，要是再失去娘家這個倚仗的話，別說那些姨娘生的孽種以後當了家，會給自己這個從來沒有善待過庶子的嫡母難看，就是吳老爺自己也都不會給自己好臉色，那樣的話，她的好日子也真的是到頭了。說不定為了有個嫡子，他還會乾脆讓自己病逝，騰出位置來娶個年輕貌美又有用的繼室，他才過四十，再生嫡子也是來得及的。

「那妳是覺得我應該怎麼做？讓她回娘家嗎？」吳太太如果怕擔干係，將林舒雅暫時送回林家是最妥當的，如果真的出了什麼事情，她不但不用向林老爺夫妻交代，還可以向他們討個說法，畢竟林舒雅不僅僅是林家的姑娘，更是吳家的媳婦。可是吳太太卻擔心，萬一送回去林家就不能讓她再回來怎麼辦呢？林太太的手段她雖然領教得極少，但從林老太太嘴裡知道的那些零星事情也能夠窺得一二——就算林舒雅是她的親姪女，就算她也曾經真心疼愛過林舒雅，但是她還是想將林舒雅扣在吳家一輩子，為兒子守一輩子的寡。

吳太太想到最妥當的是把林舒雅送回林家，林嬤嬤自然也想到了，但是她不敢直接說出口，那樣的話，吳太太一定會以為自己得了什麼好處，要是林舒雅一去不返的話，自己可就有得受了。她想了想道：「奴婢愚鈍，不知道怎樣更妥當一些，要不然奴婢讓人盯緊了大少奶奶，要是她真的想不開的話也好及時阻止。」

「妳的意思是再等等看？」吳太太沈吟了一下，然後點點頭，道：「那就這樣吧，讓如月盯緊了她，不要真的讓她出事就是。」

「是，奴婢這就去安排。」

第一百四十八章

沐浴之後，林舒雅讓所有的丫鬟、婆子都退下，自己靜靜坐在梳妝檯前，精心裝扮著自己，化了一個自己最喜歡的妝容，綰了一個簡單大方、自己就能挽的髮髻，戴上丟在匣子裡很久都沒有戴的、那些吳懷宇送的首飾，再換上那身她進門時穿的嫁衣……

打扮完畢，林舒雅盈盈起身，照著鏡子轉了幾圈，覺得自己全身上下無一處不美，這才展開一個決然的笑容，將事前準備好的白綾取出來，踩在凳子上，努力將它拋到屋樑上，打了一個結，試了試，然後卻又忍不住看著那白綾開始發愣——

她知道林嬤嬤來過了，也知道她打聽了自己這兩天的舉動，查了丫鬟們的行蹤，她相信自己故意透露出的那些異常，林嬤嬤一定已經發現了，也一定原原本本告訴了吳太太，她們現在或許已經猜到了自己可能要自盡。只是，吳太太到現在都還沒有什麼行動，彷彿對自己的異常一無所知一般。林舒雅不知道吳太太是想看著自己是不是真的想死，還是不理會自己的死活了。

但是，都已經到了這一步，不管是哪一種情況，她也只能硬著頭皮走下去了，要不然之前所做的一切都要功虧一簣，她以後的生活也會陷入悲哀之中。想到這裡，林舒雅很堅定地將白綾套到自己的脖子上——她寧願就這樣去死也不願意在吳家憋屈地活著，而且她相信就算是死，她也不會白死，她要是死了，林家一定會讓吳家付出極大的代價的。

想到如果自己弄假成真，吳家會被父母逼到絕境，林舒雅臉上就帶了一個笑容，腳毫不猶豫地一蹬。耳邊聽到凳子倒地的瞬間也感受到了脖頸處傳來的極大疼痛，她本能地掙扎起來，腦子裡什麼念頭都沒有了……

「快！快救人！」就在林舒雅覺得自己就要死的那一瞬間，她耳邊傳來了宛如天籟一般的聲音，然後感覺到有人抱住了她的腿。她心頭一鬆，知道自己賭贏了，然後放心地暈了過去。

「舒雅，妳怎麼能這麼傻啊……」林舒雅是被一陣嚎哭吵醒的。她努力睜開眼，模模糊糊看到一臉悲切的吳太太坐在她身邊，她努力地動了動自己的頭，卻感受到脖頸處傳來一陣疼痛。

「太太，大少奶奶醒了。」一旁的林嬤嬤眼尖地看到林舒雅微微睜開的眼睛，立刻提醒忙著嚎哭，對此一無所知的吳太太。

「舒雅，妳總算醒過來了。」吳太太撲上去。確定林舒雅醒過來的那一瞬間，心中帶了矛盾地如釋重負。她心疼地叫道：「妳這孩子，妳怎麼能做這樣的傻事呢？妳要是有個什麼三長兩短的話，我怎麼向懷宇交代，又怎麼向妳爹娘交代，妳這孩子，妳這是在剜姑母的心啊！」

林舒雅心裡冷笑，臉上卻滿是悽楚，掙扎著開口，卻發現嗓子疼得厲害，根本就發不出聲音來。

「妳別說話。」吳太太連忙阻止她，道：「大夫說了，雖然救得及時，妳人沒有什麼大礙，卻傷到了嗓子，暫時不要說話，好好休息調養一段時間再說。」

不能說話更好，起碼不用說些言不由衷，自己心裡膩歪的話來哄他們。林舒雅安心地閉上了嘴，臉上卻還是帶了些控訴，似乎在責怪他們不應該將她救下來一樣。

「妳這孩子，我知道妳和懷宇情深意重，也知道妳捨不得他一個人孤零零地就這麼去了，但是妳也要為活著的人想想啊……」吳太太滿臉悲切地道：「妳要是真的就這麼走了，姑母該多傷心，妳爹娘又該有多傷心？」

林舒雅擠出幾滴眼淚，輕輕地搖搖頭，卻又閉上眼，一副什麼都不想聽的樣子。她相信吳太太現在就算心裡還有懷疑，也不會冒險將自己留在吳家了，說不定明天一早就會讓林太太上門接人了；要是林太太不來的話，她說不定還會主動將自己送回林家。她的目的已經達到了，也沒有心思和精力再應付吳太太了。

「唉，妳好好休息，姑母明天早上再來看妳。」看著林舒雅不合作的樣子，吳太太也沒有什麼辦法，只能嘆著氣起身。她這些天都沒有好好休息，今天晚上好不容易有了睡意，也好不容易才閉上眼，可沒等她睡熟，就又被吵醒了，然後守了林舒雅一個多時辰，現在已經是疲憊不堪了。

聽到吳太太出去的聲音，林舒雅這才睜開眼，看了看臉上帶著餘悸的丫鬟，知道她們定然被自己的舉動給嚇到了，今天晚上一定會死死守著自己不敢放鬆。她諷刺地笑笑，閉上眼，安心地睡去。

而另一邊，剛剛回到房裡的吳太太卻還得強打著精神應付一臉怒氣的吳老爺……

「這大半夜的，她又胡鬧些什麼？還嫌家裡不夠亂嗎？」和吳太太、吳懷宇一樣，吳老爺原本對林舒雅這個兒媳婦是十分滿意的，滿心期望看著她進了門，原以為跟著她一起進門的還有賺錢的路子——在他看來，林老爺就這麼一個嫡出的女兒，嫁的又是姻親，嫁妝豐厚不用說，海貨這一塊也能分潤一些出來。但是沒有想到的是，林舒雅的嫁妝確實是不少，金銀首飾、面料綢緞、房產、田產、鋪子都有，唯獨沒有吳家殷切期盼的海貨鋪子。當時，他心裡就不是很高興，但想著來日方長，也就沒有吱聲。

但是，兩人成親都兩個多月，林家又開始準備絲綢、茶葉、瓷器出海的時候，吳老爺就坐不住了。他知道這是介入這一行的最好時機，要是錯過了這一次，下一次再想進入就更不容易了；但他向林老爺透露這個意圖的時候，還是遭到了林老爺的拒絕。他已經不記得這是第幾次在林老爺那裡因為這件事情碰壁了，不過和以前不一樣的是，他這一次分外生氣。不過，他也不很著急，他有別的辦法讓林老爺鬆口。

一開始，他拐彎抹角地和林舒雅提起這事，但不知道她是天生的愚笨還是故意裝傻，居然對此沒有任何回應。沒有耐心的他直接向兒子下了命令，讓他無論如何也要說動林舒雅回林家纏著林老爺鬆口。他不知道兒子是怎麼和林舒雅說的，但他知道兒子沒有成功；然後他聽了吳太太的建議，決定用女人來刺激一下林舒雅，讓她明白要是她不能幫吳家促成這件事情的話，那麼她在他心裡、在吳家的地位都會受到影響。

但事情再一次偏移了，林舒雅確實是大受刺激，但她沒有照他們的劇本走，而是和吳懷宇鬧將起來，出了意外，當她抱著肚子痛苦地在地上掙扎的時候，當看到她裙下流出鮮血的時候，他們才知道她懷了孕，而且正在失去這個無緣的孩子。

事情鬧到那一個地步，他們不能也不敢再提什麼要求了，相反地，還只能由著聞訊趕來的林太太劈頭蓋臉地臭罵，然後再眼睜睜看著她被林太太接走。之後，他們還只能低聲下氣地到林家道歉，說好話，努力地把她給哄回來。想起那段時間做的那些事情，吳老爺就是一陣氣悶。

林舒雅回來之後，很長一段時間都在和吳懷宇鬧彆扭，但是她終究是個傻乎乎、沒有什麼心機的，吳懷宇花了些功夫哄了一段時間之後，兩人又親昵起來，卻還是不肯幫吳家謀利。這一點吳老爺很生氣，吳懷宇也是一樣，於是，他們終於生出了別的心思。但是，在事情順利進行的時候，意外再次發生，兒子不光彩地死在了女人的肚皮上。他的死極有可能和幾個還算出色的庶子有關係，為此，吳太太鬧得不可開交，非要他追究，卻不想想現在是追究的時候嗎？再說，那也是他的骨肉啊！

所以，知道林舒雅鬧自殺的時候，他心中堆積已久的不滿終於爆發了出來，他甚至恨不得林舒雅沒有被人發現，直接吊死了得乾淨。

「你以為她願意這樣鬧嗎？」雖然林舒雅真的鬧出投繯自盡的事情和吳太太為了試探真假而故意放任有關係，但是吳太太不會和吳老爺坦白。她為林舒雅抱了一聲屈，然後道：「還好她院子裡的下人警醒，及時發現把她給救了下來，要不然她真的有個什麼閃失的話，我們怎麼向弟弟、弟妹交代？」

「又不是我們逼著她去死的，有必要給他們什麼交代？」吳老爺這話說得很心虛，忽然想起來林老爺的厲害之處，要是林舒雅真的有意外的話，恐怕他能逼得自己跳河。

「是嗎？」吳太太看著吳老爺心虛的樣子冷笑一聲，道：「既然這樣的話，那我就不管她了，大不了到時候我也一條白綾跟著懷宇去了，免得還有得受人的氣。」

「妳這是什麼話！」吳老爺不滿地呵斥了一聲，在吳太太嚎啕出來之前忙不迭地問道：「好了，妳也別和我鬧了，她是妳姪女，妳說該怎麼處理這件事情？要是讓林家人知道她想自盡的話可不得了的。」

「那也得讓他們知道。我算是看出來了，舒雅這一次是鐵了心要跟著懷宇走。」吳太太想到林舒雅那副什麼都不想聽的樣子就頭疼，她現在只想先把林舒雅送回去，免得死在了吳家連累自己。她直接道：「明兒一早，我派人去林家通知弟妹接她回去，不能讓她在家裡出什麼事情。」

「那有什麼用？她要是鐵了心，不管在哪裡都會想辦法自盡的。」吳老爺輕輕地嗤了一聲，卻眼睛一亮，看著吳太太，道：「我明白了，妳這個主意好，要是她回去之後消停了就算了，要是她還鬧，甚至一不小心真的死了的話，我們正好可以向林家要人，她可是我們吳家的媳婦，可不能白白地死了。」

「那我明兒一早就安排。」吳太太看著吳老爺的樣子，一陣心冷。兒子都死了，吳家再風光她也高興不起來了。

第一百四十九章

「太太，不是說好了我在門外等您然後直接去吳家嗎？」見到林太太之後，拾娘立刻問了一聲。昨天她們從吳家回來的路上就商議好了，今天一早再去吳家接林舒雅，要是她還不肯跟著回來的話，後天再去，直到將她接回來為止。

「林嬤嬤一早過來了，說舒雅身子不適，吳家又請了德高望重的大師和僧人為吳懷宇唸經超渡，吵鬧得厲害，不能安心休養，想讓她回林家來休養兩日，等吳懷宇出喪再回去送喪。」林太太嘴角噙著一個冷笑，道：「我拒絕了，還告訴她，我昨日也是一時頭腦發昏才會提出要她回來休養幾日，別說她已經做了決定，要死心塌地地留在吳家，就算她想要回來，我這個當娘的也不能縱容她在這個時候任性胡鬧。哼，她說服不了我，只能悻悻地走了，她剛走一刻鐘，我估計不出一個時辰，吳家的人就會把舒雅強行給送回來。」

「姑娘昨晚一定做了些過激的事情，把吳老爺、吳太太給嚇到了。」拾娘想都不用想就知道林舒雅定然做了努力，要不然昨天還對她抱有懷疑，雖然也順著林太太的話讓她回來，但又透露出離不開她意思的吳太太會讓人來說這樣的話？

「我猜也是，只是不知道她到底做了什麼把他們嚇成這個樣子。」林太太點點頭，道：「唉，自從她流產之後，整個人都變了，變得連我這當娘的都覺得陌生，都猜不到她心裡在想些什麼了。」

「經歷過那樣的痛楚，姑娘自然會改變。」看著滿腹憂心的林太太，拾娘只能安慰道：「我不敢說姑娘的這些變化是好是壞，但是起碼有一點，她以後做事一定會深思熟慮，不會像以前那樣，被人幾句話就哄了。」

「現在只能這麼想了。」林太太嘆口氣，卻又有些坐立不安，想到門口看看吳家有沒有將林舒雅送回來，卻又不想因此讓吳家人看破了自己的心思。

「太太，我看是不是讓人馬上去吳家看看，看看他們有沒有將姑娘送回來。」拾娘心頭又閃過一個念頭，道：「要是沒有送出來的話，不妨再等一等；要是已經出門的話，讓人立刻把這件事情傳出去，就說吳懷宇的死和吳家幾個庶出的少爺有些干係，姑娘為了為吳懷宇討說法，被吳老爺嫌棄，不顧吳懷宇屍骨未寒就將她趕回林家……唔，一種說法不行，再添幾種說法，或者說姑娘對吳懷宇情深意重，要陪著他赴死，吳家害怕擔干係，就將她送回林家；再說剛剛查出吳懷宇外面早就有了外室子，他死後，吳家想要將外室子接回去，姑娘又是傷心又是憤怒，拒絕無果之後，憤然回娘家求庇護。」

拾娘可以肯定林舒雅定然是再也不想在吳家待下去了，不然也不會讓人暗中傳信給林太太。但是，林舒雅也開竅了，不再是以前那個不會謀算，總是讓人算計的傻子了，她一邊求助，一邊卻幾乎要上演以死明志的戲碼。她現在已經深知名聲和輿論的重要了，那麼自己不妨把這把火燒得大一些。當然，要是自己猜測錯了的話也不用著急，林舒雅完全可以站出來為吳家說話，澄清事實，要是那樣的話，她留在吳家也更多了一層保護。

「我這就派人去。」林太太一聽就知道可行，這招是讓吳家斷了以大義的名義將林舒雅強行接回去的路子。

「不過時間上可能有些倉促，讓人找幾個遊手好閒的，就算是花錢也要讓他們湊到大門口看熱鬧。」拾娘再想想，又補充了一句。

林太太點點頭，立刻交代陳嬤嬤，讓她找可信的人去做這件事情，然後按下心頭的煩躁，和拾娘說起話來。只是她的心思顯然不在這上面，拾娘又不是她需要打起精神來應付的人，總是說得牛頭不對馬嘴。

「太太，吳家真的把姑娘強行送回來了。」果然如林太太所料，不到一個時辰，陳嬤嬤就來回報，道：「吳家的馬車還有兩個街口才到，小廝搶先一步回來報信。」

「嗯。」林太太激動地站起來，然後又坐下，問道：「那些似是而非的消息傳出去沒有？」

「傳了，但是時間緊迫，估計傳不了幾個人。不過，大門口倒是已經有了幾個平素愛看熱鬧、愛打聽是非的閒人，要是讓他們見到了，這件事情應該會傳得很快。」陳嬤嬤已經盡力去做這件事情了，但是也只能做到力所能及的那一部分。

「太太，通知門房，讓他們在門口攔上一攔，一定要讓您親自出門接，才能讓姑娘進門。」拾娘心頭又起了念頭，道：「您一定要讓姑娘在大門口就下馬車，一定要讓人看到姑娘是被吳家強行送回來的。」

「嗯。」林太太點點頭，愈發覺得有拾娘在自己省事省心，她朝陳嬤嬤道：「就照拾娘說的去做，馬上去。」

「是，太太。」陳嬤嬤點頭飛快去了。

這可是一刻都不能耽誤，拾娘看著臉上緊張的林太太，安慰道：「太太，您不要太心焦了，一切都會順利的。」

林太太點點頭，端起面前的茶水喝了一口。還不等她喝第二口，陳嬤嬤就進來，道：「太太，吳家的馬車到了，他們還想把馬車直接駛進來，奴婢讓人攔住了，林嬤嬤說姑娘就在車上，讓我們放行。我說要等您過去，讓她們等著。」

「我們走。」一聽這話，林太太就坐不住了，立刻飛一般地往外走。拾娘跟在後面輕輕地搖搖頭。她知道林太太愛女心切，但是現在明顯吳家的人心急了，那麼不管心裡有多著急，都得裝出一副不在意的樣子才行。

快要到大門口，林太太忽然慢了下來，伸手讓丫鬟托著，不緊不慢地往外走，臉上也帶了些氣惱，看到正在和門房說話的林嬤嬤，語氣不好地道：「林嬤嬤，妳怎麼又來了？怎麼，我不肯去接舒雅，你們吳家就強行把她給攆回來了嗎？」

「舅太太，您別誤會。」林嬤嬤臉上陪笑。這一刻，她心裡對吳太太滿是抱怨，抱怨她將這一樁不討好的苦差事交給自己做，嘴上卻只能照著預先想好地道：「實在是因為家中亂成一片，大少奶奶精神又差，想讓她回娘家靜養幾天才這樣做。舅太太，讓人讓開，奴婢好讓車伕把馬車給趕進來。」

「舒雅呢？讓她下車。」林太太臉上帶了怒氣，道：「我倒是要問清楚，這到底是怎麼回事？為什麼昨天還抵死不回來的人今天卻要回來了？要是不把話說清楚的話，立刻給我調轉馬頭，送她回去。」

林嬤嬤滿嘴苦味。林舒雅怎麼都不肯乖乖回來，是她讓兩個孔武有力的丫鬟架著她上的馬車，一路上捂著她的嘴把她給送回來的，想著等到馬車進了林家再放開她的，就算有什麼也可以慢慢解釋，豈料被攔在了門外。她怎麼能夠讓林舒雅在這裡露面呢？在這裡下車和進了林家再下車可大不一樣啊！

林嬤嬤的苦澀拾娘看在眼底，她朝著陳嬤嬤使了一個眼色，陳嬤嬤一個箭步就躥到馬車旁，不等車伕反應過來就掀了車簾子，然後驚叫道：「太太，您快過來看，吳家簡直欺人太甚了！」

馬車裡的兩個丫鬟一驚，手上忍不住一鬆，林舒雅立刻掙脫了她們的手，然後不管不顧地跳下馬車，撲進了趕到馬車面前的林太太懷裡，哇的一聲就哭了出來，道：「娘，他們實在是太過分了，居然強行將女兒押回來了……」

「不哭。」林太太抱著女兒，一邊輕輕地拍著她的背，一邊對林嬤嬤怒目而視，道：「你們怎麼敢這樣對舒雅？這件事情你們吳家必須給我一個交代！」

「舅太太，您聽我解釋。」林嬤嬤被這變故嚇得手足無措起來，她真是倒了八輩子的楣才會接了這個差事。

「舒雅，妳的脖子是怎麼回事？」拾娘忽然一陣驚呼。那是林舒雅見林太太只顧著安慰自己，順便找林嬤嬤的不是，心下著急，故意將脖子露出來給拾娘看的，她相信拾娘一定會把握住機會讓暴風雨來得更猛烈一些的。

林太太一個激靈，抓著林舒雅的手臂，將她推開了一點，看到了她脖子上恐怖的青紫色勒痕，又是心疼又是憤怒地叫了起來：「林嬤嬤，這到底是怎麼回事，舒雅怎麼會傷成這樣？你們吳家怎麼逼迫她了！」

林嬤嬤腳下一軟，恨不得一跤摔下去暈死過去算了，但是她知道要是那樣的話她也就活到頭了，硬著頭皮道：「舅太太，您聽我解釋！」

「妳說。」林太太兩眼都在噴火。林舒雅脖子上的傷痕讓她幾乎失去理智，那傷痕實在是太讓人心驚了。

「娘，這不關林嬤嬤的事。」林舒雅很適時地為林嬤嬤解圍，她眼睛眨巴一下，淚珠子就掉了下來，道：「表哥死了，女兒心無所念，昨晚投了繯，卻沒有想到還是被人給救了下來……」

「妳這傻丫頭，妳這是要讓娘心疼死啊！」林太太心裡雖然猜測這是林舒雅施的苦肉計，但看著她那道讓人心驚肉跳的勒痕，卻還是一陣後怕。要是沒有被人及時救下，弄假成真的話……

「林嬤嬤，這是什麼意思？」看著抱頭痛哭的母女倆，拾娘一陣無奈，只能親自出面，臉色冰冷地看著林嬤嬤，道：「吳家是想說舒雅就算死也不要死在吳家，免得給他們添麻煩嗎？」

「沒有，姑娘不要誤會！」林嬤嬤只覺得百口難分。

「誤會？我看未必是誤會吧。」拾娘冷冷地一甩手，道：「陳嬤嬤，妳們扶著太太和舒雅進府，別讓人見了笑話。至於妳，林嬤嬤，人已經送到了，妳就請回吧。」

看著被丫鬟、婆子簇擁著進了林府的林太太和林舒雅，再看看發了一頓脾氣，也跟著進去的拾娘，最後再看了面色不善，瞪著自己的門房，林嬤嬤真是想死的心都有了。她回去該怎麼交代啊……

第一百五十章

「娘，我真的沒事，不用找大夫那麼麻煩了。」林舒雅攔了林太太一下。她知道自己脖頸上的勒痕看起來觸目驚心，但實際上沒有那麼嚴重，嗓子也在安心睡了一覺之後好了不少，說話的時候雖然有些刺痛，卻能忍受。

「不找大夫好好看看，我怎麼能安心呢？」林太太不理會她，吩咐陳嬤嬤去請大夫，又屏退了丫鬟、婆子，再一把拉住想要避嫌離開的拾娘，才問道：「這到底是怎麼一回事？妳怎麼傷成這個樣子？」

「如果我沒有受這個傷，我能從吳家那個狼窩出來嗎？」林舒雅無所謂地笑笑。就算是吊在白綾上痛苦掙扎的時候，她都沒有後悔自己的舉動，現在更不會後悔了。她看著林太太道：「受這麼一點點傷，就能順順利利讓他們送我回來，真的很值得。」

拾娘輕輕地一抬眼，看著一臉平靜的林舒雅。看來所謂的投繯自盡也不過是她的手段之一，為的就是能夠從吳家全身而退。她用這種激烈的手段是不是證明她和吳懷宇的死確實脫不了關係呢？要不然她為什麼這麼著急離開吳家？不過，拾娘不得不承認的是，林舒雅現在才像是林太太的嫡親女兒，有林太太一擊必中的狠勁。

「妳啊……」拾娘能夠想到了，林太太自然也想到了，但那時她還是一陣後怕，心疼地摸了摸林舒雅那青紫色的勒痕，道：「什麼叫做受這麼一點點的傷，妳可曾想過，要是沒有人及時把妳救下來的話……」

看著一臉後怕的林太太，林舒雅伸手握著她的手，歉聲道：「女兒不孝，讓娘擔心了。只是，娘，如果女兒不這樣做的話，女兒根本不可能這麼簡單就從吳家出來，女兒給您和爹爹添的煩惱已經夠多了，女兒不能讓你們再因為女兒的事情被人詬病，說你們養女不教啊！」

進吳家近一年的時間，林舒雅算是看清楚了，吳家那一家子，包括吳太太在內，都是只看得到利益的勢利小人，如果不用這種激烈的手段的話，他們得不到足夠的好處是不可能讓自己離開的。但是問題也在這裡了，他們都是那種不知道滿足的人，如果林家為了自己退讓一步的話，他們就會想要林家再退第二步，直到林家退無可退或者不願再退為止，而她不想林家為自己和他們妥協。

「妳啊……」林太太長嘆一口氣，然後正色看著林舒雅道：「妳怎麼這麼著急，一刻都不願多等地離開吳家？不要瞞我。」

「我是不想自己變成吳家用來脅迫妳和爹爹的籌碼。」林舒雅直言不諱。她沒有說的是有了吳懷宇那麼一個前例，她這一輩子是不會再有嫁人的念頭了，但是她也絕對不會留在吳家給吳懷宇守寡，順便給吳家一個可以讓林家退讓的籌碼。她也打算好了，能夠留在林家自然是最好不過，要是不能留下來的話，她也可以找一個清靜的庵堂過一輩子。雖然她不會喜歡那種清心寡慾的生活，但總比留在吳家，整天被人算計來得好。

「就這樣？」林太太懷疑地看著林舒雅，也沒有顧忌拾娘，直接問道：「懷宇的死到底是怎麼一回事？真的是仵作說的那麼簡單嗎？」

吳懷宇的為人她還是很清楚的，那個人心夠狠，同時也是個小心謹慎的；畢竟吳老爺的姨娘和庶子那麼多，他從小到大不知道被人明裡暗裡算計過多少次了，就算他吃什麼助興的藥，也會小心一些，不至於只吃了一顆藥就導致這麼嚴重的結果。

「他確實是因為吃了藥才導致馬上風的。」林舒雅撇撇嘴。在成親以前，她只知道吳懷宇有如月那個通房丫頭，知道他偶爾會因為生意上的應酬去煙花之地；那個時候她雖然有些吃味，但也能接受，畢竟那些都算正常，就連林老爺為了生意也會去那些地方。等到成親之後，她才知道這完全是兩回事。林老爺去真正是為了生意，每次談好生意、應酬完了之後，不管有多晚都會回家，從來就沒有在那種地方過夜。而吳懷宇不一樣，他去那種地方不僅僅是為了應酬，他很熱衷去青樓，在望遠城幾家有名的青樓都有和他相好的，在怡香園更包了一個紅牌。在那些地方經常出入的人，基本上都會吃藥助興，而這在林舒雅剛嫁給他的時候不知道，是在她流產之後才偶爾發現的，也是在發現的時候，林舒雅腦子裡才生了一個念頭，一個讓吳懷宇死得那般不光彩的念頭。

想到這裡，林舒雅冷笑一聲道：「不過，他吃的那顆藥有些問題罷了。」

「藥有問題？妳怎麼知道？」林太太看著林舒雅，十分緊張。要知道那個藥在吳懷宇死後就被衙門的人拿去了，要是讓衙門的人看出什麼來的話，就算和林舒雅無關也脫不淨干係，更別說林舒雅這樣子顯然是和這有問題的藥有關係了。

「因為那顆藥是我放到他瓶子裡的，看起來和他瓶子裡別的藥大小顏色甚至氣味都沒有什麼區別，但是其中的成分卻略有不同，其中有一味多加一點點就可能導致出問題的藥，被我加了三倍……」林舒雅平靜地說著，彷彿在說一件微不足道的事情一樣。她微笑著道：「那藥是我花了四個月的工夫才做好的，總共只做了三顆。」

林太太暫時沒心思去管她從哪裡得到那種東西的藥方，更無暇問清楚對藥物一無所知的她怎麼能做出以假亂真的藥來，她只是緊張地抓住林舒雅的手，問道：「另外兩顆在那裡？」

「知道他出事的時候，我把那兩顆藥丟到陰溝裡，看著它們化成了一灘泥。」林舒雅知道林太太在擔心什麼，她冷靜地道：「我就放了一顆在他的藥瓶中，多做了兩顆不過是以備不時之需而已。」

林太太舒了一口氣，她最擔心的是那兩顆藥落到了別人的手裡，對林舒雅可不好。但這口氣一出，她就又冷了臉，斥道：「妳怎麼能做這樣的事情？不管怎麼說懷宇也是妳的丈夫，妳怎麼就能下這樣的狠手？」

「丈夫？當我知道他對我好、娶我進門不過是為了從林家得些好處，當我那個無緣的孩子離開我的時候，我就已經不把他當丈夫了。」想到那個令她刻骨銘心一輩子的日子，林舒雅的臉上就閃著抑制不住的恨意。那天被她鬧得心煩的吳懷宇直言不諱地告訴她，娶她最主要是因為她林家姑娘的身分，而不是對她這個人有多麼喜愛；她氣昏了頭又任性慣了，哪裡忍得住，衝上去就想打吳懷宇，卻不料被失去耐心的他用力甩開，一個不小心就摔倒在地，失去了那個她一直期盼，但是懷上了，卻還不知道他存在就失去的孩子。那一天對於她來說是惡夢……也是從那天起，她就恨上了吳懷宇，就再也沒有想過要原諒他。

「那妳也不能這樣做啊！」林太太氣道：「如果妳真的不願意和他過下去的話，可以和娘說，娘好生為妳謀劃一番，和他和離就是，何必走到今天這一步？妳以為寡婦有那麼好當的嗎？」

「和離？沒有足夠的代價，他和吳家那些個貪婪的人可能同意嗎？」林舒雅冷笑一聲。要是那樣的話，吳家一定會獅子大開口的。

「那也比妳這樣做的好。」林太太不覺得付出一些代價是大不了的事情，她看著林舒雅道：「要是妳做的那些事情被人發現了的話，妳可知道那會是什麼後果。」

「我想過，很認真地想過，所以我也曾經猶豫過。」林舒雅還真不是一時頭腦發昏做的這件事情，她輕嘆一聲道：「那藥我做好已經有一個多月了，但直到十天前才放進他的藥瓶中魚目混珠的。娘，妳想知道是什麼促使我下了決心的嗎？」

「什麼？」林太太心裡微微鬆了一口氣。她猶豫過就好，哪怕是最後的結果還是她下了狠手也讓林太太心裡稍微舒服了一些；她不希望女兒心慈手軟，對什麼人、什麼事情都能夠忍讓過去，但是她更不希望女兒變成一個狠毒的人，那不光會毀了別人，也會毀了她自己。

「因為如果我不搶先下手的話，那麼我可能就沒有機會下手了。」林舒雅嘴角微微一抽，道：「十天前，我無意中聽到了吳懷宇和我那個好姑母的話，吳懷宇已經和永林勾搭在了一起，吳懷宇說永林答應他了，只要他能夠想辦法害死大哥，那麼永林就能把林家所有的生意都讓給吳家。」

林舒雅的話讓拾娘聽了都大為意外，但是再轉念一想，似乎又在情理之中，不然也不好解釋這兩個人就這麼混到了一起的事實。

「妳說什麼？不准信口雌黃！」過了好一會兒，一直在門外聽她們說話的林老爺忍不住出聲。知道女兒帶著傷回來之後，他也無心做事了，匆匆趕了回來，卻發現林太太將身邊伺候的人都屏退了，和女兒在房裡說知心話。他以為林太太是在開解林舒雅的，便在門外稍微頓足，沒想到卻聽到一個更讓人震驚的消息。

第一百五十一章

「老爺怎麼來了？」林老爺的出現讓林太太略感意外，卻並不驚慌——她連拾娘都沒有避著，又怎麼會擔心林老爺知道吳懷宇的真正死因呢？林舒雅也是他的骨肉，他再怎麼樣也不會為了一個已經死了的外甥兼女婿，就讓女兒給他賠命吧？就算他更心疼吳懷宇，不把林舒雅放在心上，也得仔細考慮這件事情被別人知道會有什麼嚴重後果。

「我要是不來的話，又怎麼能聽到這些讓我想都不敢想的事情呢？」林老爺的臉色極不好看，不過他也知道林太太並沒有打算瞞著他，不然他也不會在門外站了那麼久卻沒有驚動林太太了，所以這不滿的話他就只說了一句，就沒有再說，而是問林舒雅道：「妳剛剛說的話可有根據，永林怎麼會和懷宇說那樣的話？他打小就是個中規中矩的好孩子，雖然齊姨娘的死讓他受了不小的刺激，最近的行為舉止有些讓人失望，但是他怎麼可能做那種大逆不道的事情？」

「有什麼不可能的？」林舒雅冷笑一聲，看著林老爺道：「只要有足夠大的誘惑，什麼大逆不道的事情都有人搶著去做。當年的戾王都敢謀害先皇，敢假傳遺詔，永林又怎麼不敢對一個同父異母，一直壓在他上面，讓他有一種不能出頭的憋屈感覺的大哥下毒手呢？只要大哥死了，他就是林家唯一的少爺，林家的一切就都是他的了，這個險似乎還是很值得冒一冒的。」

林舒雅的話讓林老爺沈默了下來，前面那些話還是他以前和林舒雅說的，沒想到今天卻被林舒雅說出來堵自己的嘴，他真不知道女兒什麼時候變得這麼厲害了。

「再說，他和大哥除了這個兄弟的名分之外，還真談不上什麼兄弟情深，他對大哥下黑手那是一點都不會覺得心中愧疚。」林舒雅冷冷地看著林老爺，道：「更何況，他一直以為自己是爹最重視的兒子，現在卻被大哥搶去了所有的注意，齊姨娘的死他們兄妹又一直歸咎在娘身上，覺得是娘處心積慮地害了齊姨娘；恐怕他恨不得將大哥置之死地而後快早就不是一天、兩天了，否則他怎麼會和吳懷宇忽然之間變得那般親密，連上青樓都搭伴了，說不定還是他主動攀上吳懷宇的呢！」

「妳還知道些什麼？」林太太臉色鐵青地看著林舒雅。和林老爺懷疑的態度不一樣，她立刻就相信了林舒雅的話。林永林對她來說就是個狼崽子，不知道什麼時候就會跳起來咬自己母子的狼崽子；只是她一直以為林永林是個聰明的，起碼有一定的實力之後才會做那樣的事，卻沒有想到他這麼沒有耐心，迫不及待。

「永林承諾，只要大哥死了，他得到了林家的一切，那麼就會把林家的生意讓給吳家，而吳懷宇卻要保證對舒琴好。」林舒雅嘴角帶了一個諷刺的微笑。沒想到吳懷宇還是個搶手的香餑餑，都看到自己的慘狀了，還有人不怕死地想要撲上去。

「怎麼又和舒琴扯上關係了？」林老爺臉色更難看了。林舒雅的話讓他有了不好的念頭，他輕輕甩了甩頭，似乎這樣就能把那個不好的想法甩出去一樣。

「爹爹以為沒有舒琴的話，吳懷宇和永林能夠相信彼此嗎？」林舒雅冷笑，道：「他們的打算是這樣的，先想辦法害了大哥，在你們因為失去愛子而痛苦不堪，無暇顧及的時候再讓我病逝。然後，永林可以取代大哥的位置，而舒琴剛好可以取代我，成為吳懷宇的繼室……唔，姑母還說，舒琴比我聰明，比我的性格好，也比我懂事，一定會是一個好兒媳的。」

說這話的時候，林舒雅的心都是冰冷的。對吳懷宇她充滿了恨，對吳太太何嘗不是這樣？從小到大一直對她疼寵有加，總是說恨不得自己是她生的吳太太，她原以為嫁到吳家之後，會有一個心意相通、相愛相守的丈夫，會有一個疼愛自己，把自己當親生女兒一般的婆婆，將來還會有幾個活潑可愛的孩子，她會幸福地過一輩子。可是哪裡知道，良人非良人，這好婆婆更是個嘴甜心苦的，讓吳懷宇納瘦馬進門就是她出的主意。

「我不信！」林老爺相信林永林會為了某些利益起別樣的心思，卻怎麼都不相信林舒琴會是知情人甚至合謀者，他帶了幾分痛苦地道：「她今年才幾歲，怎麼可能……」

至於林舒雅話中提到的和吳懷宇合謀的吳太太，林老爺卻想都不想就相信了──他對他的這個長姊還是比較瞭解的，她確實是很顧娘家，對林老太太很有孝心，對自己兄弟也很是回護；但這都是有限的，畢竟她已經是吳家的人了，她心中最重要的還是吳家，還是她的親生兒子。當年，她能夠不顧一切將所有的嫁妝拿出來，除了那個時候她剛出嫁沒多久，對娘家還有極深的感情，想要努力地補貼、照顧娘家外，何嘗沒有背水一戰的因素？她心裡一定很清楚，要是林家就此沒落了，沒有了靠山的她在吳家也絕對沒有好日子，說不定什麼時候就會成為吳家的下堂婦甚至是「先太太」。

當年，她的孤注一擲贏了，林老爺風光地回來了，她的付出得到了十倍的收益，她在林家得了好名聲，在吳家也鞏固了地位。而這麼多年來，林老爺也因為對她的感恩之心，就算知道她在很多地方有些過分貪心，都容忍了不說，還在很多生意上照顧吳家一二，唯一堅持沒有鬆口的就是海貨這一塊肥肉了。

但是，林老爺也知道，自己的容忍並沒有讓吳太太滿足，不然就不會有林舒雅和吳懷宇鬧出私情，讓他不得不上董家退親，將女兒嫁到吳家，更不會有女兒到了吳家之後的那些事情。所以，吳太太居然和吳懷宇、林永林合謀，想要謀害林永星，林老爺只感到失望痛心，卻也能夠接受這個事實。但是舒琴不一樣，那是他的女兒，是每次見到他都乖巧恬靜地在他跟前撒嬌的女兒。

「有什麼不可能的？」林舒雅冷嘲道：「她的年紀可是剛剛好。吳懷宇都打算好了，等我病逝之後會裝出一副悲痛欲絕的樣子，為我守孝三年不娶，既能得到你們的讚許，消除你們心中的懷疑，還能順便等舒琴長大。三年之間，能夠讓舒琴長成一個可以嫁人的大姑娘，也可以讓林永林順利成為這個家的當家人，到時候，他一定會讓舒琴帶著林家的生意當作嫁妝，嫁進吳家。」

林老爺深深地看著林舒雅，他的理智告訴他，林舒雅說的都是實話，但是感情上真是無法接受；一個是他抱有期望，到現在也沒有完全對之失望的庶子，一個是他更為疼愛的庶女，他們居然有那麼大的膽子在暗中算計嫡兄、嫡姊，算計他好不容易才攢下的家業……這放在哪個人身上，一時半刻的也都接受不了。

「爹是不相信我的話嗎？」林舒雅誤解了林老爺的眼神，對此她很無所謂，淡淡地道：「爹要是不信的話，可以把永林、舒琴以及他們身邊伺候的丫鬟、小廝叫過來好好地審問，永林和舒琴定然會矢口否認，但是他們身邊的人嘴巴卻不一定那麼硬，定然可以問出一些來的。」

這還用得著問嗎？林老爺心裡很痛苦，他閉了一下眼睛，再睜開時，眼中多了一些林舒雅看不懂的東西。他像是對林舒雅說，又像是對自己說道：「只要我活著，就不可能讓人染指林家的生意。」

他這話一出，對他知之甚深的林太太就悄悄鬆了一口氣……

「姑母也是這樣說的，不過我想她既然這麼說了，心中一定有了計較。」林舒雅抿了抿嘴，道：「爹爹，我知道姑母在您心裡不僅僅是尊重的長姊，但是我想提醒您的是，在她心中您可沒有那麼重要。」

「我知道。」林老爺苦笑一聲，這一點，看多了爾虞我詐的他不用林舒雅提醒。他輕輕搖頭，看著他進來之後就沈默寡言，沒說上幾句話的林太太，道：「妳說我該怎麼辦？」

雖然林老爺說得很含糊，但是林太太聽懂了他的話。她輕輕地搖搖頭，道：「老爺，這件事情你想怎麼做都好，我不想多說什麼，更不會插手。」

「我們之間不用有那麼多的顧慮。」林老爺苦笑。對齊姨娘母子的事情，林太太的一貫態度都是這樣，只是他現在真的需要有一個人促使他下某種決定。

「老爺，他們對我來說只是你的兒女，我對他們縱有心疼憐愛，卻萬萬不及你，這件事情我還是不插嘴得好。」林太太知道林老爺問自己的意見為的是什麼，但是她寧願大費周折地在暗地裡下手將這兩個禍害處理得一勞永逸，也不會說什麼讓林老爺狠下心，把林永林兄妹給處理的話——誰知道他會不會在將來某一天後悔了，然後將所有的罪過推到自己身上，怨恨自己蠱惑他，讓他對自己的親生兒女下狠手。

「我再想想，我再仔細想想……」林老爺心頭受著煎熬，他搖搖頭，一邊喃喃自語，一邊慢慢地走了出去。

「娘，為什麼不……」林舒雅看著林老爺離開，輕輕地叫了一聲。她不明白林太太為什麼不把握機會火上添油，讓林老爺直接廢了林永林，那是一個禍害，現在不除了，誰知道哪一天他又和什麼人聯手來害林永星。

「這種決定還是讓妳爹自己下，我只要在一旁看著就是。」林太太輕輕地搖搖頭，道：「我可不想有一天因為這個和妳爹成了仇人，不管怎麼說，那可是他的親生骨肉。」

林舒雅皺了皺眉頭，想要再說什麼，卻又忽然之間明悟了什麼，會心地一笑，道：「我明白了，娘，我真的明白了。我以後也會小心一些，不去做這個出頭的惡人。」

「對以後，妳有什麼打算？」林太太輕輕地摸了摸林舒雅的頭，心疼地道：「吳家妳定然是不能回去了，要是再進那個門，想要全身而退可沒有這次這麼簡單，娘怎麼都不會讓妳再回去，我想妳爹也會這麼想。不過，就這樣將妳留在家裡也不大妥當，要嘛找個清靜的庵堂待上一年半載，要嘛就離開望遠城到別的地方暫住，等和吳家把該了結的了結之後再回來。」

「娘，我想去別的地方走走看看。」林太太的話讓林舒雅有些淚意，終究還是親娘最心疼自己。她努力地忍住，不讓眼淚滴下來，道：「女兒見識少，才會這般蠢笨，女兒想出去開開眼界，也好長長見識和心智，免得再做什麼累人累己的事情。」

真長大了，變聰明了啊。拾娘在一旁看著聽著，對林舒雅下了一個注解。只是，這樣的成長代價真的是大了些……

第一百五十二章

「太太，您也別太擔心了，姑娘一定會順順利利的，說不定明兒您就能收到她的信了。」拾娘輕聲安慰著滿腹憂心的林太太。她今天是特意回林府陪林太太的。林永星告訴董禎毅，林太太最近寢食不安，人都瘦了一圈，偏偏谷語姝害喜得厲害，不能多陪陪她，所以拾娘就回來陪她了。

「算算日子也該有信回來了。」林太太又嘆了一口氣。兒行千里母擔憂，還真是一點都沒有錯，雖然安排了信得過的人照顧林舒雅，知道她會順利平安，但她的擔憂卻還是不減。

「太太怎麼會把姑娘送那麼遠呢？」拾娘略帶好奇地問了一聲。林舒雅回到林家的第三天一早，林老爺和林太太就讓人護送她離開望遠城，拾娘不知道他們是怎麼商量的，連吳懷宇馬上就要出喪都不管了，對外說是林舒雅因為吳懷宇的死大受刺激，去了庵堂靜養，但實際上卻去了望海城。

那是大楚最大的海濱城，是海上貿易最繁華的地方，林老爺當年就是在這裡孤注一擲，然後鹹魚翻身的。林家在那裡有不少的生意和產業，甚至還特別出鉅資購買了一個小碼頭，林家和他們的合夥人的船在沒有出海的時候就停放在那裡。更令拾娘奇怪的是，吳家居然平靜地接受了這件事情，也不知道他們是達成了什麼協定還是林家乾脆挑破了他們的算計，讓他們不得不沈默下去。

「去遠一些，到一個完全陌生的地方更容易拋開過去的種種。」林太太輕輕地嘆了一口氣，卻又笑了道：「唉，其實我應該高興才是，不管怎麼說，舒雅終於長大了，她現在這個樣子，就算沒有我們照應，也能過得安安穩穩的。」

「是啊。」拾娘笑著道：「姑娘不用您再整天擔心煩惱，大少爺成了家，學業也不用您再憂心，語姝又有了身孕，馬上要讓您抱孫子，您應該高興輕鬆一些才是。」

「我是應該高興。」林太太嘴裡這樣說著，臉上還是半點喜悅都沒有。她輕輕地嘆了一口氣，道：「永林到月底就要過繼出去了。」

「過繼？怎麼會……」拾娘大吃一驚。為了林永星，也為了林家，林老爺一定會對林永林採取一些必要的措施，不然還真的不知道以後還會發生些什麼事情，卻怎麼都沒有想到他會這麼做。過繼出去的話，林永林可就不再是他的兒子了，他的死生榮辱和他就沒有太大的關係了。不過，這也不失為一個好主意，改了林永林的身分，斷了他的念想卻又保全了他的性命，只是不知道林老爺是不是也在擔心，林太太會為了林永星滅了林永林呢？

「思來想去這個辦法最好，既能夠保全他也斷了他的念想。」林太太心裡不想簡單地放過林永林，卻也沒有干涉林老爺的決定。她從來都不是爭一時之氣的人，她淡淡地道：「永林是要過繼到老爺一位族兄的名下，老爺的那位族兄去世已經有七、八年了，他生前和老爺關係不錯，在我們最困難的時候還幫過我們。他膝下無子，那位嫂子又是個節烈的，怎麼都不肯改嫁，族中商議過好幾次，說看看從哪一房給她過繼一個繼承香火、養老送終的兒子，只是他們那一房沒有什麼產業，沒有幾個捨得將自己的親生骨肉送過去受苦。這次，老爺主動促成這件事情，倒也了了族中的一樁難事。」

那麼說來，林永林不但再也沒有繼承林家產業的機會，也要開始過苦日子了？拾娘淡淡地冷笑一聲，問道：「二少爺是什麼意思，他同意過繼出去？」

「他的意見不重要。」林太太也冷嗤一聲。林永林怎麼可能會願意，但是林老爺給了他兩個選擇，一個是過繼出去，還算是林家人，還有那麼一絲香火情，在他實在是過不下去的時候，林老爺也會給他一點點幫助；如果他一定不同意的話，那麼林老爺會將他從家族中除名，那對他來說才真正是沒了翻身的機會。林永林掙扎了好幾天，最後也只能選擇聽從林老爺的安排，過繼出去。

「那老太太沒有鬧吧？」拾娘關心地問了一聲。林老爺就這麼兩個兒子，林老太太不止一次嘮叨說他的子嗣單薄，又說林太太不夠賢慧，沒有給林家多生兒子，也沒有給林老爺多納幾房妾室、通房，為林家開枝散葉，現在又把林永林給過繼出去，她能平靜地接受嗎？

「她？」林太太的臉色冷了幾分，冷冷道：「她可沒臉再和老爺鬧了，前些日子，她在她的容熙院弄了一個小佛堂，說是以後什麼事情都不過問，專專心心唸經，為子孫後代祈福。」

林老太太沒鬧？拾娘微微一怔之後，忽然想起吳懷宇出事的時候，和林永林在一起的林永祿，難不成林二爺甚至林老太太也在那些算計之中摻了一腳？

「妳一定想不到，吳家和永林的算計中，二叔一家子也脫不開干係。」林太太冷笑起來，道：「老爺查到永林和二叔家的永祿來往密切，找了二叔，他說是吳懷宇擔心永林事後過河拆橋，請了永祿當證人；但吳太太卻說這件事情自始至終就是二叔謀劃的，是二叔教唆著永林這樣做的，還給他們牽線搭橋，想著從中謀些好處。」

拾娘輕輕地搖搖頭。要是這樣的話還真是不意外，林二爺那個人真的是不好說，他那一大家子基本上都依靠林家生存，只是他不但沒有半點感恩，還猶自怨恨林老爺對他不夠好，升米恩斗米仇說的就是這個了吧？

「那天，吳太太聽說舒雅被送走的消息，特意上門來討要說法，在老太太面前又哭又鬧的，說我們這是想逼死她；老太太心疼女兒，卻忘了舒雅是她的孫女，也是她的至親骨肉，逼著我們將舒雅送回吳家給吳懷宇守寡。」林太太的臉上帶著恨，也不再稱吳太太為大姊。她恨意未消地道：「老爺心裡正恨著，當著老太太的面就質問她，還把二叔的話原原本本地說了。可能是不甘心二叔置身事外，吳太太就把二叔也供了出來，還說可以當面對質。老太太怎麼都不相信她的寶貝兒子會那樣做，還真的是把人給叫了回來當堂對質。這素日裡好得不得了的姊弟兩個像瘋狗一樣相互攀咬、相互潑髒水，鬧到最後，老爺對他們的心更冷了不說，老太太也被直接氣死過去。」

「家裡一定鬧得不可開交吧！」拾娘終於明白林太太為什麼會瘦了一圈了，這些糟心的事落在誰身上都不好過。

「是啊。」想起那天的情形，林太太也是一陣噁心，道：「不過，現在想來也不見得是什麼壞事。這個長姊老爺估計不會再認，吳家這門親戚從此算是斷了，給他們膽子他們也不會再上門來要什麼說法。二叔以後的死活，老爺也不準備再管了，就算老太太說什麼也不會再管了。至於老太太，唉，希望她從此之後安心養老吧。」

這樣算起來還真的不是什麼壞事。拾娘搖搖頭，然後關心地問道：「老爺一定比您更難過吧？」

「他是很難過，不過，他經歷過的事情多，類似的事情也見過，倒也看得開。」一直悶在心裡的話說了出來，林太太覺得心裡舒暢了一些，道：「老爺前些天還說，現在林家就看永星的了，要是他成器，後年的春闈能夠榜上有名的話，他就把生意縮小一些，以後林家就不再出海了，將林家的那些分子讓給合夥的幾家，專心做個富家翁就好。」

「這是好事。」拾娘笑著道：「大哥以後怎麼都不可能回來做生意的，將來有了小少爺，也只會比大少爺更有出息，這做生意的事情，還真是沒有人可以接手，老爺這樣考慮也好。」

「我也這麼想。」林太太臉上帶了笑意，然後道：「谷家那邊給永星找了些門路，讓他到京城拜名師，可能就這一、兩個月，永星就得動身去京城。」

「這更是好事。」這件事情林永星和董禎毅提過，拾娘自然也聽說了，笑著道：「有名師指點和自己摸索可是兩回事，大哥以後的路會走得更順暢的。」

「是啊。」林太太也知道這是一條捷徑，她關心地看著拾娘，道：「我聽永星說禎毅現在極少去學堂，要不然讓他們一起結伴去京城，對禎毅應該也是有好處的。」

「大哥也和禎毅說了，只是禎毅的情況和大哥不一樣，他要參加明年的秋闈，要是去了京城的話，難免會受些影響。」拾娘知道林太太是好意，但還是拒絕了——這件事情林永星也和董禎毅提過，谷家顯然對董禎毅也是很有好感的，他們覺得在董禎毅什麼都不是的時候給予一定的援助很值得，所以在為林永星張羅的同時，也為董禎毅謀劃了一二。只是，這份情，這份心，董禎毅只能心領了，他目前還沒有這樣的打算。

「你們既然有了打算，那就照自己的心意去做吧。」林太太也沒有再勸，她知道這小倆口都是有主意的，自己多說也是無用。她又嘆了一口氣，道：「拾娘，妳說明天肯定會有舒雅的信回來嗎……」

第一百五十三章

「啪！」林太太輕輕地拍開谷語姝伸過去抓點心的手，谷語姝悻悻地縮回手，臉上帶了幾分委屈和幾分不甘，眼睛巴巴地看著林太太，撒嬌地道：「娘，這點心看起來就很好吃，我就吃一小塊，這麼大的一小塊就行。」

看著谷語姝比劃的樣子，林太太有些心軟，但是再看一看谷語姝已經十分圓潤的臉和微微有些水腫的手，還有那挺得高高的肚子，咬咬牙，決然拒絕，道：「不行，大夫說了，妳得再少吃點，要不然的話生產的時候會遭罪。」

「可是我饞啊！」谷語姝心裡知道林太太這是為她好，她的奶娘、陪著她一起到林家的姜嬤嬤也小心控制著她的飲食，不讓她多吃，就擔心她吃得太多，胎兒太大，生產的時候受罪甚至難產；可越是這樣，她就愈發饞了起來，就連以前不是怎麼喜歡吃的東西都想多吃一點，更別說一直都喜歡的小點心了。

「那也不行。」林太太硬著心腸拒絕，然後指著面前的拾娘，道：「妳看看拾娘，她當初懷著兩個孩子吃得都不多，生輕寒和棣華的時候都不知道有多麼順暢，生完之後恢復得也很好，現在看起來哪像是兩個孩子的娘。」

谷語姝看看拾娘，再輕輕地捏了捏自己臉上多出來的肉，可憐兮兮地點點頭，嘆氣道：

「好吧，我忍著不吃就是。」

「噗哧！」拾娘再也忍不住笑了起來，然後對用控訴的眼神看著自己的谷語姝道：「好了、好了，等孩子生出來之後，想吃什麼再好好地吃就是。」

「奶娘說了，那也不成。」谷語姝嘆氣。不知道是不是因為食量增大，人也長胖之後被她們嚴格控制飲食的原因，她現在饞得讓自己都覺得好笑。她帶了幾分誇張的傷心道：「我都已經胖了好幾圈，奶娘說務必讓我在月子裡就慢慢地瘦下來，要不然的話以後想瘦會更難。」

看著苦惱傷心的谷語姝，林太太和拾娘都笑了起來。谷語姝氣惱地瞪著她們，發現沒用之後，只好嘆氣道：「也不知道夫君什麼時候能回來？」

「就這一、兩天吧。他不是信上說九日出發，今天已經十一了，也差不多該到了。」林太太知道她心裡定然掛念林永星。谷語姝懷孕不久，林永星就去了京城，過年的時候回來過一趟，但不到一個月就又去了京城；分開這麼久，谷語姝就臨盆在即，自然會更加掛念林永星。而林永星一樣很掛念妻子和即將出生的孩子，早早就送信回來說會趕回來陪谷語姝，看孩子出生。

「我寧願他路上慢慢走，別像過年一樣，五天就趕了回來，回到家累得差點趴下。」谷語姝雖然巴不得林永星這就陪在自己身邊，卻又擔心他像上次一樣連夜趕路，他終究只是個文弱書生，那樣對他來說還是很辛苦的。

「上次是因為天寒地凍的，才顯得辛苦了一些，現在天氣正好，就算趕路也沒有多辛苦。」林太太卻不覺得那有什麼，她不是不心疼兒子，卻不覺得他連這麼一點點苦都不能吃，那還算個男人嗎？再說，他能有林老爺年輕時，出海闖蕩那麼辛苦嗎？她看著谷語姝，道：「男人就應該多吃點苦，要不然的話，吃苦的該是女人了。」

拾娘噗地一聲笑了出來，但是卻也覺得林太太這話說的有道理。

林太太卻又看著她，道：「還有兩個月就是鄉試了，禎毅準備得怎麼樣？」

「還好。」拾娘笑笑，卻又道：「他還是和平日一樣，該做什麼做什麼，沒有多緊張，但也沒有放鬆，這樣的狀態最好，我想鄉試不會難倒他的。」

「我不是擔心他考試，他一直都比永星優秀，又比永星更用功，永星三年前都能順利過了鄉試，他今年還能有什麼問題？說不定，今年望遠城的解元就是他了。」林太太笑笑，然後正色道：「我想說的是出門的時候一定要多加小心，可不能再出什麼狀況了，這一、兩個月妳可要讓他多加小心一些，別說被人使絆子，就連頭疼腦熱的事情都不能出現。」

「嗯，我會小心，也會讓他小心的。」拾娘點點頭。這個不用林太太說，他們也都會小心謹慎地防備著的——那樣的虧一輩子吃一次就已經夠了，不能有第二次。

「那就好。」林太太點點頭，卻又道：「唉，昨兒舒雅來信了，信上說讓我提醒妳一聲，她現在想起當年那些幼稚任性的行為，覺得很是汗顏，也深深地覺得很對不起禎毅，說原本很簡單的事情卻被她弄得很複雜，到最後害人害己。」

「她現在還好吧？」拾娘微微一怔。林舒雅離開望遠城之後，就彷彿消失了一般，這還是從那之後頭一次聽林太太提起她。

「好是好，但是更任性了。」林太太嘴上抱怨著，臉上卻不由自主地帶了笑容，道：「先是說什麼她會那般胡鬧不明事理是因為沒有讀過幾本書，也不和我們商量一聲就請了先生回去教她，說什麼讀書明理而後知恥……現在往家裡寄的書信都是她自己寫的，不用再找人代筆了。」

「這也不是壞事，起碼有點兒事情做，不會讓她覺得悶得慌。」拾娘頗有些意外。林舒雅小的時候倒也專門請了先生教她讀書識字，但是她對此沒什麼興趣，就學了些簡單的字，學會看帳本，就不肯再努力。而林老爺、林太太也不覺得姑娘家非得讀很多書，也就隨了她的意，沒想到她現在自己主動起來了。

「識字讀書是好事，但是……唉，她就不是個省心的。」對於林舒雅忽然上進了，請了先生的事情，林太太倒還真的是很歡喜。以前不覺得，但是自從和拾娘相處之後，林太太還真後悔在林舒雅小的時候沒有逼著她多讀書。谷語姝進門之後，這樣的感觸更深——林舒雅但凡有拾娘和谷語姝一半的見識和本事，就不會被吳懷宇幾句甜言蜜語就騙了，之後也不會吃那麼多的苦頭，受那麼多的罪。

「又怎麼不省心了？」拾娘順口問了一聲，只當林太太是隨口抱怨。

「妳不知道，她把望海城那些生意全攬了過去，說什麼反正她這輩子不會再嫁，要一輩子賴在林家，與其當個閒人吃閒飯，還不如做點事情。還說永星和語姝都不方便做這些有失身分的事情，就讓她來操心好了，免得後繼無人，老爺好不容易創下的家業卻守不住。」林太太又是自豪又是擔憂，自豪的是林老爺去了一趟望海城回來，對林舒雅讚不絕口，說她不愧是自己的女兒，眼光好、頭腦精，是個做生意的料子，擔憂的是女兒這樣下去真的要守一輩子的寡了。

呃？林太太的話還真是讓拾娘對林舒雅刮目相看，真是沒有想到林舒雅還有這分本事。她驚訝地看著林太太道：「老爺怎麼說？」

「他？他還能怎麼說？」林太太臉上帶了氣惱，道：「他喜歡得不得了，說什麼舒雅是個做生意的料子，還抱怨我，說我怎麼都沒有發現舒雅還有這樣的天分，要是早點發現的話，他說不定都可以放手不管，將所有的生意交給舒雅打理了……他甚至已經將望海城大部分的生意交給舒雅打理，現在還打算把望遠城的一部分生意也交給舒雅。他就不想想，舒雅終究是姑娘家，這樣下去的話，她還怎麼再嫁人，他怎麼忍心！」

想到林老爺那股興奮勁，林太太就是一陣惱怒，她還想再過幾年，等林舒雅心口的傷平復之後，為她找一個不在乎她寡婦身分，能夠好好對她的人家，把她給嫁出去呢！女人這一輩子最大的幸福不就是要找個會疼愛自己的男人，生幾個活潑可愛的孩子，好好地過日子嗎？現在這麼一攪和，林舒雅的未來可怎麼辦啊？

「太太，您也別太擔心了，車到山前必有路，說不準姑娘跟著老爺做生意，不但能夠為老爺分憂，還能給自己謀一樁好姻緣呢。」拾娘嘴上這樣說，心裡卻覺得林舒雅就這樣一輩子未必就不幸福，每個人的幸福都是不一樣的。

「我看懸了。」林太太搖搖頭，對此是一點期望都不敢抱。生意場上的男人，有幾個會願意再娶一個在外面拋頭露面的女人回家？他們心中或許會欣賞精明能幹的女人，但都更喜歡溫柔體貼、小意的女人？林老爺自己都是這樣的，要不然的話也不會有齊姨娘了。

「娘，拾娘說的沒錯，還是順其自然得好。」谷語姝也勸了一句。她認識的人之中守寡一輩子的多了去，真不覺得林舒雅非得改嫁，只是那樣的話她卻不方便說，免得引起誤會就不好了。

「唉……」林太太再嘆氣，真心覺得養女兒不容易，不爭氣的時候為她擔心，這上進了，也一樣要為她擔心，還是兒子好，成了親就可以交給媳婦管了……

第一百五十四章

「娘——」拾娘才踏進書房，輕寒就整個人撲了上來，棣華跟在她身後，也是一副要讓拾娘抱的樣子。

「你們怎麼跑書房來吵爹爹了？娘不是說了讓你們在院子裡玩了嗎？」拾娘蹲下，將一雙兒女都攬進懷裡，略帶責備地問道。

「弟弟不乖，打他屁屁。」輕寒最是精靈，立刻把棣華拉出來頂罪，而棣華也在一旁連連點頭，胖乎乎的小手放在屁股上，跟著道：「打屁屁！」

「傻小子。」拾娘被逗得笑了起來，她輕輕地打了輕寒一下，嗔道：「壞姊姊，怎麼整天就只會欺負弟弟？」

「沒有。」輕寒似乎聽懂了拾娘的話，立刻奶聲奶氣地為自己辯駁，但深知兒女的拾娘卻知道，輕寒真不一定能夠聽懂自己說什麼，她剛剛學會說「不要」和「沒有」，總是把這兩個詞掛在嘴邊。

「整天只會說沒有。」拾娘親昵地伸出手指輕輕地彈了彈輕寒的額頭，然後一隻手牽一個孩子站了起來，笑看著在她進來之後就安靜下來的董瑤琳，道：「瑤琳今天怎麼有興趣到書房來了？」

拾娘很瞭解這個小姑子，她倒也算是這個家中的一個異類，董家這些主子，不說正在努力耕讀、半點都不敢懈怠的董禎毅兄弟倆，以及被莫夫子養得一天不看書就渾身不對勁的拾娘；也不說在董家生活越來越好之後，每天都會抽出時間，拿本詩詞集誦讀，顯示自己也是才女的董夫人；就連輕寒和棣華這兩個小娃娃每天都會和書本打交道，拾娘每日都會抽時間為他們唸幾遍《千字文》，他們姊弟倆也很喜歡一左一右地依偎著拾娘，聽她唸書。

唯獨董瑤琳，和董禎毅、董禎誠一樣，她三歲啟蒙，那時董家已經很困難了，望遠城這樣的地方沒有專門的女子學堂，董家也沒有什麼族學，董夫人更無力為她專門請一個西席回來，就親自為她啟蒙，教她識字唸書。但是董瑤琳對此一直都是興趣缺缺，現在雖然也識了不少字，能讀會寫，甚至還能順口唸上幾句詩，但不到萬不得已的時候卻不會看書，更不會進書房，能夠在書房見到她，還真是件稀罕的事情。

董瑤琳嘴角輕輕抽動一下，臉上帶了不自然的笑，道：「我是來給大哥送藥膳的。大嫂也知道，我最近跟著許嬷嬷學著煲藥膳，我知道大哥這些日子正為了即將到來的秋闈苦讀，所以就給大哥特意準備了些藥膳，為他補一補。」

「瑤琳真是有心了。」拾娘輕輕誇讚了一聲。董瑤琳跟著許嬷嬷學煲藥膳也就最近兩、三個月的時間，這也是董夫人的意思，說她已經十二歲了，是個大姑娘了，不管怎麼著也得有一手過得去的廚藝，就和拾娘商量了一聲，讓她跟著許嬷嬷學一手——比起炒菜什麼的，煲藥膳最是輕鬆，不會沾一身的油煙味，還很能討好人。

拾娘的話讓董瑤琳有些得意，她身後的儷娘立刻笑盈盈地道：「我們姑娘聰明又有靈性，煲出的湯連許嬤嬤都讚不絕口，大少奶奶嚐一嚐？」

「不了。」拾娘輕輕地搖搖頭，看了一眼那擺在書桌上的小小燉盅，明顯人家就只記得董禎毅這個大哥，分量也只送了一個人的，別說她對董瑤琳的手藝沒有什麼興趣，就算有也不會那麼沒有眼色。她只是笑著問董禎毅道：「怎麼樣？瑤琳的手藝是不是很好？」

很好倒也沒有，不過，她有這份心已經很不錯了。董禎毅笑笑，但嘴上卻還是道：「是很不錯，已經得了許嬤嬤的真傳，要是再用心一些，不用多久，一定會比許嬤嬤煲得更好。」

「大哥喜歡就好。」董禎毅的誇獎讓董瑤琳歡喜起來，她輕輕地瞟了拾娘一眼，笑著道：「聽廚房說，大嫂也經常為大哥下廚洗手作羹湯，不知道我的手藝能不能比得上大嫂？」

董禎毅有些遲疑。拾娘極少下廚，但是每次下廚都會讓董禎毅有驚豔的感覺，一般的小菜取材都極為考究，更不用說煲湯了，除了火候上的掌握沒有許嬤嬤那麼老到，用料取材卻都有獨到之處；相比之下，董瑤琳這點手藝真的是不夠看。但是，這樣的話他卻不能說，要不然的話一定會打擊到妹妹的。

「看來是比不上了。」董瑤琳臉上帶了些悻悻之色，再跟著許嬤嬤學做藥膳之前，她就知道拾娘也會做藥膳，也曾經為董夫人做過，但是董夫人並不給面子，還說什麼這種費心費力的事情交給下人就是，她這個大少奶奶還是別做了。自那以後，拾娘再做藥膳，就專門針對董禎毅兄弟了，做的都是並不大適合女人用的。直到跟著許嬤嬤學的時候，董瑤琳才從許嬤嬤口中知道，拾娘做藥膳很有一手，火候上或許差了一些，卻絕對有獨特的方子，那極有可能是拾娘家傳的方子。

這個董瑤琳也聽董夫人說過，說那種出身極好的世家之女，都有一本家傳的菜譜，那是她們的身分象徵之一，還說她的外祖母應該也有這樣的菜譜；可惜的是她的外祖母去得早，別說董瑤琳，就連董夫人都沒有得到傳授。要是董瑤琳能夠掌握那麼一本菜譜的話，一定能夠為她以後在夫家站穩腳跟，贏得夫家人的尊重和歡心。

所以，聽許嬤嬤那樣說之後，董瑤琳倒是回去纏著董夫人，要她和拾娘說，讓拾娘不要藏私地把那些東西教給她；但是董夫人不知道怎麼想的，沒有答應找拾娘商量，還嚴禁她找拾娘討要。對於此事，董瑤琳雖然不至於耿耿於懷，卻也沒有放下。

「我的手藝我自己清楚，也就是勉強過得去罷了。」拾娘對自己的手藝頗有自信，卻不想打擊董瑤琳的信心。她笑著道：「聽許嬤嬤說，瑤琳學得很用心，比我可好多了。」

「瑤琳做得確實很用心。」董禎毅順著拾娘的話又誇讚了一聲，笑著道：「跟著許嬤嬤好好地學，一定會青出於藍的。」

董禎毅的誇獎讓董瑤琳心花怒放，臉上的悻悻之色立刻一掃而光，她笑盈盈地道：「大哥喜歡就好。大哥，以後我每天都給你送藥膳過來，一定把你補得壯壯的。」

這個……董禎毅心裡有些發苦。他對這些湯湯水水的原本就沒有多大興趣，偶爾嚐一嚐還覺得不錯，但是天天喝的話還真是件讓人煩惱的事情，只是他也不想打擊妹妹，擔心她因此失去了興趣。

「大哥不喜歡嗎？」董禎毅的反應讓董瑤琳臉上的笑容微微一凝。

「當然喜歡。」董禎毅只能言不由衷地笑笑，道：「只是，大哥不想妳天天下廚那麼辛苦，妳還小，每天在煙熏火燎的廚房裡忙碌，可不好。」

「大哥喜歡就好。」董瑤琳又喜笑顏開，道：「我在家裡就是閒人一個，能夠為大哥做點事情心裡很開心的，以後啊，我每天都給大哥燉藥膳，只要大哥不嫌棄就好。」

「我歡喜還來不及，怎麼會嫌棄呢？」董禎毅心裡嘆氣，嘴上卻道：「只是妳每天這樣跑來跑去的，未免也太麻煩了。」

「不麻煩、不麻煩。」董瑤琳歡喜地道：「就這樣說定了，我每天給大哥燉藥膳送來，要是有事不能來的話，我也會讓儷娘給你送過來的。」

「好。」董禎毅只能答應，心裡卻在思索著既不會讓自己為難，也不會打擊妹妹積極心的法子。

「我看大嫂好像有話要和大哥說，我就不打擾你們，先回去了。」董瑤琳目的已經達到，立刻笑嘻嘻地起身，不再耽擱大家的時間了。

「嗯。」董禎毅點點頭，等她們離開之後卻苦了臉，看著滿臉幸災樂禍的拾娘，道：

「瑤琳這是唱的哪一齣啊？天天喝湯，我可受不了。」

「受不了也得受著，要不然的話她該傷心了。」拾娘也不知道董瑤琳這唱的是什麼戲，只能慢慢看了，她笑道：「實在是受不了的話，送過來隨意喝一口也就是了，說不定等她三天的熱度過了，也就沒這回事了。」

「希望這樣吧。」董禎毅也只能這麼希望了。董瑤琳做事沒有定性和耐心，說不定這次也是一樣的。

「儷娘，真的要這麼做嗎？」出了書房的董瑤琳臉上也沒有了歡喜之色，她帶了些苦惱地道：「雖然燉藥膳沒有什麼油煙味，但是也挺麻煩的，要是每天都給大哥燉藥膳的話，我也挺累的。」

「姑娘，您可得堅持下去啊。」儷娘知道董瑤琳這是想打退堂鼓了，她立刻給她鼓勁，道：「為了您的將來，您可不能放棄這個和大少爺增進感情的好機會啊！」

「那好吧。」

董瑤琳再嘆氣。她給董禎毅做藥膳、送藥膳都是儷娘給出的主意，說什麼董禎毅最近為了秋闈太辛苦，她這個當妹妹的應該體貼一些，讓董禎毅知道她的好。要知道他們兄妹現在接觸得越來越少了，感情也大不如從前了，一定得趁著有機會好好補救才是。

「姑娘，奴婢知道您很辛苦，奴婢會為您分擔的。」儷娘安慰著她。

「還是妳最好。」董瑤琳點點頭，滿是感概地道：「儷娘，要是沒有妳，我可該怎麼辦啊。」

「姑娘這話說的……奴婢也離不了姑娘啊。」儷娘笑著嗔了一聲。她當初就只簽了三年的賣身契，現在已經過去了兩年多，再過七、八個月，她也就能恢復自由身了……

第一百五十五章

「這孩子長得真好。」拾娘抱著睡得正熟的孩子。

谷語姝三天前有驚無險地為林永星產下一子，今天是洗三的日子，拾娘和董禎毅一早就過來，董禎毅和林永星在外院說話，她則熟門熟路地來看谷語姝母子。看著襁褓中的孩子，拾娘由衷地讚了一聲。這孩子和輕寒、棣華剛剛出生的時候不一樣，小臉上沒有半點皺紋，也沒有未散去的胎紅，頭髮也長得很長，看起來就很漂亮。

「長得是挺好的，不過生他我還真的是受夠了罪。」想到生產的痛苦，谷語姝就心有餘悸地搖搖頭。雖然林太太一直小心控制她的飲食，她到分娩的時候長得不是很胖，但是孩子卻不小，足足有七斤六兩。加上這又是頭一胎，她從發作到將孩子生下來，疼足了十二個時辰，疼到渾身無力，要不是林太太親自進產房陪著她、鼓勵她，林永星又一直守在產房外和她說話，給她鼓勁的話，她真的熬不下來。幸運的是，生得雖然很艱難，產後卻沒有出什麼問題，要不然的話她這條命還真的是很懸了。但就算這樣，大夫也說了，她的身子損傷很大，起碼要好好調養上三、五年，這期間最好不要再懷上。

「我聽王嬤嬤說了，她說妳受了不少罪，太太和大少爺也都被嚇得夠嗆，都擔心妳撐不下去……」拾娘倒也聽報喜的王嬤嬤提過這件事情，說起來也是後怕不止，說她的狀態實在是太凶險，要是產婆經驗稍差一點，或者谷語姝的體力再差一點，那麼還真的是不知道結果會怎樣。

「其實我到最後已經撐不下去了，我都已經和娘說，保孩子要緊，不要管我的死活了。」谷語姝蒼白的臉上帶著淡淡潮紅，道：「我和娘說，我相信就算沒有我這個親娘，她也一定能夠保全孩子，讓孩子平平安安地長大……」

「一定被太太罵了吧。」拾娘瞭解地看著谷語姝。林太太對這個媳婦十分滿意，也清楚要是她出了什麼差錯，對林家、對林永星必然是一個巨大的打擊；如果真是到了萬不得已的地步，林太太也絕對會先保住大人再說。

「可不是。」谷語姝點點頭，道：「娘說除了親生的娘，這世上沒有誰能夠保證一輩子對孩子好。如果我不爭氣，不能平平安安將孩子生下來的話，她也只管孩子，才不會管我的死活；還說反正我都不心疼孩子，都想放棄了，她一個當奶奶的又有什麼必要那麼費心，她一定會給永星找一個厲害的繼室，讓孩子一輩子恨我……我被她一嚇唬，忽然又有了力氣，才把這小子給生了下來。」

「是該好好嚇唬一下。」拾娘將孩子放到谷語姝身邊，道：「要是不這麼狠狠嚇唬一下，還不知道現在會是什麼樣子呢。」

「是啊。」谷語姝笑了起來，卻道：「不過，事後我聽奶娘說，我那麼長時間都沒有把孩子生下來，娘私底下已經和奶娘、產婆商量了，實在是不能保證母子平安的話，就保大人。永星也說大人最重要，一切以我為重……奶娘說這話的時候，一邊哭一邊為我高興，說我算是嫁對了。」

「怎麼，到現在才知道妳嫁對了？」拾娘失笑。知道經此一事，谷語姝和林太太之間的關係會更親密起來——不是說她們以前不親密，但那種親密和以後是不一樣的。就算是心甘情願地嫁給林永星，成了商賈人家的大少奶奶，可是谷語姝終究是官宦人家的姑娘，又一直生活在京城，她很多的習慣和觀念和林太太都是完全不一樣的；尤其是她自幼受的教育讓她對渾身銅臭的商人有著一種深深的不屑，就算她已經努力告訴自己，自己現在已經是商人家的兒媳婦了，但是那些刻在骨子裡的東西，並不是想要摒棄就能摒棄的。而林太太呢，對這個兒媳很滿意、很喜歡，但心裡多多少少也帶了一股敬畏，所以兩人關係不錯，但也不算十分親密。而現在，經歷過這一場抉擇之後，兩人之間的那種客套一定會逐漸消失。

「我一直都覺得我嫁給永星是對的，但是這個對，以前和現在卻是不一樣的。」谷語姝臉上帶著濃濃的、化不開的幸福，道：「我當初會選擇永星，是看好他的前程，而他的品行、相貌也都不錯，是一個值得嫁的男人，以我的出身嫁到林家，不但吃不了什麼苦，還會讓他們敬重，這對我來說就已經足夠了。而現在，我卻覺得嫁給他最幸運的是他們會真正地心疼我。」

谷語姝現在真的是很慶幸，慶幸當初聽了哥哥谷開齊的話，仔細地考慮了他的建議，而後沒有理會堂妹的那些話，嫁到了林家，嫁給了林永星。

「其實我一直很好奇，妳為什麼願意委身下嫁給大哥？我不知道谷家在京城的身分地位，但我敢肯定的是妳想要找一個出身、家世相當的人家一定輕而易舉。不管怎麼說，當今的皇后娘娘和妳母親還是同族姊妹。」谷語姝都說了那樣的話，拾娘也就順勢問了自己當初的疑問，要知道，當初連谷四姑娘都嫌棄林永星，而各方面都比谷四姑娘強的谷語姝卻同意下嫁，還真的是讓人跌破眼鏡。

「如妳所說，我在京城完全可以找到一個家世門第相當的。事實上，在我從京城回來之前，我娘就已經在為我的親事相看人家了，也看中了幾個覺得還合適的，也打算好了，等回京之後就給我訂下來。但是當大哥狀似玩笑地說永星很不錯，要是有這麼一個妹夫極好的時候，我和我娘就認真看了看林家和永星的各方條件，這一看，就覺得很合適，然後就定了下來。」谷語姝也沒有隱瞞。她知道不光是拾娘有這樣的疑惑，林家其他人，包括林永星心裡多少都有些不解，只不過他們都沒有像拾娘這樣直接問出來，而自己也不能主動說出自己的初衷。拾娘今日一問，還真是給她遞了一把她一直想要的梯子，她便也笑著將自己當初的想法說了出來。

「在這些人中，如果是家世門第，那林家只能排在最後，林家的家業在望遠城數一數二，但要是放在京城，卻是不夠看。但是永星文采不錯，品行也很好，不輕浮、不浮躁，別人給他提意見他會很認真地聽取，覺得合適合理的還會採納，這是我大哥最欣賞的地方。這樣的人只要有毅力、有本事，再有一點點助力，不敢說能夠青雲直上，但也不會無所作為。」谷語姝臉上帶著笑容。那時候，想著林永星不是她所能選擇的最好的，卻是最合適自己的。她微笑著道：「永星是家中唯一的嫡子，如果他走入仕途之後需要的話，不用想，一定會傾全部力量給他幫助，林家的財力加上谷家的人緣關係，他以後的路走得不會那麼坎坷。而我，在他什麼都沒有的時候嫁到林家，就算不能夫妻恩愛，但也會得到他的愛重和公公婆婆的尊重，對我來說，這已經很夠了。」

「就這樣？」拾娘問了一句。如果就這樣的話也未免太簡單了一些，她不相信這些就能夠讓谷語姝下嫁，一定還有更多的理由。

「當然不止。」谷語姝輕輕搖頭，道：「最讓我中意的是林家人少，公公就一個姨娘，除了永星兄妹之外，只有兩個庶出的弟弟、妹妹，二叔早已分家出去，老太太雖然健在，也不大管事，這樣簡單的關係真的是很少。拾娘，妳可能沒有見識過那種四世同堂不分家的大家族，嫡出的、庶出的幾房、十幾房甚至幾十房都住在一起，生活在那樣的大家族中，每天都得小心翼翼，一個不小心就可能得罪人，一個不小心也可能中了套……雖然我已經過慣了那樣的日子，但我真覺得那很累，我娘也知道那種辛苦，所以仔細查過永星的過往之後，毫不猶豫地敲定了這樁婚事，連二嬸的酸話都沒有理會。」

「原來妳是被那些大家族的事情給嚇到了。」拾娘笑著總結了一句。大家族中那些盤根錯節的關係，拾娘並不是很陌生，莫夫子也曾經和她仔細講過，也知道那樣的深宅之中水不但很深還很渾濁，想要在那樣的大家族中生存，並且活得很好，不但要有過人的勇氣智慧，需要不遜於任何人的出身血統，該狠的時候還不能心慈手軟，不然真的是怎麼死的都不知道。相比之下，林家還真的算是一片淨土了。

「嚇到不至於，但是在能夠選擇更簡單的生活的時候，真的沒有必要讓自己活得那麼辛苦、那麼累。」谷語姝笑著搖搖頭，心頭卻想起年底就要出嫁的堂妹。堂妹一心一意想要高嫁，在她成親之後，母親回京時，嬸嬸便帶了她進京，這一年已經找了一門她深感滿意的婚事，上個月底就嫁了出去，也不知道她現在有沒有後悔。

甩甩頭，將谷四姑娘的事情甩出去，谷語姝看著拾娘道：「我自進門至今，娘對我比對親生女兒還要好，永星以前那個通房丫頭也早早地送了出去，就連我提出將她接回來，娘都不同意，說什麼永星對她也不怎麼喜歡，不過是老太太賞的，不能推辭才收到房裡的，沒有必要把她弄回來影響我們夫妻感情。這樣的婆婆真的是很少很少，至少我沒有聽說過，更沒有見過，這一點連我娘都說我有福氣，遇上一個會心疼人的婆婆。」

「大哥喜歡長得漂亮的，卻只是單純的欣賞，不存什麼異樣的心思。敏惠雖然在大少爺身邊伺候的時間長，但是和大少爺卻沒有太深的情分，妳沒有必要為她費什麼心思。」拾娘沒想到谷語姝曾經提過將敏惠接回來卻被林太太反對的事，但是轉念一想也正常，為了家宅安定，林太太怎麼都不會把小心思極多的敏惠接回來。她可不是董夫人，淨做些狀似關心，實際上卻是扯後腿的蠢事。

「說到欣賞喜歡，永星最喜歡的卻還是妳，不過他對妳除了欣賞喜歡之外，更多的還是敬畏。」谷語姝忽然想起那件讓自己爆笑的事情，看著拾娘，道：「妳知道嗎？我大哥很欣賞妳，還特意向永星問起過妳的事情，當時，大哥為永星而惋惜，說有這麼一個好女子在身邊，卻不知道珍惜，最後便宜了董大少爺，真是可惜。妳知道永星說什麼嗎？」

「不知道。」拾娘搖搖頭，然後道：「但是，我可以肯定的是，將我嫁出去，他一定有鬆了一口氣的感覺，起碼沒人整天訓他了。」

「噗，你們還真是心有靈犀。」谷語姝噗地一聲笑了起來，然後道：「他對大哥說，妳訓他像訓孫子似的，他可不想娶個姑奶奶回來訓他一輩子。」

姑奶奶？拾娘板了臉，卻又忍不住笑了起來……

第一百五十六章

「現在是什麼時辰了？」親自哄輕寒和棣華入睡之後，拾娘便問伺候在身邊的綠盈。她今天已經問了十多次時間了。

「已經未時三刻了，大少爺這會兒應該已經出了貢院，說不定欽伯和知墨已經接了大少爺正往家裡趕呢。」綠盈知道拾娘今天為什麼會這般心焦，今天是八月十一，也是董禎毅參加鄉試第一場考試結束的日子，拾娘雖然努力讓自己看起來冷靜一些，但還是從細微之處透露出了緊張和在意。

「嗯。」拾娘點點頭，然後又吩咐道：「妳去看看熱水準備好了沒有？大少爺在貢院待了三天，定然是一身的疲倦，他現在最想的應該是沐浴更衣，然後好好吃一頓熱飯。」

「奴婢這就去。」綠盈沒有說全府上下都已經照著拾娘的吩咐提前準備好了一切，她連忙應了一聲，出門再吩咐外面的小丫鬟跑一趟，然後又到拾娘身邊伺候。

「明天第二場考試，需要提前準備的東西準備好了沒有？」拾娘又想起一件事情。鄉試三場，每場三天，這三天吃喝拉撒都在貢院那一間小小的號舍（注）中，除了必須的筆墨紙硯之外，還得準備足夠三天吃的乾糧和鋪蓋。拾娘專門為董禎毅準備了絲綿被褥，看起來又輕

注：號舍，意指古人考試的地方。

又薄，卻比一般的棉被暖和，拿在手裡也輕便不費力氣，最合適不過了。但是，拾娘仍舊擔心董禎毅在號舍裡用了兩天之後沾了濕氣，後面再用就不舒服了，就多準備了一套，第一場考試回來就換上另外一套。

「已經準備好了，這兩天天晴，還抱出去好好地曬了曬，蓋著一定會很舒服的。」綠盈沒有說今兒一早拾娘就吩咐曬被子了，她這兩天真的是很容易忘事。

「那就好。」拾娘點點頭，然後又道：「吩咐廚房為大少爺準備些吃的，他這兩天在貢院吃的都是冷食，胃裡一定不大舒服，讓許嬤嬤燉些養身養胃的湯。」

「是，奴婢這就去和許嬤嬤說。」綠盈再應著，然後笑道：「時辰已經差不多了，接大少爺的馬車說不定已經到大門口了，大少奶奶要不要去門口接大少爺？大少爺一定很想進門就看見您。」

「不過是去考個試，沒必要興師動眾地去接他。」拾娘死鴨子嘴硬地道，她雖然恨不得立刻見到董禎毅，卻又不願意讓他看到自己緊張的樣子。

她的話才一說完，就聽見院子裡有人急匆匆的腳步聲，到了門口微微頓了頓，緩了一口氣，而後恭聲道：「回大少奶奶，大少爺回府了。」

回來了？拾娘忘了自己剛剛說的話，立刻快步出了門去，一邊吩咐著將熱水擔過來，讓董禎毅可以立刻沐浴，一邊往外迎去。綠盈一邊應著一邊偷偷笑。能夠看到一貫冷靜自持的大少奶奶這麼失常實在是件不容易的事情。

「我回來了。」才走到二門上，便遇上了董禎毅。他看起來有些疲倦，但精神很好，顯然這三天對他來說並不是什麼煎熬，考試也一定很順利。

「回來就好。」拾娘覺得自己一直懸著的那顆心終於放了下來，臉上自然而然地帶著微笑，道：「我讓人為你準備好了熱水，沐浴更衣之後再去見娘吧，她這三天可擔心壞了。」

「嗯。」董禎毅點點頭，知道同樣擔心了三天的還有眼前的妻子，他笑著道：「這三天其實比想像中輕鬆得多，妳為我準備的東西又很充足，吃得飽，睡得也很好，唯一不足的也就是不能洗漱，一身髒兮兮了。」

「那就快點去洗洗。」董禎毅的笑容讓拾娘心安了些，臉上的笑容也輕鬆起來，道：「我吩咐廚房給你把湯熱著，等你出來喝一碗熱湯再去見娘。」

「好。」

「瘦了。」董夫人看著沐浴完，神清氣爽的董禎毅心疼地道：「這三天不怎麼好過吧？我聽你爹爹說過，不管是鄉試還是會試都不容易，尤其是第一場考試的這三天，對沒有經驗的人是一種煎熬，到後面兩場稍微適應一些，但是精力又消耗太多，也不好過。」

「拾娘為我準備得很充足，我也做好了準備，倒也不覺得難熬。」董禎毅看著一臉心疼的董夫人，笑著安慰她，道：「娘，這次考試很順利，我一定能夠考個很好的成績，為娘爭光的，您就安安心心等著我的好消息就是了。」

「順利就好，順利就好。」董夫人點點頭。對兒子能不能考中，她還真是不怎麼擔心，在她看來，考個舉人對兒子那是輕而易舉的事情，她更關心的是別的事情。她看著董禎毅道：「你今天晚上好好休息，明天一早還要去貢院考第二場，一定不能分心更不能費神……唔，我看你還是睡書房吧，別讓孩子們吵到你了。」

是擔心孩子們吵到他嗎？拾娘輕輕垂下眼瞼。雖然已經很瞭解董夫人的性情，但董夫人不經意說出的那些話還是經常會讓她感到無言，想不通她的腦子裡到底在想些什麼。不過，今天不比平常，她就沒有言語，順著她一些，免得她不分時候地鬧將起來，影響董禎毅的心情，也影響他明天考試的情緒。

董禎毅也一樣不理解董夫人為什麼說這樣的話，但是他和拾娘想到了一塊兒去，笑著點點頭，道：「我知道了，娘。」

「知道就好。」董夫人滿意了，笑著看著董禎毅，道：「毅兒，你說，你這一次鄉試能不能中解元？」

「這個不好說。」雖然董禎毅就是衝著案首的解元之位去的，但是現在才考了一場，還有兩場沒有考，成績都沒有出來的時候不能說那樣的話，要不然傳出去還不知道會傳成什麼樣子呢！說他恃才傲物，不把望遠城其他的學子放在眼中，讓人心生反感還是輕的，說不定還有人會說他已經打通了什麼關係，所以才敢說這種狂妄的話，要真是那樣的話，還不知道會生多少事情出來。

「怎麼會不好說呢？」董夫人卻沒有想那麼多，她皺著眉頭看著董禛毅道：「你爹爹當年可是考完第一場就知道自己可以走到那一步的，他當年甚至有連中三元的雄心，可惜的是在會試中出了點差錯，要不然的話……不過，殿試的時候他還是得了先皇的賞識，點他當狀元。你爹爹當年參加鄉試的時候才十六歲，而你已經十九歲了，怎麼還拿不准自己能走到哪一步呢？」

「就是。大哥，你就別吊胃口了，和我們說說吧。」董瑤琳眼巴巴地看著董禛毅。董夫人一直在她耳邊說什麼，只要董禛毅能夠高中，他們一家就能回京城，說不定還能回到當年她出生的那座宅子去。她對京城根本就沒有什麼記憶，印象中的京城都是董夫人說的，她極度渴望著那一天早一點到來。

「瑤琳，不是大哥不想說，而是這種事情真的說不好。」董禛毅真的是很無奈，但是卻又不能對懂事許多，知道體貼人的妹妹發脾氣，只能耐著性子道：「我只知道自己考得很順利，感覺不錯，但是不敢肯定偌大一個望遠城就沒有一個學子比大哥更好，明白了吧？」

「不明白。」董瑤琳嘟著嘴看著董禛毅，道：「望遠城的人不都說你是望遠城的大才子，是望遠城最有前途的嗎？哪裡還有人比你還好的？」

「瑤琳，山外有山人外有人，這樣的話以後不能再說。」董禛毅頭疼地看著董瑤琳。她怎麼能說這樣的話呢？

「瑤琳說的也有道理。」董夫人卻護著董瑤琳，看著皺眉不已的董禛毅道：「要是連望遠城這樣的小地方你都沒有自信成為解元的話，你還想在會試之中一鳴驚人，還能在殿試之上讓皇上青眼有加嗎？毅兒，謙虛是好事，但不能沒有自信。」

董禎毅真的是無奈了，只能輕輕地碰碰拾娘桌下的腳，示意她為自己說話。拾娘得了暗示之後，微笑著道：「娘，才考完一場，就說那些話未免也太早了些，您們這不是給禎毅壓力嗎？他可還有兩場沒考呢！」

「這一點點壓力算什麼？」董夫人這回卻嚴厲起來了，她看著董禎毅道：「你外祖父說過，參加科考就得頂著壓力上，有的人天才橫溢、滿腹經綸，卻怎麼都不能高中，不就是因為他們頂不住一點點壓力，發揮失常嗎？要是你連這點壓力都頂不住的話，將來怎麼參加會試？怎麼參加殿試？怎麼面聖？又怎麼振興董家？」

「娘說的也有道理。」拾娘還真覺得這番話很有道理，卻不能縱容董夫人的氣焰，她輕聲道：「只是，兒媳更擔心的是，萬一有人傳，說這一屆的解元是禎毅的囊中之物，有人為了搶這個位置，在暗地裡做什麼手腳，害禎毅像上次一樣，不能順利進考場該怎麼辦？」

這個……董夫人嚇得一個激靈。她還真不敢說不會發生那樣的事情，只能悻悻地住了嘴，不再逼著董禎毅表態了。

接下來的兩場考試，董禎毅考得也很順利，甚至在考完最後一場之後，身體雖然已經處於十分疲倦的狀態，精神卻十分地亢奮。顯然這一場考試對他來說，不但不是什麼艱難，還是一種考驗，是一種讓他進一步肯定自己的考驗，讓他對自己更加自信，對即將面對的會試，甚至以後的殿試更有信心。

看到他的狀態之後，拾娘不用問就知道他發揮得定然不錯，解元就算不是囊中之物也相去不遠了。

天隨人願，九月十三日放榜了，董禎毅果然位居榜首。

那日，他穿一身月白色的直裰，戴上紅綢紮的紅花，騎著棗紅色的駿馬遊街，一路走過，路人紛紛駐足觀看，也不知道讓多少荳蔻少女紅了臉，芳心暗許……

第一百五十七章

「大少爺，這是姑娘今天給您燉的藥膳，您趁熱喝了吧！」儷娘臉上帶著殷勤的微笑，嘴裡說著這幾個月來已經說得純熟的話，手上也很熟稔地為董禎毅盛了一碗湯。

「瑤琳還沒有玩夠？」董禎毅皺著眉頭看著眼前的湯碗。他原本以為妹妹不過是一時心血來潮，等她的興致過了，這件事情也就算了，可是哪知道她這一次能夠堅持這麼長時間，她不膩他都膩了。

「大少爺，姑娘對您的一片心意，您怎麼能這麼說呢？」儷娘臉上的笑容不變，語氣也更舒緩了些，道：「姑娘這是關心您，她擔心您日夜苦讀會把身體給熬垮了，所以才費心費力地每天為您燉藥膳……」

「好了、好了。」董禎毅有些不耐煩地揮揮手，道：「把湯放這裡，妳先下去吧，我一會兒想喝的話自己會喝的。」

這也是董禎毅慣常的態度，他實在是不耐煩將儷娘送來的，據說是董瑤琳親自動手燉的那些湯湯水水一股腦兒往嘴裡倒，別說他原本就不喜歡喝這些，就算喜歡，董瑤琳那不怎麼樣，還一直沒有多少長進，變來變去總是那幾種花樣的藥膳也讓他膩了。只要董瑤琳自己沒有親自過來，他都是讓儷娘放下，當她走了之後再讓知墨或許文林收走，甚至順手倒進花盆中，反正絕對不會勉強自己喝下去。

「大少爺，奴婢知道您不是很喜歡喝這些湯湯水水的，但是看在姑娘為了您在廚房裡忙活了一個時辰的功夫，您起碼也嚐一口。」

董禎毅是怎麼對待這些藥膳的，儷娘也略有所知，要是往日她也就裝作什麼都不知道，順著董禎毅的話離開；但是今天卻不行，一定得看著他喝下去，要不然自己花了那麼多的時間和精力，又利用了董瑤琳的謀劃就會成空。

董禎毅再一次皺眉。和董禎誠一樣，他對儷娘也有一種反感，都覺得她丫鬟不像丫鬟，但是董瑤琳偏偏對她信任喜歡，董夫人都聽之任之了，他們這當哥哥的也不能干涉多少。

「大少爺，奴婢知道每次奴婢給您送來的藥膳，您都是一口不嚐就讓人給倒了。」看到董禎毅皺眉，儷娘立刻打出苦情牌，道：「其實姑娘對此又略有所察，她還和奴婢說，一定是她學藝不精，讓大少爺您嫌棄了。奴婢私底下也勸過姑娘，讓她不要這麼累，但是姑娘卻說大少爺這般努力都是為這個家，而她不能為這家做什麼，只能為大少爺略盡一分心意，免得成為這個家最無用的那個人。」

儷娘的話讓董禎毅微微一怔。他不大相信董瑤琳會說那樣的話，卻也不能完全當作沒有聽見，當然他更在意的是自己一貫處理這些藥膳的做法被儷娘說破了，萬一董瑤琳對此並不知曉，但儷娘今天卻回去和她胡說一氣，讓她生氣。

「大少爺？」儷娘看著微微一怔沒有堅持讓自己退下的董禎毅，心中一喜，臉上卻帶了更謙卑的神情，道：「還請大少爺隨意嚐一口，不要浪費了姑娘的一番心意。」

「好吧。」董禎毅皺著眉頭端起碗，食之無味地喝了幾口，然後再看看一臉期望的儷娘，無奈地將一碗湯喝下，然後道：「這樣總可以了吧？妳可以回去向瑤琳交差了吧。」

「多謝大少爺體諒。」儷娘歡歡喜喜地向董禎毅道謝，卻不馬上離開，而是笑盈盈地道：「姑娘要是知道大少爺這麼乾脆地喝了她精心準備的藥膳的話，一定會十分歡喜的。」

「她會不會歡喜我不知道，我知道的是這件事情已經讓我有些困擾了。」董禎毅覺得不能再這樣下去了，要不然的話他真的是會被煩死。他看著儷娘，道：「瑤琳最信任妳，妳的話她也總能夠聽得進去，妳回去之後好好和她說說，讓她別整天閒著沒事燉什麼藥膳了。」

「這是姑娘對您的關心……」儷娘故意遲疑地看著董禎毅，臉上帶著為難，道：「姑娘每天都在為這個費了不少功夫……」

「我知道她費了不少的功夫，但是這件事情也讓我很煩。」董禎毅沒有多少耐心和儷娘細說，他直接道：「妳好好勸勸她，或者找件別的事情讓她分心。」

「這個……奴婢盡力吧。」儷娘有些為難地應承著，身體卻不著痕跡地靠近了董禎毅一些，然後道：「只是不知道奴婢要能勸住姑娘的話，大少爺有沒有什麼賞賜呢？」

「妳想要什麼？」董禎毅眼睛微微地瞇了起來，但是不知道為什麼，卻覺得有些躁熱起來了，難道是因為剛剛喝了一碗熱湯的緣故嗎？

「奴婢只求大少爺垂憐。」儷娘細心地看到董禎毅額頭上冒出了一層細細的、晶瑩的汗珠，知道那碗藥起了作用，她大著膽子說著不適宜的話，人卻更靠近了一些，讓董禎毅嗅到她身上那股誘人的香氣。

這話聽起來怎麼那麼不是滋味呢？董禎毅微微一愣神，順手拿起桌上的一本書，用它當扇子，想搧去身上突如其來的躁熱，嘴上卻道：「這又是什麼意思？」

火候應該差不多了。看著董禎毅臉上的潮紅，儷娘知道藥效起了作用，她整個人貼了上去，道：「奴婢自進府的那天起就對大少爺仰慕不已，奴婢只求能夠伺候大少爺，名分什麼的，奴婢斷然不敢奢望……」

「放肆！」儷娘的反常舉動讓董禎毅豁然明白，自己的不對勁、突如其來的躁熱是什麼了，他毫不憐惜地甩開貼上來的儷娘，呵斥道：「妳不過是個小小丫鬟，怎麼敢說這樣的話？還不給我退下！」

「奴婢知道自己身分低賤，但是大少奶奶不也是丫鬟出身嗎？大少爺能夠娶她為正妻，為什麼就不能接納奴婢呢？至少奴婢比她長得好啊！」

被董禎毅一甩，摔倒在地的儷娘又羞又惱。她真不明白，都到了這個分上，他為什麼還不順水推舟要了自己，那樣的話，自己固然能夠得償所願，他也可以推說中了招，然後納自己為妾。既是兩全其美的事情，他為什麼要故作正人君子的樣子？自己是比不得莫拾娘，沒有她那麼地精明能幹，但是她所求的也不過是在董家、在他董禎毅的身側有一個容身之所而已啊！當然，她敢說這樣的話也因為篤定了董禎毅吃了那藥，一定會忍不住要了她，不然還真不一定敢把心裡所想的話說出來。

「妳給拾娘當奴婢都不配！」董禎毅對著不死心又想撲上來儷娘就是一腳，將她踹開之後，順手將桌子上已經涼了的茶水潑到臉上，而後高聲叫道：「知墨、文林，你們進來！」

「大少爺，有什麼事情？」知墨很快應聲進來，而文林雖然慢了一步，但也沒有耽擱多久。

「你們給我看住了這個賤婢，還有，桌子上的藥膳和湯碗不能讓任何人動。」那杯冷茶水讓董禎毅臉上一涼，但身上的躁熱卻更甚，他真不知道儷娘給他下了什麼藥，卻明白自己不能耽擱久了。

「是，大少爺。」知墨不知道董禎毅為什麼有這樣的吩咐，只是盡職地點頭應是，而許文林這個機靈鬼卻多看了董禎毅一眼，道：「大少爺，小的扶您回房休息吧。」

「好。」董禎毅知道自己的情況，也擔心回房的路上控制不住自己做了什麼讓自己後悔、讓拾娘傷心的事情，立刻點頭。

「知墨，你看著她，要是她出什麼么蛾子的話，叫兩個姊姊進來幫忙，直接把她給綁了就是。」許文林交代一聲。他知道知墨是個老實孩子，不多說一聲的話，可能會被儷娘給騙過去了。

「好。」

知墨隱隱也猜到了是什麼事情，看著儷娘的眼神充滿了蔑視和不屑。許文林也不耽擱，立刻扶著董禎毅就往外走。他可得在大少爺藥效發作起來之前把他交到大少奶奶手裡，可不能讓大少爺因為中了招，做了讓大少奶奶傷心的事情——對陷入絕境的許家人而言，向他們伸出手的拾娘就是那個救命大恩人，要是沒有拾娘的話，他們一家子只能離開望遠城到別的地方討生活，哪裡能像現在這樣，一家人和和美美在一起過日子。

董禎毅下意識地加快了腳步，許文林配合著他，平時要花一刻鐘的路程，不過一盞茶的工夫就走完了。或許是天色已暗，沒有多少人還在當差做事，這一路上他們就沒有遇上什麼人，暢通無阻地到了董禎毅和拾娘的院子裡，這才被綠盈發現，喧譁起來。

「這是怎麼了？」拾娘正在給輕寒、棣華講故事，聽到外面的響動走了出來，卻被董禎毅一臉不正常的紅暈嚇了一跳。

「小的也不知道到底發生了什麼事情，只知道大少爺吩咐小的扶他回來。」許文林看到拾娘就放下了心，將已經迷糊的董禎毅交給拾娘。

「怎麼這麼燙？」拾娘輕輕一摸董禎毅的臉，卻發現他的臉燙得厲害，想要放下，卻被董禎毅一把抓住。

「拾娘？」

董禎毅極力讓自己看清楚眼前的臉龐。他本能地知道眼前的女子是他心之所繫的妻子，殘留的最後一絲理智卻讓他想要確認一下。

「是我，你這是——」拾娘話沒有說完就被董禎毅一個熊抱給打斷了。隔著衣衫她都能夠感受到他身上的躁熱，以及頂著她小腹的火熱，心裡立刻明白是怎麼一回事。她一邊環著董禎毅，一邊道：「文林，你該做什麼去做什麼。綠盈，妳們立刻把姑娘和小少爺帶到他們房裡，哄他們早點睡，房裡不用你們伺候了。」

「是，大少奶奶。」幾個人目不斜視地照著吩咐去做，等拾娘將董禎毅扶著回房的時候，不但房間裡面已經空無一人，房門也被細心的丫鬟給關上了，董禎毅似乎也知道沒有了旁人，不顧一切地抱著拾娘啃起來……

第一百五十八章

「娘，大哥呢？」看到飯桌上只坐了臉色不好的董夫人和董禎誠，董瑤琳立刻問了一聲，一點都沒有察覺因為她這句話，董夫人的臉色更陰沈了些。

「大哥昨晚心情好，一邊賞月一邊自飲自酌，結果一個不小心喝多了，這會兒宿醉未消，大嫂正在照顧他呢。」這理由是綠盈剛剛過來對董夫人說的，但董夫人可不相信這個理由，董禎毅從來不好杯中之物，交際應酬那是避無可避，卻絕對不會自己找酒喝，正為這個在生悶氣呢。

董禎誠也不大相信這理由，卻也只能用這個理由來敷衍董瑤琳了，總不至於和她說董夫人的那個猜測吧？

「大哥心情好，自飲自酌把自己給喝醉了？」董瑤琳也不是三歲的小孩，怎麼可能信這樣的話，她嗤道：「二哥，要編也編個讓人聽了能信的理由，這謊話騙鬼呢？」

「騙的是我。」董夫人冷冷地回了一句，然後沒好氣地道：「妳快點坐下來吃飯吧，這個家越來越不像樣子了，連吃個飯都不得安生。」

看著臉色難看的董夫人，董瑤琳立刻乖乖坐下，董夫人臉色稍微緩和了一些，看了看董瑤琳身後的思月，略帶詫異地道：「儷娘呢？妳身邊不是缺不得她，時時刻刻都要她跟著的嗎，怎麼今天不見影子？」

「我正想問大哥呢！」董瑤琳對儷娘昨晚做了些什麼事情是完全都不知曉，嘟著嘴道：「昨天我讓儷娘給大哥送藥膳去了，然後就一直沒有見著她。我原本沒有在意，她家好像出了些事情，一直有些心緒不寧，我以為她回房休息去了。可是今兒一早起來，還沒有見她的蹤影，思月去她房裡，說房裡沒人，看樣子像是一夜未歸，也不知道發生什麼事情了。」

董瑤琳的話讓董夫人的心突地一跳，有種不好的預感，本來就因為拾娘和董禎毅缺席而鬧得沒了胃口，現在更是怎麼都吃不下去了。但是，她看了看一無所察的女兒，心裡暗自嘆了一口氣，淡淡地道：「吃飯吧，吃過飯我要去看看妳大哥，妳跟著我一起過去問問吧。」

「嗯。」董瑤琳一點都沒有往不好的方面去想，清脆地應了一聲，胃口很好地吃了起來……

「大少奶奶，夫人和姑娘來了，說是要看看大少爺，奴婢請她們在花廳坐了，正在邊喝茶邊等大少爺。」綠盈對正在鏡前梳妝的拾娘輕聲道。拾娘的臉上帶了一股深深的倦意，似乎昨晚一夜都沒有睡好，但是眉宇之間卻又閃爍著一層從未見過的瀲灩光澤，使她整個人都散發著一股慵懶的性感。

「我們這就過去。」一旁同樣帶著一股慵懶氣息，正饒有興致地看著拾娘梳妝的董禎毅回了一聲，卻又搶過拾娘手上的花鈿，自己動手為拾娘貼上，而後笑著道：「拾娘，我覺得可以做個樣式不一樣的花鈿貼在妳右臉上，既能夠遮掩住妳臉上的胎記，還能夠讓妳更漂亮。」

「怎麼，你也覺得我臉上的胎記很礙眼了？」拾娘斜睨了董禎毅一眼，嘴上說這樣的話，心裡卻不怎麼在意。她不相信董禎毅會是那種只在乎皮相的膚淺男人，更不相信這一塊胎記就能遮掩住自己身上的光彩。

「妳這說的是什麼話？」董禎毅瞪了她一眼。他才十九歲，對長得美麗的女子自然會多一分好感，所以私心裡也希望能夠遮掩住拾娘臉上的瑕疵，讓拾娘更美麗一些。但是如果用一個傾國傾城的女子來換拾娘，他卻是怎麼都不幹的——容顏再美都有凋零的一天，而拾娘的美卻如一杯美酒，隨著歲月的洗禮，越醇越香，這樣的女子才是真正難求的，他才不會做那種捨本逐末的事情。

「我這不是順著你的話說的嗎？」拾娘打量著董禎毅為她貼好的花鈿，貼得不是很端正，但不仔細看也看不出來，也就隨著它的了。她輕輕地一揮手，屏退所有的丫鬟，而後湊到董禎毅耳邊，小聲道：「告訴你一個秘密。」

「什麼秘密？」董禎毅也將聲音壓得低低的。他知道拾娘渾身上下都是秘密，有些秘密拾娘已經或主動或不經意地透露給了他，她身上卻還有更多的秘密，這樣的拾娘總是給他一種驚喜，這也是拾娘讓他深深著迷的地方之一。

「我臉上的胎記不是天生的。」拾娘淡淡說著讓董禎毅大吃一驚的話，道：「你還記得你第一次和我去莊子上，見到的那個丫鬟嗎？那個自稱被我陷害才被攆到莊子上的丫鬟？」
「記得。」董禎毅點點頭。他雖然不記得花瓊長什麼樣子，也不記得她叫什麼名字，卻不會忘記有這麼一個人，也隱約記得她當初說過的那些話。他看著拾娘道：「我還記得在見過她之後，我懇求妳給我一個機會，一個讓我和妳白首偕老的機會。」
「你就記得這些。」拾娘嗔了一聲，卻又悠悠道：「她叫花瓊，這應該是她之後改的名字，她最早叫花兒，一個很純樸、很簡單也很常見的農家女兒的名字。我不記得我和她是怎麼認識的，但是我們兩個和一群年紀差不多的女孩兒在五王之亂的那些年相依為命，艱難生活著。那個時候，我叫小喜。」
「但是她做了對不起妳的事情，對吧？」董禎毅理解地看著拾娘。拾娘並不是那種看到別人受苦就一副心有戚戚的人，更不是那種看到小動物受傷會掉眼淚的；但是她也不是狠心的人，如果花瓊沒有做什麼對不起她的事情，拾娘絕對不會那樣對她，就如她說的，她們曾經是相依為命的姊妹。
「天下大定之後，她和另外一個和我不對盤的女孩合謀，將我綁了起來，想要把我賣到煙花之地去。」拾娘輕輕地嘆了一聲，心裡卻想起了自那天起就沒有再見過面的大喜。她比花瓊聰明，或許會在某個地方生活得很好吧？
「後來呢？」董禎毅有些緊張地看著拾娘，雖然拾娘完好無損地坐在他面前，但是他還是為她曾經受過的苦難而擔憂。

「她們沒有得逞，爹爹在半路上遇到了我們，將我給救了下來。」拾娘終究還是沒有將所有的事情和盤托出。被賣到暗門子是她這一生最不願意提起的事情，也是她身上抹不去的污點，她不想讓任何人知道，就算是董禎毅也一樣——她不希望將來有一天，這成為董禎毅嫌棄她的理由。

「幸好。」董禎毅鬆了一口氣，道：「要是沒有遇上岳父的話，可就糟了。」

「在和爹爹到望遠城定居的時候，爹爹對我說，我的容貌可能會給我們帶來無盡的麻煩，而手上剛好有種很名貴的藥，抹在臉上就會滲入皮膚，留下青黑色的印記……我沒有猶豫就向爹爹拿了這種藥，然後抹到了臉上，成了現在這個樣子。」拾娘輕輕地摸著臉上的胎記，道：「在別人眼中，這胎記無疑是礙眼的，但是對我來說，它是讓我安寧生活這麼些年的功臣，就算一輩子都留在我的臉上，我也不會嫌棄它。」

「妳的意思是還可以把它去掉？」董禎毅聽懂了拾娘話中的意思，他帶了些驚喜地看著拾娘。雖然他也不嫌棄拾娘臉上這個印記，但如果可以將它去掉更好，他很期待看到一個臉上無瑕的妻子，那樣的她一定儀態萬千。

「是可以，我手上就有解藥的藥方，但除了三、四味常見的藥材之外，其他的藥材不但名貴，還有年分限制，甚至還有幾味我素未聽聞的藥材。爹爹當年也說過，想要湊齊這些藥材，別說在望遠城這樣的地方辦不到，就算到了京城也要耗費九牛二虎之力。所以，想要恢復我的容顏看起來是遙遙無期了。」拾娘澀澀一笑，心裡卻在想，這算不算為董禎毅畫餅充饑呢？

「只要有藥方就好，我們努力，就不相信不能把上面的藥材湊齊。」董禎毅卻不覺得這是什麼遙遙無期的事情，世上無難事，只怕有心人，只要他們努力，就一定能夠讓拾娘恢復原本的美麗。

「好了，不說這個了，我們該去見娘和瑤琳了，她們一定等煩了。」拾娘再一次審視自己的妝容，確定沒有什麼不妥之後站了起來，笑著道：「我想，被晾了這麼一會兒，她們不是更惱怒了，就是已經熄了心頭的怒氣，你說會是哪一種呢？」

「不管是哪一種結果都一樣。」董禎毅卻沒有什麼好臉色。想起昨晚那碗加了料的湯，他就壓不住自己心頭的惱怒——要不是自己的定力強、見機快，可就真被人給算計了去。儷娘那丫頭不能再留，但是董瑤琳也不能再縱容，一定要讓她受到教訓。

第一百五十九章

「你們終於捨得過來了。」看見董禎毅和拾娘的瞬間，董夫人心頭一直壓著的怒火騰地一聲燒了起來。

董瑤琳在一旁幸災樂禍地偷笑。她知道心疼兒子的董夫人不會把董禎毅怎麼樣，尤其是他這會兒剛剛成了解元，更不會讓他難堪，頂多就是不輕不重地說上幾句；但是拾娘就不一樣了，一定會被狠狠地訓斥一頓，她等著看拾娘的笑話。

「兒子慢了些，讓娘久等了。」董禎毅似乎沒有看到董夫人怒氣沖沖的臉一樣，不緊不慢地道：「只是不知道娘這麼著急找兒子，有什麼事情？」

「沒有什麼事情就不能過來找你了嗎？」董禎毅的語氣和態度讓董夫人氣得倒仰，再一次肯定自己含辛茹苦養大的兒子，是個有了媳婦忘了娘的不孝子，看拾娘的眼神也愈發不善起來，尤其覺得她臉上那層灩灩的光彩礙眼——她也是過來人，怎麼不知道只有備受滋潤的女人才會有那種豔色。她冷冷地道：「拾娘讓人傳話，說你昨晚喝多了，宿醉不起，娘擔心你的身子，所以才特意過來看看。不過，我看顯然是我這個當娘的瞎操心，你哪裡是宿醉，明明就是縱——」

董夫人原本想要訓斥兒子「縱慾過度」，揭穿拾娘的謊言，但是卻忽然想起董瑤琳就在身邊，說這樣的話十分地不妥，這才硬生生把話給嚥了下去。但董禎毅和拾娘是什麼人，就算她沒有把話說全，也知道她想說的是什麼。

「讓綠盈說兒子宿醉不過是託詞，兒子素來不好杯中之物，怎麼會自己找酒喝呢？」董禎毅臉色難看，也不想再多說什麼了，直接道：「兒子之所以起不來，是因為昨晚被人下藥暗算——」

下藥暗算？董夫人被這句話驚得騰地站了起來，也不管董禎毅已經安然無恙地站在她面前，連聲問道：「現在怎麼樣了？有沒有找大夫好好看過？」

「現在已經好了，娘放心就是。」董夫人的著急關心讓董禎毅難看的臉色緩了緩。不管她怎麼樣，也都是自己的娘啊……

「是什麼人幹的？一定不能饒了他！」董夫人一腔的怒氣朝著那個膽敢暗算兒子的人去了。

「是儷娘。」董禎毅也不賣關子，直接揭曉謎底。

「怎麼會？」董瑤琳驚呼起來，她看著董禎毅道：「儷娘一向守規矩，怎麼會做那種事情呢？大哥你是不是弄錯了？」

「是她端來的藥膳中有問題，不是她難道是妳嗎？」董禎毅看著大呼小叫的妹妹，冷冷地道：「如果不是妳整天燉什麼藥膳，還讓她送過來，非得看我喝下去的話，我也不會被她給暗算了。」

「我不信、我不信！」董瑤琳沒有想到會出這種事情，還和自己脫不開關係，她拚命搖頭，怎麼都不敢相信這樣的事情。

「是儷娘給你下藥？下的是什麼藥？是那種不乾淨的藥嗎？」董夫人卻靈光一閃，將董禎毅夫妻晚起、拾娘不一樣的氣色和儷娘下藥這些事情聯繫到了一起，一下子就猜中發生了什麼事情，心裡隱隱還升起一絲期望。

「是。」董禎毅點點頭，對還在那裡不願接受事實的董瑤琳道：「瑤琳要是不相信的話，我讓人把儷娘帶上來，妳自己問她。」

「儷娘現在在哪裡？」董夫人問了一聲。她最想問的是儷娘有沒有得逞，但還是因為女兒在場而作罷。

「我讓人把她看管起來了。」董禎毅也還沒有來得及問儷娘在什麼地方，只能含糊說了一聲，然後對一旁的綠盈道：「讓人把儷娘給帶過來。」

「是，大少爺。」綠盈應聲而出。董禎毅昨晚的異常舉動之後，她們也都知道到底發生了什麼事情，除了不屑之外，更詫異儷娘的大膽。她居然敢給董禎毅下藥，要是她懷的是別的心思，下的是別的藥，那……光是想想，都讓人覺得不寒而慄。

花廳裡一片靜默，董瑤琳更是坐立不安起來。董夫人和董禎毅的話都沒有說透，她又不是特別聰慧的人，只知道儷娘做了不該做的事情，卻不明白到底是什麼事情。

好在綠盈的動作很快，精神萎靡的儷娘很快就被人帶了上來。看到董瑤琳的那一剎那，她眼睛一亮，忽然間來了氣力，一把推開她身邊的丫鬟，撲上去跪在董瑤琳身邊，道：「姑娘，救救奴婢吧！」

「儷娘，這到底是怎麼一回事？為什麼給大哥的藥膳中會被下了藥？」看著儷娘狼狽的樣子，董瑤琳有些心軟。儷娘在她身邊伺候快三年了，她對這個儷娘十分依賴，事事離不開儷娘，真的是不忍心看到她現在這個樣子。

「奴婢也不知道。」要是算計成功的話，她自然不會否認自己做的事情，但是現在事情敗露，卻沒有失身於董禎毅，儷娘哪裡會承認自己做的事情，她張口就道：「奴婢只是依從姑娘的吩咐，給大少爺送湯，但是沒有想到大少爺喝完湯之後，就忽然發怒，讓人將奴婢關了起來……姑娘，奴婢真的什麼都沒有做，您一定要相信奴婢啊！」

董禎毅沒有想到儷娘過了一夜就什麼都不認了，他正要發怒，卻被拾娘輕輕地攔了一下，而後聽拾娘淡淡問道：「儷娘，妳的意思是大少爺無緣無故把妳給關了起來嘍？」

「奴婢不敢那樣說。」儷娘只是哀求地看著董瑤琳，道：「只是奴婢愚鈍，不知道什麼地方惹怒了大少爺。」

「不知道？好個不知道。我看妳是太知道了。妳心裡一定在想，瑤琳年幼，有些骯髒的事情我們都不會和她說，所以只要求了瑤琳心軟，妳就能安然度過這一關吧？」拾娘冷冷一笑，道：「如果妳真這麼想的話那可就錯了，妳做的那些事情，我們還真不準備瞞著瑤琳。」

董夫人皺眉，輕輕一咳，道：「拾娘——」

「娘，我知道您心疼瑤琳，不願意讓她知道這些髒事，但是她終究有一天要知道，要面對這些事情的。與其讓她突如其來地去面對，還不如讓她早點知曉，起碼以後真要遇上這些事情也不會束手無策。」拾娘立刻不輕不重地堵了董夫人一句，道：「您別忘了，她都已經十三歲了。」

董夫人將阻止的話嚥了下去。是啊，女兒都已經十三歲了，要是明年兒子能夠在會試、殿試之中大放異彩的話，自己一家子定然要遷回京城，到時候也該好好為她和禎誠張羅婚事了，現在也是時候讓她知道這些事情了。

見董夫人不再堅持，拾娘微微一笑，對還是一頭霧水的董瑤琳道：「昨晚，儷娘趁著妳讓她給妳大哥端藥膳過來的工夫，對妳大哥投懷送抱，想要讓妳大哥將她收房，納她為妾，為了達成目的，還在藥膳裡面放了些藥。」

拾娘的話點到即止，董瑤琳也聽懂了其中的意思，她的臉一下子紅了起來，看儷娘的目光也不如之前那般軟和了。她咬咬牙，問道：「儷娘，大嫂說的是不是真的？」

「姑娘，奴婢一心一意只想伺候姑娘，絕對沒有別的心思，姑娘一定要相信奴婢啊！」儷娘只能一個勁兒地向董瑤琳表衷心了，哀哀切切地道：「姑娘，奴婢在您身邊伺候的時日也不短了，您應該知道，奴婢雖然迫不得已賣身為奴，但也是有心氣的，連死契都不願意簽，心心念念的就是恢復自由身，回家伺候爹娘。再說，奴婢要是有這樣的心思，當初大少奶奶有孕，夫人要找個合適的丫鬟給大少爺收房的時候，奴婢完全可以自薦，直接過了明路……」

「妳說的也有道理。」儷娘的話董瑤琳信了，當初就是她建議自己讓王寶家的在董夫人面前說些慫恿的話，讓董夫人把馨月塞到董禎毅房裡，給拾娘添堵的，要是她有那個心思的話，也不會等到現在了。

「瑤琳，是妳慫恿娘給我安排什麼通房妾室的嗎？」董禎毅冷不防地問了一聲。不是他多疑，而是她們的話實在是太讓人生疑。

「我沒有，是王寶家的。」董瑤琳本能地否認，然後一個不小心把王寶家的給出賣了。

董夫人卻愣了，道：「王寶家的和我說那些話的時候一個人都不在場，妳怎麼知道是王寶家的說的？」

「這還不簡單，一定是瑤琳讓王寶家的在娘面前說些有的沒的，讓娘起那樣的心思，說不定讓王寶家的推薦馨月也是瑤琳的主意呢。」拾娘涼涼地道。看來在她沒有察覺的時候，這個一直和她不對盤的小姑已經算計自己了，只是沒有得手罷了。她看了看臉色不大好的董瑤琳，再看看自知失言，眼中閃爍著懊惱的儷娘，道：「瑤琳，是儷娘建議妳用這樣的方法給我添堵的吧？」

「我沒有，我什麼都不知道。」董瑤琳眼中也滿是懊惱，都是因為這件事情過去太久了，才讓她完全沒有防備地說漏了嘴，這下可糟了，大哥一定會生氣的。

「看來妳的謀劃還真夠長遠的。」拾娘看著儷娘，眼中閃著冷意。是自己大意了，沒有想到還有這麼一個心思縝密的人在身邊，要不是因為董禎毅的定力過人的話，說不定還真的被她算計成功了。她冷冷地道：「瑤琳一定被妳利用了很多次了吧！」

儷娘嘴巴閉得緊緊的。她沒有想到就那麼幾句話，這兩口子就能推算出那麼多的東西來，她現在真的是什麼都不敢說了。

「不想說嗎？那麼我慢慢地來推斷吧。」看儷娘的樣子，拾娘反倒笑了，她吩咐綠盈給她準備些茶點，然後坐下，笑著道：「娘，正好也沒有什麼事情，就看看熱鬧吧！」

第一百六十章

「妳昨晚和禎毅說什麼我也是賣身為奴，當過丫鬟的，為什麼禎毅能夠娶我為正妻，卻不能納妳為妾，起碼妳長得比我好……」拾娘好整以暇地看著臉色灰白的儷娘，臉上帶著笑意，道：「這個念頭在妳腦子裡一定很久了吧？唔，妳剛剛進府的時候是不是就在轉這個念頭呢？想著我一個無依無靠的孤女，都能從林家一個商賈人家的丫鬟躋身成為林家的義女，而後嫁到董家當大少奶奶；妳賣身進董府，有近水樓臺的便利，委身大少爺為妾應該更輕鬆、更簡單。所以，妳才會跟著人牙子過來，以為我會因為同病相憐而欣賞妳，繼而將妳留在身邊。只是，事情出了意外，我不願意要簽活契的丫鬟，妳的打算第一次落了空。」

儷娘臉色蒼白，一語不發，眼中的驚詫卻出賣了她。她怎麼都沒有想到拾娘能夠透過這麼幾句話就想到那麼多，還字字句句都給說中了。

「不過，就在妳以為要白跑一趟的時候，事情又出現了轉機。娘帶著瑤琳過來了，要給瑤琳選兩個嬤嬤和丫鬟，而瑤琳一眼就看中了與眾不同的妳。」拾娘伸手拈了一塊點心，卻沒有送入口中，而是把它放在眼前端詳，嘴上卻沒有打住，繼續道：「而後，妳成了瑤琳身邊的丫鬟。不得不說的是，妳還是有些聰明和手腕的，在瑤琳身邊伺候了一段時間之後，妳就成功地將思月擠下去，成了瑤琳眼中最值得信任的丫鬟，這時候妳一定洋洋自得，覺得自己距離成功又近了一步。」

不錯。儷娘死死地咬著下唇，將嘴唇都咬破了都沒有放鬆，讓淡淡的血腥味刺激著自己。她看著拾娘頓了頓，將手上的點心放進嘴裡，那一瞬間，她有一種錯覺，覺得自己就是一塊小小的點心，讓人放在手裡看一眼之後，一口吃掉。

「瑤琳和我的關係並不好，她很看不起我這個長得難看，沒有什麼好出身的大嫂。」拾娘說著眾人皆知的秘密，淡淡地道：「她一定在妳面前抱怨過我，尤其是那次妳們攛掇著瑤琳，讓她開口為妳們要胭脂香粉，卻害得她被訓斥一頓的事，她一定怨極了。思月有沒有說什麼我不好猜，但是妳……妳一定在瑤琳面前懺悔，說都是自己的錯，要不然的話也不會害得她被夫人訓斥。瑤琳是個沒有什麼城府的，聽了妳的話一定會很快原諒妳，同時卻一定會更恨我，覺得都是我的錯，然後對我的怨進一步加深。」

一旁的董瑤琳吃驚地看著拾娘。她知道拾娘厲害，卻從來沒有像現在這麼深的感觸，明明是私底下發生的事情，她卻像親眼所見一樣，說的一點都不差。

「我懷孕的消息傳出來之後，瑤琳一定又是歡喜又是不平，歡喜的是她就要當姑姑了，不平的是孩子是我這個讓她喜歡不起來的嫂子生的；而妳一定趁這個機會向她獻計，說這是個給我添堵，然後妳們看熱鬧的機會。之後就有了瑤琳讓王寶家的在娘面前說這說那，要讓禎毅將馨月收房的事情。馨月不過是妳的一個試路石，要是這件事情成了，禎毅遵從母命將她收房，那麼妳一定會努力討好娘，走明路達到自己的目的。但是事實讓妳知道，這條路走不通，所以妳只能另外謀劃。」拾娘輕輕地嘆了一口氣，道：「我想，妳一定沒有想過一點，就算那件事情成了，馨月被收房了，妳也不能走相同的路子。」

「為什麼不能？」儷娘一直覺得自己很聰明也足夠謹慎，落到現在這個地步也是因為命不如人，而不是自己的算計失誤。

「馨月是什麼人？她原本就是禎毅身邊的丫鬟，之後再到夫人身邊伺候，將她收房很正常。但妳卻不一樣，妳是瑤琳身邊的丫鬟，當哥哥的把妹妹的丫鬟收了房，傳出去，不光會讓人質疑禎毅的品行，也會讓人笑話瑤琳。妳一定不知道，像妳這種姑娘身邊的丫鬟，要嘛一輩子不嫁，一直在姑娘身邊伺候，當個體面的管事嬤嬤，老了之後，自然由主子安排安養晚年；要嘛由主子作主，嫁個府裡的小廝、管事或者外嫁，要不然就是給未來的姑爺當妾室通房，斷然沒有讓姑娘的父兄長輩收房的，那對姑娘的名聲有礙。」拾娘看著不明白自己犯了個絕大的錯誤的儷娘，道：「妳應該慶幸的是禎毅定力強，沒有碰妳，要不然的話就算妳簽的是活契，為了瑤琳的名聲，夫人也只會將妳直接打殺，而不是讓禎毅納了妳。」

拾娘的話讓董夫人微微一怔。她還真是沒有想到過這些，只是她都不知道這些講究，拾娘怎麼會知道呢？

「那現在呢？她這樣會不會對我造成什麼影響？」董瑤琳現在已經不關心儷娘了，從拾娘的話她就知道，自己一直被儷娘玩弄於股掌之間，不搶先一步找她的麻煩就已經是好的了，哪裡還會想要袒護她？

「哪家沒有個想爬床，妄圖飛上枝頭的丫鬟，只要禎毅沒有碰她，沒有將她收房，她的行為就不會對妳造成大的影響，不過是讓人說妳管教不嚴罷了。」拾娘看著有些緊張的董瑤琳，心裡冷笑一聲。現在知道怕了，和儷娘聯手算計的時候怎麼不知道畏懼？

「那就好。」董瑤琳鬆了一口氣，心裡暗暗下決心，回去之後一定要好好敲打思月，一定不能讓她給自己添亂了。

「瑤琳，妳給禎毅燉藥膳是儷娘出的主意吧？」見董瑤琳的態度已經大變，拾娘便問了她一聲。相信到了這個時候，董瑤琳再傻也不會為儷娘遮掩什麼了。

「嗯。」董瑤琳點點頭，道：「她說我和大哥的關係越來越疏遠，應該好好地和大哥搞好關係，就給了我這麼一個建議，還說大哥養好了身體，高中了，我也能夠有一分功勞。」

「我猜就是這樣。」拾娘微微一笑，道：「那個時候她就在謀算這件事情了，她這是想養成禎毅的習慣，讓禎毅不設防地喝下她送來的東西。而她也確實是做到了這一點，禎毅如她所願地喝下了那碗加料的湯。」

「都給大哥送這麼長時間的藥膳了，她為什麼會到現在才這樣做呢？」董瑤琳不明白的是儷娘之前有無數次機會，尤其是有幾次拾娘還不在家，她為什麼不把握那個機會呢？

「儷娘可曾和妳說過，她爹爹是個秀才，每次鄉試都會去參加，卻一直沒有中舉。」拾娘微微一笑，沒有回答，反而問了一聲。

「說過，但這個和她什麼時候算計大哥有關係嗎？」董瑤琳不明白。

「當然有，而且關係還不小。我今兒一早讓人去打聽了，她爹今年沒有意外地又去參加鄉試了，這已經是他不知道第幾次參加鄉試了。我不知道她爹爹的學識如何，但是我想儷娘心中一定巴望著她爹爹能夠高中，那樣的話，他們一家就能翻身，而她也是舉人的女兒，身分立刻就不一樣了。就算她不死心，還是想讓禎毅將她收房，那也不能像對待普通丫鬟一樣，開了臉就好，起碼也得下聘，而後用一頂小轎抬進門來。這種抬進門來的妾室是良妾，而那種丫鬟開了臉收房的是賤妾，雖然都是妾室，身分地位卻大不相同，儷娘應該是知道這其中的差別的。」拾娘把儷娘的心思摸得透透的，之前確實因為她是董瑤琳的丫鬟而忽視了她爬床的可能，卻沒有忽視她這個人。

「她真會算計。」董瑤琳說這句話的時候已經帶了恨意。

「再會算計也得有那個命。」拾娘冷笑一聲，道：「她爹今年參加鄉試不讓人意外，再一次落榜也不讓人驚奇。她昨天上午回家探望，也知道這個壞消息，回來之後就下了決心，決定放手一搏，然後就有了昨晚的那些事情。」

「儷娘，大嫂說的可是事實？」董瑤琳對拾娘已再無懷疑，但還是問了儷娘一聲。

「是。大少奶奶雖然沒有親眼所見，但是勝似親眼目睹。」儷娘知道事情到了這一步，自己整個人都彷彿被剝光了一樣，再抵賴、再狡辯都無濟於事，也就坦然承認了。

「枉費我那麼信任妳，妳卻一直利用我、算計我！」董瑤琳很有幾分生氣和傷感，她對儷娘是很器重、很依賴，她都打算好了，等董家舉家搬遷回京時，一定帶上儷娘的。

儷娘沒有看董瑤琳，而是直接問拾娘道：「既然大少奶奶都已經看穿了儷娘，那麼大少奶奶想要怎麼處置儷娘呢？」

儷娘不知道拾娘會怎麼處置自己，卻也不是很擔心。她簽的可不是死契，真要是出了什麼意外，董家一樣會有麻煩的。

「今天我沒有心思處置妳，明兒我會讓崔五家的過來領人，當初妳進府是她牽的線，就讓她把妳帶回去好了。我會對她說是瑤琳知道妳爹爹落榜消息，擔心妳家裡出什麼變故，所以特意放妳自由身。」拾娘看著眼中閃過喜色的儷娘，淡淡地道：「不過，在那之前，妳必須親筆將妳在府裡做的那些事情寫下來，並保證出去之後不說董家任何事情。」

「如果奴婢不願意呢？」儷娘知道拾娘這是想掐著自己的喉嚨，而且一掐就是一輩子。

「妳不願意的話也無所謂，我可以找妳爹娘，讓他們將妳簽了死契買進來。聽說妳爹爹因為落榜又大病倒了，你們家一定很需要一筆錢給妳爹爹看病吧？」無非是多出一筆銀子罷了，拾娘無所謂得很。

「妳——」儷娘相信，真要是那樣的話，為了爹爹的病、為了那個家，他們一定會毫不猶豫把自己簽了死契買進來，到時候，她的生死可就真的是捏在拾娘手心裡了，她該怎麼辦！

第一百六十一章

儷娘最後還是沒有離開董家——不是她不想離開，而是董夫人沒有和任何人商量，就放王寶家的去了儷娘家，花了十五兩銀子從儷娘的爹娘那裡換來了一張賣身契，一張將儷娘徹底變成董家的私有物的賣身契。用她的話說是既然知道儷娘是個不安定的，那就不能放任，要把危險掐死在萌芽狀態之中。

當然，董夫人也不會放心再讓她回董瑤琳身邊伺候，而是把王寶家的叫過來交代了一番之後，讓王寶家的把她送到了董家的田莊上，讓王寶仔細看管起來，別讓她出什麼么蛾子。

知道董夫人的所作作為之後，拾娘只是輕輕地搖搖頭，便丟開了。她沒有心情也沒有必要為一個對她充滿了惡意的丫頭出頭，她要打理家中裡裡外外的事情，要照顧一雙兒女，要陪董禎毅讀書——來年的三月，董禎毅就要參加春闈，那才是真正考驗他的時候，雖然半年內不大可能讓他有多少進步，但是學習如逆水行舟，不進則退，他不能因為成了望遠城的解元就鬆懈下來。

正月十六一早，董家門口就停了一輛馬車，知墨和文林正檢查著行李，大門內，董禎毅正和家人依依惜別。

今天是他出發去京城的日子，全家人都聚在大門口為他送行。

「毅兒，你一定要好好地考，娘不敢奢求你像你爹一樣高中狀元，但也不能太差，至少要在二甲前列，明白嗎？」董夫人殷切地看著兒子，再一次說著自己的要求。這是她的底線，要是再差的話，他們一家短期內就回不了京城，兒子的仕途也有得熬了——想到這裡，她就忍不住抱怨董禎毅娶了不能在這方面給予臂助的拾娘。

「娘放心就是，兒子一定會竭盡全力去考，一定不會讓娘失望，更不會讓爹爹在九泉之下不能安息的。」董禎毅臉上帶著笑，再一次向董夫人保證，這些話他都已經說膩了。

「你爹以前那些故交舊友的名字，我都告訴你了，到了京城之後一定別忘了去拜訪他們，雖然他們不一定能幫你，甚至都不一定會見你，但是這個禮卻不能失。」董夫人再一次交代。董志清當年不少故交舊友仍在，有少數幾個還是三品、四品，雖然這些年都沒有什麼來往，但去拜訪一下還是很有必要的，這也是起碼的禮節。

「我會的，娘。」董禎毅點點頭。這一點董夫人不交代他也不會忘記的，這些年沒有往來其實很正常，一來是京城和望遠城相隔甚遠，不方便聯絡來往，二來董夫人一個寡婦帶著孩子，那些人也不方便和董家聯繫。他到了京城最重要的是參加科考，其次便是拜訪董志清當年的舊識了。

「還有你舅舅……」提到那個同父異母的弟弟，董夫人有些惆悵。她和弟弟年紀相差大，打小就不親，而董志清出事沒幾天，她的父親也去了，她的繼母和弟弟當時只忙著自善其身，根本理都沒有理會她，回到望遠城這些年更是連個音信都沒有——她也沒有打聽他們過得如何，唯一肯定的是他們應該平平安安地生活在京城的某個角落。

「我會打聽舅舅一家的情況，要是打聽到了，也一定會登門拜訪的。」董禎毅知道董夫人為什麼惆悵，再怎麼不親，再怎麼齒寒，那也是她的親弟弟，不可能半點都不關心。

「唉……」董夫人嘆了一口氣，張了張嘴，卻又閉上，沒有再說下去。

「大哥，你就放心地去吧，家裡有我，我會照顧好娘，會看好瑤琳，也會照顧好大嫂和輕寒、棣華的。」董夫人退下，董禎誠上前，他笑著道：「我們都在家裡等你的好消息。」

「嗯。」董禎毅最放心的除了拾娘就是這個穩重老成的弟弟了，他拍拍董禎誠不甚寬闊的肩膀，道：「家裡有你大嫂，我不是很擔心，你只要分心看顧一二也就是了，最重要的還是你的學業。」

「我省的，你放心就是。」董禎誠點點頭，他所謂的照顧也不過是看著董夫人，不要讓她無理取鬧罷了，其他的事情，他一個小叔子還真是幫不上什麼忙。

「大哥，你一定要好好考，我們等你的好消息。」董瑤琳湊了上去，看著董禎毅道：「我們能不能再回京城，就看大哥你的本事了，你可不能讓我們失望啊！」

「妳放心，大哥一定不會讓你們失望的。」董禎毅現在已經不是三年前那個不知道天高地厚的少年了，他不敢說自己就能中前三甲，但是董夫人希望的二甲前列卻絕對不會有問題。他看著妹妹滿是期望的小臉，道：「妳在家好好學規矩，可不能貪玩偷懶了，要不然我們回京城，妳的規矩卻還沒有學好，可是會被人笑話的。」

「我一定會好好學規矩的。」董瑤琳點頭。為了回京城，她也要把規矩學得讓旁人挑不出刺，要不然的話一定會被人笑話的。

董禛毅笑笑，最後將目光定在一直沒有說話，只是笑著看著他的拾娘身上，溫聲問道：「拾娘，妳有什麼想要和我說的嗎？」

拾娘原本打算與他一道上京的，可計劃永遠都比不上變化，就在拾娘為進京城暗自準備的時候，她忽感身體不適，請大夫過府把脈，卻是又有了身孕。這下，別說董禛毅捨不得拾娘跟著自己一路辛苦奔波，就算他不反對，拾娘也不會為了尋親而讓自己肚子裡的孩子受罪，甚至有什麼閃失，和董禛毅一起進京的打算只能夭折。

「路上要小心一點，可千萬不能涼到了，一定要注意自己的身體。」拾娘笑著上前一步，靠近董禛毅，不顧旁人的目光，親自為董禛毅整理了一下身上滾了灰鼠皮的大氅。這還是今年過年的時候拾娘特意為他訂做的，就是為了讓他在去京城的路上和到了京城穿的，這一路上天寒地凍的，可不能著涼生病。

「妳放心吧，我會小心的。」董禛毅看著拾娘消瘦了不少的臉，道：「我和永星一道乘車，林家的馬車又大、又寬敞、又舒服，一定不會累到、涼到的。」

「到了京城之後，立刻捎封信回來，別讓我們在家裡牽掛。」拾娘也知道林永星準備的東西十分齊全，要不然她會更不放心。

「我會的，一到京城安頓下來我就寄信回來。」董禛毅一點都不覺得煩，他輕輕地拉著拾娘的手，道：「我不在家，妳一定要好好照顧自己，家中那些事情要是忙不過來的話，也別撐著，交給下人去做就是。鈴蘭和艾草現在已經很能幹了，妳完全可以把事情交給她們，妳自己安心地養胎就是，一定不能累到。」

「都說窮家富路，出門在外，需要用銀錢的地方一定不能省。」拾娘有一次交代道：「王寶身上帶了五百兩銀子，這一路，哪怕是到了京城，只要沒有特別的開銷，應該都夠用了；知墨和文林身上也都帶了些碎散的銀票，買個小東西什麼的，讓他們跑腿就是，千萬別自己去，免得讓人看了笑話。」

拾娘不能同行，董禎毅便也沒有多帶人。他原本打算帶著文林和知墨也就夠了，他們兩個一個機靈一個穩重，做事最是讓人放心不過的。但是，董夫人卻不同意，說他們兩個雖然機靈，始終是年少了些，辦事不夠牢靠，便將一直為她管理田莊的王寶叫了回來，讓他陪著董禎毅一起進京；還說王寶再不濟也是在京城長大的，對京城十分熟悉，董禎毅身邊有他也更方便一些。

董禎毅不想在這種小事上和董夫人相左，也覺得身邊多個年紀稍大一些的也沒有什麼不好，便同意了。

拾娘對此也沒有發表什麼意見，她給了王寶五百兩的散碎銀票，分別給了知墨、文林一百兩的碎散銀子和銀票。至於董禎毅，她更是塞了兩千兩銀子給他——京城不比望遠城，需要花錢的地方極多，而且各種開銷也會比望遠城更大，就算董禎毅和林永星同吃同住，也需要不少銀子，多準備一些總是沒錯的。

「妳放心就是，我一定不會委屈自己的。」董禎毅笑笑。他倒是覺得王寶和知墨他們身上的銀子應該已經足夠了，卻沒有拒絕拾娘的關愛，就如她所說的，窮家富路，多帶些銀錢在身上總不是壞事。

「考完之後不要忙著回來，在京城等著放榜，要是覺得悶得慌的話，可以和大哥到處走走，他在京城待了那麼長時間，應該很熟悉了。」拾娘沒有說讓他好好考的話，她相信董禎毅一定會盡自己最大的努力的。

「嗯。」董禎毅再一次點點頭，然後鬆開拾娘的手，蹲下來，將一直眼巴巴地拽著他身上大氅的輕寒和棣華攬進懷裡，道：「爹爹不在家的時候，輕寒不准像以前那麼淘氣，不能總是整天欺負弟弟，不能讓妳娘擔心，明白嗎？」

「明白。」輕寒奶聲奶氣地點頭答應，道：「我會乖乖聽話，會乖乖吃飯，會乖乖睡覺，也會帶弟弟，不會讓娘傷神的。」

「好孩子。」董禎毅讚了一聲，輕寒是頑皮了些，卻也是個懂事早慧的孩子，答應大人的事情從來都不會賴皮，這一點拾娘教得很好。他又對素來比較文靜的棣華道：「棣華不能整天躲在屋子裡，該出門玩耍的時候要跟著姊姊一起出門玩，要聽姊姊的話，還要學會照顧姊姊和娘，明白嗎？」

「明白。」棣華點頭，向董禎毅保證道：「我一定會替爹爹照顧好娘和姊姊，也會乖乖聽姊姊和娘的話，爹爹放心就是。」

「好兒子。」董禎毅摸摸兒子的頭，再緊緊抱了他們一下，閉上眼，吁了一大口氣，又把他們的小手放進拾娘手中，再定定看了他們一眼，轉過身，毫不遲疑大步走去……

第一百六十二章

董禎毅從容地坐在椅子上，廳裡那個丫鬟好奇的目光和廳外隱隱約約傳來的竊竊私語絲毫沒有影響他，他只是淡然地端著杯子，一邊愜意地喝著茶，一邊耐心地等著主人的出現。

他到京城已經五天了，稍微休息了一、兩天，掃去旅途帶來的疲憊，適應了京城又乾又冷的氣候之後，他便分別給了王寶、知墨和許文林一張名單，讓他們打聽上面的人。王寶本來就是在京城長大的，雖然離開京城已經十年有餘，但卻沒有絲毫生疏，辦起事來十分麻利；知墨和文林雖然對京城很陌生，但是他們很機靈，找了林永星那個宅子裡的管事幫忙，兩天工夫便已經打聽到了不少人的住址和大概情況。他斟酌了一番之後，毫不猶豫地選擇最先拜訪國子監四門館助教方志敏，也就是董夫人同父異母的親弟弟，董禎毅的親舅舅。

董禎毅和方志敏相差十歲，但因為董夫人與他並非一母所生，這舅甥兩人的關係也很平淡，多年不見，董禎毅甚至都已經記不得他的模樣了。

董志清死的時候，董夫人倒是向娘家求助，只是那個時候方仲澤已經病倒了，就算想幫自己的女兒和外孫也有心無力，等到方仲澤一死，就更幫不了什麼了。之後，董夫人帶著子女離開京城，也就斷了來往了。

但是，不管之前怎麼樣，也不管他們認不認董家這門親，董禎毅身為晚輩，到了京城之後必須得上門拜訪，這是一種姿態、一種禮貌，要不然的話因此被人非議是小，成了洗不去的污點可就不好了。所以，董禎毅打聽到方家的消息之後便來了，當然，他也做好了被拒於門外的準備。

讓他意外的是，到了方家，他遞上拜帖，沒有在門外等多久，就被請進了方家的客廳；而不意外的是，進了客廳，裡面空無一人，丫鬟給他上茶的時候請他稍等，而這一等就是一炷香的工夫。

被人這樣刻意晾著，董禎毅也不著急，就那麼從容地坐在椅子上慢慢地品茶——不管什麼時候，不管茶水的滋味如何，都能品出三分真味來，才能證明養氣的功夫已經到家了。他養氣的功夫比起拾娘來稍差一些，但是這一點點耐心卻還是有的，唔，要是茶的品質再好一點的話，他的耐心還會更好。

至於那個丫鬟好奇的目光和外面傳來的竊竊私語聲，董禎毅在視而不見、聽而不聞的同時，卻也暗自皺眉——這方家的規矩未免太鬆散了些，敢當著客人的面就對客人評頭論足的，要是在自己家中，別說當面這麼失禮，就算在背後議論，被發現了也要受到懲罰的。

唉，窺一斑而見全貌。難怪母舅到現在還只是四門館助教，要知道外祖父當年可是國子監祭酒，就算經歷過五王之亂，就算仙逝多年，也能留下不少人脈；加上今上登基時，經歷過戾王和今上的兩輪清洗，急缺人才，但凡他爭氣一些，就算混不上什麼好的職位，也不至於這樣——就算是國子監助教也是分等的，最好的自然是國子學助教，而四門館的助教雖然不是最差的，但也好不到哪裡去。這一路上過來，不少地方都露出破敗的跡象，和記憶中完全不一樣，要是家中寬裕的話，雖然不至於會像暴發戶一樣，修葺得到處耀眼奪目的，也會整齊潔淨，不見半點破舊。

心裡嘆息著，耳朵也沒有閒著，發現那隱隱約約的議論聲戛然而止，知道方家的主子出來見自己了，他沒有改變自己的坐姿，甚至連臉上的表情都沒有變化，直到聽到清晰的腳步聲，這才從容地放下茶杯，向客廳的大門看去——

一個年約五旬的老夫人剛好走到門口。董禎毅離京的時候已經記事，雖然想不起來那不怎麼親的舅舅和名義上的外祖母是什麼樣子，但是見了人之後，立刻就把眼前的人和腦子裡那個模糊的記憶對上了。

董禎毅從容中帶著恭敬地站起身，恭敬溫和地看著老夫人，沒有出聲，等她先開口。

「來的可是毅哥兒？」老夫人一邊上下打量著董禎毅，一邊問著，眼中閃爍著董禎毅並不陌生的光芒。他知道眼前的老夫人是想從自己的衣著打扮來判斷，自己母子這些年來過得怎麼樣，繼而推斷自己今日上門的目的。

「正是。」董禎毅深深一鞠，直起身來之後才道：「離京數載，今日特來拜望外祖母和舅舅，不知道經年不見，外祖母身子安康與否？」

「唉，我這把年紀了，談不上多好，不過沒有什麼大毛病罷了。」董禎毅身上八成新的直裰讓方老夫人眼底的防備少了些——以她的眼力自然看得出來，董禎毅今日上門起碼不是來打秋風的。她笑著道：「你是一個人進京還是和你娘他們一起來的？這些年你們過得怎麼樣？唉，自打你娘帶著你們兄妹回了故里，這些年都沒有音信，我和你舅舅想找人打聽你們的情況也無從打聽起，也不知道你們過得好不好。」

真心想要打聽的話，怎麼可能打聽不到？就像方家的故居一直沒有挪地方一樣，他們望遠城的祖宅也一直在那裡沒有變動過。董禎毅知道方老夫人說的是面子話，但還是恭敬有禮地道：「勞外祖母和舅舅掛心了。當年娘帶著我們兄妹扶靈還鄉之後，得族人照應，這些年過得倒也不錯，只是娘心裡總是記掛您和舅舅，寄了好幾次信回來也猶如石沈大海，十分憂心，想回京探望卻又被我們兄妹所累，讓您擔憂了。」

「你們這些年過得好，比什麼都好。」方老夫人笑笑，沒有就這個問題再往下說，而是轉過話音，問道：「毅哥兒這次上京城是——」

方老夫人話沒有說完便看著董禎毅，董禎毅很有眼色地道：「外孫此次進京是為了今年的春闈。」

「你外祖家這一趟走得還算順利吧？」林永星一邊給董禎毅倒茶一邊問道。他這小院裡除了廚娘以外，沒有一個女人，而林永星一貫不喜歡書僮在面前晃悠，便只能親力親為了。

「很順利。」董禎毅接過茶杯，輕輕地喝了一口，齒頰生香的感覺讓他享受地眯起了眼睛。林永星一向是個不會虧待自己的人，他喝的都是上好的茶葉，和這杯茶相比起來，方家那茶水的滋味真的是差太遠了。唉，自打家中的境況好起來之後，衣食都精緻起來，他也被養刁了。由儉入奢易，由奢入儉難，誠不我欺啊！

董禎毅和方老夫人沒有說多大的一會兒話，得了消息的方志敏便回來了，久別重逢的舅甥倆寒暄一陣之後，方志敏便把董禎毅請去書房喝茶閒聊。兩個人都是讀書人，可聊的話題不少，尤其董禎毅博學多才，卻因為年幼缺乏閱歷，方志敏才學稍微疏淺了些，卻又有著董禎毅所沒有的閱歷；這一聊，兩個人還頗有了幾分相逢恨晚之感，在方志敏的盛情挽留之下，董禎毅留在方家用過晚膳才告辭離開。

「我猜也是，要不然的話你一定吃了閉門羹，早就回來了，而不是耗到現在。」林永星笑呵呵的。董家和方家的關係，董禎毅大概和他提過一些，說了現在的方老夫人是董夫人的繼母，唯一的子嗣也是方老夫人所出；說了戾王矯詔上位的時候，董志清和方仲澤前後辭世，變故諸多，董夫人帶著他們回望遠城之後就斷了往來。這已經足夠讓林永星做出某些判斷了，他也有個曾經好些年沒有音信的二叔，對這種斷了聯繫的親戚沒有抱多大的期望。

董禎毅沒好氣地瞪了林永星一眼。林永星一點都沒有把董禎毅的不滿放在眼中，不過是瞪上一眼，不痛不癢。他帶了幾分好奇地問道：「怎麼樣？」

「什麼怎麼樣？」董禎毅知道林永星在好奇什麼，卻故意問了一聲，然後將空茶杯朝著他晃了晃，示意他給自己再添茶。

林永星也不在意董禎毅將自己當小廝使喚，馬上又給他加滿，然後笑著問道：「見到你的時候，你那沒有血緣的外祖母一定很吃驚吧？有沒有把你當作活不下去，特意上門打秋風的窮親戚對待了？」

「那倒沒有。」董禎毅搖搖頭，沒有什麼話都對他說。他輕嘆一聲，道：「方家和我記憶中的完全都不一樣了，沒有了那種書香門第的優雅從容，多了一股淡淡的殘敗氣息……我想，或許是因為外祖父不在了，方家以前的風光不再了，難免會有些事事皆非的滄桑吧？」

「你也是……你外祖父是國子監祭酒，品階雖然不是頂高的，地位卻不是一般的一品、二品大員就能比擬的，和他來往的不是世人敬仰的大儒就是貴人，而你的那個舅舅，不過是四門館的助教。當家人的差別那麼大，方家又怎麼會不一樣呢？」林永星卻沒有那種感慨，相反地，他覺得這才正常。別說方仲澤已經死了那麼多年，就算還在，也會有很大的不一樣才對——董家不就是這樣嗎？董夫人雖然還在，但是管家的人變成拾娘之後，不也有了天壤之別嗎？

「你說的也沒錯。」董禎毅輕輕嘆息一聲。方仲澤生前再怎麼風光，一朝身死，兒子又不足以繼承他的衣缽，人走茶涼也是正常的，何況期間還經歷過戾王的大肆清洗呢，方家能夠維持現在這番光景，已經是今上的恩澤和方志敏的努力了。

「你那舅舅怎麼樣？四門館的助教就算沒有多好，也不會不堪才是。」林永星接著又問了一句，他在京城也待了有一段時間了，接觸最多的就是讀書人和有名的文人墨客，甚至還有幸得到了兩位大儒的些許指點，對國子監也有了粗淺的瞭解。

「嗯，比較中庸。」董禎毅點點頭，很中肯地給了一個評價。和方志敏在書房裡暢談也有一、兩個時辰，方志敏雖然天資有限，卻非朽木；方仲澤雖然總說兒子愚笨，但對他的教導從未有過半點懈怠，方志敏的基礎打得非常扎實，這一點董禎毅都是比不上的。

「這就對了。」林永星笑呵呵地道：「國子監的助教大多都是這樣，不見得有什麼不得了的地方，但也絕對不容人忽視，你那舅舅應該也是這樣的吧？」

「應該是了。」董禎毅笑笑，然後問林永星道：「距開考還有二十多天，你這些天準備怎麼安排？不會像這幾天一樣無所事事地到處閒逛吧？」

「無所事事地閒逛？我那是有目的地逛，想多結識幾個有才華的朋友，好不好？」林永星不是很認真地抗議著，道：「你還別說，我這幾天還真認識了好幾個很有才華的朋友，明天你和我一起出去，和他們認識一下？」

「算了，先父有不少故交都在京城，我還要一一拜訪呢。」董禎毅敬謝不敏。不是他自命清高，不想和同期參加會試的學子認識，而是他實在是無暇分身，剩下的那些需要拜訪的人，他一天拜訪一個，輪流下來，就已經沒有時間出去閒逛了。

林永星努力遊說，董禎毅卻還是沒有鬆口，而他一個人又往外跑了兩天，也覺得無聊了，便安心在家中看看書，好好休息。會試和鄉試一樣，也要考三場，每場三天，精神和體力跟不上可是不行的。

而董禎毅則照著原計劃一一拜訪了董志清那些還在的故交，有順順利利見到人的，也有被用各種理由拒之門外的，但不管是哪一種，他都坦然接受，他要做的、該做的，做到也就是了，結果如何是他掌握不了的，就不去強求了。

唯一意外的是，在他去過方家的第五天，方志敏過來了，還給他帶來了一些對他來說十分有用和珍貴的歷屆學子試卷，還把打聽到的主考官的喜好告訴了他，只要把握好了，那些東西在關鍵的時候會發揮意想不到的作用。

就這樣，忙忙碌碌的一個月過去了，就在京城春意漸濃的時候，三年一次的會試來了……

第一百六十三章

聚賢樓內座無虛席，每個桌子上都擺了三、五樣點心果子和一壺茶，五、六個人擠在一張桌子上，或者低聲說話，或者默默喝茶，臉上或者淡然或者焦急或者帶了些沮喪，神情不一，唯一相同的是，不管臉上表現得多麼從容，多麼淡然處之，眼中多多少少都帶了些期盼和焦灼。

今天是杏榜（注）放榜的日子，眾多的學子候在這裡便是為了等消息。和旁的地方不一樣，在京城，放榜之後，除了張貼紅榜之外，還會有專門的官差到聚賢樓唱榜，不過並非所有上榜的人都有資格享受這樣的待遇，只有榜上前一百名的貢士有這樣的殊榮。

董禎毅和林永星今天也到了聚賢樓。董禎毅原本是想在住所等候消息，不來這裡湊熱鬧的——他一早就讓王寶過去看榜了，但林永星怎麼都不肯老老實實待在家中等消息，他和相熟的一些學子約好了在聚賢樓等消息，相約不管是誰上榜，都要請大夥兒在聚賢樓好好地吃上一頓，將自己的快樂和他人分享，同時也分享他人的快樂。

聚賢樓不管是裝修還是菜色、茶點都相當不錯，但也只是相當不錯，在奢靡的京城還真不算有多好，只能勉強躋身一流酒樓。但因為每次會試，這裡都是學子雲集的地方，不少學

注：杏榜，意指中國科舉取士時代，為公布會試考中者而發的榜。

子都在聚賢樓的牆上、廊柱上題下自己的得意詩篇，若是高中，聚賢樓便會用碧紗將其題寫的詩篇罩住，以供世人觀賞傳唱；若是不幸落榜，那麼對不起，等到殿試之後，趕考的學子散去之時，聚賢樓便會將那些無名之輩的詩篇清理乾淨，將空出來的地方留給後來人。

據說，聚賢樓的後臺老闆是當朝權貴，每次會試前後，他都會坐在聚賢樓的某一間雅室之中，觀察來往學子，曾經有那種有真才華卻考場失利的學子得了他的青眼，被舉薦進了國子監，雖然沒有一步登天，但也走了捷徑。

據說，官差特意到這裡唱榜也是這位貴人的手筆，要不然的話，為什麼偌大的京城，這樣的好事會落在聚賢樓？

因為這些不知是真是假的原因，讓聚賢樓成為眾多學子心中一個特異的去處，而這裡花費雖然不低，卻也沒有高得離譜，但凡家境稍好一些的學子，都能負擔得起，這裡吃喝一頓，裡子、面子都有了。

將認識不是很久卻很相得的汪靜之、胡學磊、李敬仁介紹給了董禎毅，五個人便閒談起來——相較於董禎毅的淡然從容，另外三人則帶了些探究和好奇，不管是和林永星認識一年多的汪靜之、胡學磊，還是剛剛和林永星相識不久的李敬仁，對董禎毅的名字都不陌生。林永星不止一次和他們提過，自己有這麼一個才華、人品出眾的同窗，提起董禎毅的時候言語間多是推崇。

「和永星兄結識以來，不止一次聽他提起禎毅兄，說禎毅兄是望遠城最有名的學子，是難得一見的雋朗之人，原以為是他言過其實，今日一見方知他所言不虛。」汪靜之最先和董禎毅打招呼。汪家和谷家是世交，林永星一到京城，就和他認識了，素日裡來往也不少，聽林永星提起董禎毅的次數也是最多的。

「靜之兄此言讓小弟甚是汗顏。」董禎毅態度很謙虛，略帶幾分調侃地道：「至於永星所言，靜之兄和他結識不是一天、兩天了，應該知道他習慣誇大其詞，但凡有三分好，都會被他說成七分，他的話啊，能信卻不能全信。」

「這話沒錯，還真是和你一起長大的，一句話就把你的本性給說出來了。」胡學磊樂呵呵地拍了林永星一下。他和林永星認識得更早，是林永星三年前到京城參加會試的時候認識的，和林永星一樣，他上一次也落榜了，這次也是第二次參加會試，他看起來也比另外的人更緊張、更心急一些。

這話一出，幾人都笑了起來，不但少了幾分疏遠，也多了一點輕鬆。今天是放榜的日子，就連林永星那般豁達的人都難免緊張，更不用說另外幾個人了。

「你們就拿我打趣吧。」林永星不是很認真地抱怨了一聲，卻又往外面看了看，道：「怎麼還沒什麼動靜，難道還沒有放榜嗎？」

「看天色現在還不到辰時三刻，巳時才會張榜，現在還早得很。」汪靜之是京城人，很清楚什麼時候張榜。

「我知道是巳時張榜，只是覺得今天過得忒慢了些。」林永星也不掩飾自己的心急，他知道這裡坐著的就沒有一個不心急的，真要是不心急，就不會來這裡了。

「你也會著急啊？」胡學磊稀奇地看著林永星，卻又忍不住揭他的老底，笑道：「你們不知道，三年前他可不是這樣子，別人是過來等消息的，他是過來看熱鬧的。」

「今年和三年前怎麼一樣？」林永星理直氣壯地道：「我三年前就是一個湊數的，能中那是老天爺垂憐，是意外之喜，不中那是理所當然，心裡不抱希望，自然不會患得患失，也自然有心情過來看熱鬧。但是今年可不一樣，我這三年那可是懸梁刺股過來的，付出得多，自然希望能夠有所斬獲，要不然的話，這三年的光陰不是白白浪費了嗎？」

「懸梁刺股？我怎麼覺得你說的是別人呢？」汪靜之一點都不客氣地跟著揭他的短，道：「你不在京城是怎麼過得我不知道，但是在京城的時候，每次有熱鬧，出門遊玩，你必然是跑第一個，就沒見過你這麼愛玩的，還敢說這樣的話。」

「玩歸玩，但是學業我也沒有耽誤啊！我這是學業、娛樂兩不誤。」林永星也知道自己玩心重，但是和之前比起來，他在京城的日子已經很自覺了。

「那倒是。先生也總說，你雖然愛玩，進步卻是最快的，還說你這一次要是發揮好的話，上榜應該沒有問題。」汪靜之點點頭，卻又愁了臉，道：「我就不一樣了，先生本來就不大看好我，發揮得又不大好，我看我今年恐怕是指望不上了。」

「靜之兄何必說這樣喪氣的話呢？」一直沒有說話的李敬仁立刻出言安慰，道：「在未放榜之前，沒有人就敢說自己定然榜上有名，但也沒有必要妄自菲薄，你們說可是這樣？」

「別人我不敢說，但是禎毅一定榜上有名，而且肯定名列前茅。」林永星卻沒有應和他的話，他對自己信心一般，但是對董禎毅卻有十足的信心，要是他都不能中的話，那自己等人都是無望得了。

「禎毅兄是望遠城的案首，豈是我們能夠相比的？」李敬仁也沒有反對，但是說出來的話卻帶了幾分酸酸的味道。他朝著董禎毅一拱手，道：「和永星相識以來，每次聽他提起禎毅兄都十分推崇，說禎毅兄有大才，只是不知道這個大才是不是狀元之才呢？」

也不知道是有意還是無意，最後的這句話他的聲音稍微大了一些，附近不少人都聽得清清楚楚，都不約而同往這裡看了過來。

他是故意的。董禎毅敢肯定這個李敬仁是故意讓自己難堪的，他不知道為什麼初次見面他就這樣做，卻不躲不閃地看了過去，聲音也微微提高了一些，道：「禎毅一介普通書生，當不得大才的讚譽，更不敢說自己有狀元之才。但是，如同天下所有的學子一樣，禎毅自參加科考之後，便一直期望自己能夠高中狀元。或許有人會笑話，說禎毅好高騖遠，但如果連想都不敢想的話，那麼還考什麼？」

「好！」董禎毅話音一落，便有人高聲喝彩，只是那聲音卻和大多數男子的聲音不一樣，帶著一股柔媚的味道。董禎毅微微一怔，朝著那聲音看過去，看清楚說話的人之後，整個人都愣住了。

說話的是和董禎毅年紀相仿的男子，裝束和在座的大多數人相同，是一身雪白的kind襴衫，不同的是那斕衫看不出來是什麼料子，但是從衣料的色澤和質感來看，必然不是常人穿得起的。衣領袖口繡著精美華貴的圖案，腰間繫一條白玉腰帶，上面簡單掛著一個荷包，一頭黑髮束起，戴著頂嵌白玉銀冠，透著一股與生俱來的高貴，也透著一種詭異的違和感。

聚賢樓內，所有人的目光都集中在這人身上，而他恍若未覺一般，輕輕地啟齒一笑，道：「這位兄台的話我愛聽，但凡參加科考的，都應該以考中狀元為目的，如果連想都不敢想的話，那還不如捲鋪蓋回家，別出來丟人現眼。」

他這一說話，董禎毅就明白自己為什麼會有那種詭異的違和感了，他不管是動作、語氣還是眼神，都透著一股柔媚之感，那種柔媚放在女子身上，定然讓人覺得賞心悅目，但放在男人身上卻怎麼看怎麼怪異了。

他是誰？董禎毅看著那男子。他一出聲，聚賢樓內就驟然靜寂下來，有的人更小心翼翼、連大聲喘氣都不敢，顯然這男子的地位非同一般，只是，他會是誰呢？

「在下慕潮陽，不知兄台尊姓大名，又是何方人士？」慕潮陽朝著董禎毅一拱手，那種又柔又媚的感覺更強烈了，甚至有不知底細的人在心裡猜度他是不是女扮男裝的了。

慕潮陽？董禎毅又是一愣。眼前的人是慕潮陽，醴陵王世子，皇后娘娘的親姪子，上一屆的狀元？林永星和他提起的時候，倒也說過他特立獨行，但是董禎毅卻沒有想到是這樣的特立獨行——

第一百六十四章

不管心裡怎麼翻騰，董禎毅臉上卻沒有顯露出來，他不亢不卑地回了一禮，道：「原來是醴陵王世子，在下董禎毅，望遠城舉子。」

慕潮陽一副恍然大悟的神色，柔媚一笑，道：「原來你就是望遠城的解元董禎毅？不錯、不錯，比起那些一到京城就上躥下跳，不是拉幫結派宣揚自己名頭，就是到處亂寫亂畫，想讓人拜讀他的大作，期望以此好揚名天下的蠢材好得多，這份沈穩倒也當得起解元之名。」

慕潮陽這話一出，聚賢樓內好幾個人的臉色都發青——他們都是各處的解元，到京城之後便使出渾身解數，想要將自己的名聲傳揚開來；原本是一種揚名的手段，但在慕潮陽嘴裡卻成了跳梁小丑一般，如果不是忌諱他的身分，定然有人忍不出喝斥出聲。不過，他們不敢針對慕潮陽，卻不會忌諱董禎毅，看向董禎毅的眼光帶了些不善——要不是他那般與眾不同的話，自己也不會被慕潮陽嘲笑。

「世子謬讚，在下愧不敢當。」董禎毅知道慕潮陽這麼簡單的兩句話，就讓自己成了眾矢之的，心裡苦笑一聲，不知道慕潮陽為什麼這樣做，但是他不能什麼都不回應，謙和笑道：「若不是先父在京城故交甚多，在下一到京城就忙著拜訪各位叔伯長輩的話，世子口中上躥下跳的人定然要多在下一個了。」

「不錯，你很不錯。」慕潮陽輕輕地瞟了董禎毅一眼，那一眼帶著數不盡的風流味道，讓董禎毅全身的寒毛都豎了起來，控制不住地打了一個寒顫。這滋味實在是……董禎毅不知道別人會是什麼感覺，反正他是大感吃不消。

董禎毅的反應讓慕潮陽吃吃地笑了起來，笑得花枝亂顫的，那種姿態讓不少人在心裡暗罵一聲妖孽的同時，又不禁羨慕起董禎毅來——那可是慕潮陽啊！

林永星卻同情地看了董禎毅一眼。慕潮陽這樣的人物不是他有資格結交的，但名聲卻是如雷貫耳——醴陵王的嫡長子、皇后娘娘最疼愛的姪兒、大皇子的莫逆之交、才華出眾的狀元公……但是，最讓人津津樂道的卻是他那一身尋常女子都比不上的嬌媚姿態，明裡沒有人敢說什麼，私底下卻有不少人議論他定然有龍陽之好，甚至有人大不諱地猜度他和大皇子到底是單純的兄弟情誼，還是別有內情。那些傳聞林永星自然也不陌生，他知道有些人會因為慕潮陽的另眼相看而欣喜若狂，但是那個人絕對不是董禎毅。

董禎毅心裡苦笑連連。旁人或羨慕、或嫉妒、或同情、或不齒的目光，對他來說都不算什麼，他能夠努力忽視過去，但是慕潮陽的眼光卻讓他如芒刺在背；他真的很後悔跟著林永星過來，更後悔說了那一番話出來，引起了慕潮陽的注意，他現在只希望發生點什麼事情，轉移眾人，尤其是慕潮陽的視線。

天從人願，就在他這麼期盼的時候，一個官差進來了。看著他手上那耀眼的紅綢布，眾人精神一振——他是專門過來唱榜的，而照慣例，第一個唱出來的名字便是當年的會元。

「見過世子。」滿室的靜寂讓那官差微微一愣，然後就看見了卓然而立的慕潮陽，也不管自己過來是做什麼的了，先給慕潮陽行禮。

「你是來唱榜的吧？不用管我，宣布今年高中會元的是哪一位吧！大家可都等著呢！」慕潮陽的眉毛微微一挑，輕輕擺了擺手，微微一頓，給董禎毅飛了個媚眼之後，又添了一句：「我也等著呢。」

董禎毅打了個寒顫，渾身的寒毛都豎了起來。

「是。」官差應諾一聲，打開紅綢布，揚聲道：「春闈頭名，望遠城學子董禎毅！」

所有人的目光都集中在董禎毅身上，那官差也是成精的人物，不用問就知道那個忽然之間萬眾矚目的人定然就是新鮮出爐的會元了。他將紅綢布合起來，董禎毅面前的人很自覺地讓出路來，他走到董禎毅面前，將手上的紅綢布奉上，嘴裡道：「恭喜董公子高中會元！」

董禎毅百感交集地接過紅綢布。他又朝著目的邁進了一大步……

「同喜、同喜！」林永星頗有些看不上董禎毅的傻愣，連忙掏出事前準備好的紅包遞給官差，笑著道：「這個請官差大哥喝茶，小小心意，還望笑納。」

紅包一入手，輕飄飄的，官差臉上的笑容更深了——不是每一個唱榜的都能得銀票當打賞的，他朝林永星拱手道謝之後，轉身離開，當然，走之前也沒有忘記向慕潮陽告退一聲。

「我就知道你行。」林永星狠狠地拍了董禎毅一下，歡喜的程度不亞於董禎毅本人，他喜喜歡歡地道：「晚上我請客，好好慶祝一番！」

「是該好好慶祝一番。」不用看，董禎毅就知道接話的是慕潮陽。他的聲音實在是太特殊了些，讓人想要假裝不知道都不可能。他臉上帶著意味深長的笑容，道：「中了會元，董兄可算是距自己的目標又近了一大步啊！」

董禎毅的心重重地跳了一下。自己三元及第的宏偉目標除了拾娘之外，就連董夫人都不知道，而眼前這人不過是初次見面便一語道破，是他太厲害還是自己壓抑不住的激動透露了什麼？

「要是我沒有記錯的話，董兄應該是先諫議大夫董公志清的長子。」慕潮陽似乎沒有察覺董禎毅的驚詫，一語道破董禎毅的身分，道：「董公是啟元二十二年的狀元，他生平最遺憾的是會試失利，沒能三元及第，不知道董兄能不能在殿試之上，再度一鳴驚人，成為本朝第一個三元及第的狀元公，彌補董公當年的遺憾呢？」

董禎毅覺得自己在慕潮陽眼中就是個透明人，他敢肯定，今年參加春闈的學子中，比較突出的人，例如自己，或者其他地方的解元，姓名資料都在慕潮陽的掌握之中，說不定連到了京城之後做了什麼他都清楚，要不然他也不會說出之前那番讓自己成為眾矢之的的話，更不會輕描淡寫地就道出董志清的名諱和一直引以為憾的事情了。

到了這一步，董禎毅卻要坦然了。他朝著慕潮陽拱手，道：「如果能夠再次僥倖，在下一定設宴宴請世子，謝世子吉言。」

「我等著。」慕潮陽定定看了董禎毅一眼。這一眼，董禎毅沒有感受到半點嬌媚的意味。就在他微微愣神的工夫，他又嫣然一笑，輕輕地一揚手，身後閃出一個小廝，恭恭敬敬將一張名帖遞到慕潮陽手上。他拿在手裡晃了晃，道：「這是我的名帖，如果董兄有什麼需要我幫忙的話，讓人拿著我的名帖到醴陵王府找我便是。大事不敢說，但些許小事還是能夠幫得上忙的。」

在場的人都目光熾熱地看著那燙金名帖。大多數人都恨不得將董禎毅一把推開，上前接過這張通往青雲之路的名帖，但是他們都不敢，慕潮陽可不是他們能夠招惹的。

董禎毅沒有想到慕潮陽又來這麼一齣，心底又嘆了一口氣。如果說會元之名給自己帶來的是眾人的欽佩和羨慕的話，那這張名帖給自己帶來的只有深深的嫉妒了。他敢肯定，如果這張名帖不管落在什麼人手裡都有用的話，那麼自己一定會因為懷璧其罪而橫屍街頭的。

林永星卻不管這些，輕輕地推了董禎毅一把，讓他把名帖收下——在京城混得久了，他可知道慕潮陽的名帖不是什麼人都能得的，就算用不上，能夠拿到手也是好事。

被林永星這麼一推，董禎毅連思考猶豫的機會都沒有了，只能順勢從慕潮陽手裡接過名帖，道：「多謝世子厚愛，不過在下希望這名帖派不上用場才好。」

「我看好你喔！」慕潮陽丟下讓人臆想連篇的話，轉身離開。

看著他搖曳的背影，董禎毅又是頭疼——唉，要是拾娘在就好了，可以和她商量該怎麼應對這種詭異的狀況。

慕潮陽走了，但是他帶來的影響卻沒有消除，聚賢樓的人再也沒有別的心思，都將目光集中在董禎毅身上，還有人私底下打聽著董禎毅的事情，直到官差再一次出現，給會試的第二名道賀才打破了聚賢樓中的詭異氣氛。

隨著時間的推移，官差來得愈發頻繁，一開始是一盞茶的工夫過來一個唱名的官差，漸漸地，中間間隔的時間越來越短，到最後前腳才出去，後腳便又進來一個，不超過一個時辰，會試前一百名便出來了，而後兩個官差合力在聚賢樓張貼了三張榜單，剩下的兩百名的名字書寫其上。

董禎毅這一桌五人，除了董禎毅這個最大的贏家之外，林永星和胡學磊也中了，胡學磊是第一百六十二名，名次不算特別好，但對他來說已經是出乎意料的好成績了；而最意外的還是林永星，他居然名列第九十九，剛好在前一百名內，這是他怎麼都沒有想到的，把他樂得找不著北，咧著嘴將懷裡準備的紅包一股腦兒地塞給了給他報喜的官差，讓那官差也和他一樣樂得找不著北。

同是落榜，汪靜之只是長嘆一口氣，苦笑一聲便接受了這個殘酷的事實。但原本躊躇滿志，認為自己必然高中的李敬仁卻是滿臉灰敗，頹然地坐在凳子上，那模樣，彷彿聽到自己被判了死刑一般……

第一百六十五章

「不知道今年的這些舉子可有哪個入了賢弟的眼？」冷眼看著聚賢樓內眾舉子或歡欣鼓舞或矜持或強顏歡笑或失魂落魄的眾生相，一身常服卻顯得威嚴華貴的男子問道。

「勉強有兩個罷了。」慕潮陽端著茶杯，輕輕地啜了一口，自然翹起的尾指、輕輕撇嘴的神態，還有身上散發的那種慵懶氣質，讓房間裡對他並不陌生的幾個男子都別開了眼，唯恐再看下去，眼睛就拔不出來了——在那些舉子面前，他多少還收斂了一些，在幾個熟人面前卻毫無顧忌。

「不知道是哪些呢？」唯獨稱他為賢弟的男子不被他的魅力影響，而是帶了幾分興味地問著自己想要問的問題。

慕潮陽隨意報了幾個名字，無一例外的都位列杏榜的前三十名，董禎毅也在其中，而且他的名字還排在第一位。

「賢弟覺得剛剛出爐的新科會元董禎毅怎樣？和他父親董志清相比又如何？」男子又問了一聲。今年的會元花落誰家，他比任何人都更早知道。事實上董禎毅能夠如願以償也有他的手筆，董禎毅的那一篇策論可真的是對了他的胃口，他都想親自見見董禎毅了。

「很不錯，真的很不錯。」慕潮陽還是那句話，然後微微偏頭，似乎思索了一下，又道：「至於和董志清相比……不止是青出於藍，更有不同的風格，他應該不會像其父那樣耿直，那樣食古不化。」

「這麼說來，這個人可以值得結交了？」男子是絕對相信慕潮陽的眼光的，既然他說了不錯，那定然是個出色的，不然眼高於頂的慕潮陽絕對不會連說兩個不錯。

「我已經把我的名帖給他了，端看他會怎麼做了。」慕潮陽點點頭，卻又嫣然一笑，道：「你說，他會不會以為人家對他有了別樣心思呢？」

這話一出，別說另外幾個人大感吃不消，就連男子都嘆氣了，無奈地看著慕潮陽，道：「前些日子，母后又和我提起你的親事，說齊國公府的六姑娘人才相貌品性絕佳……」

「姨母還沒有死心啊？」慕潮陽哀叫一聲，數落道：「上一次姨母看中的是寧國侯府的二姑娘，寧國侯府聽說之後，不到三天就為那位二姑娘訂了親事；上上次，姨母看中的是齊國公府的三姑娘，說她賢淑慧智，才那麼一誇，齊國公府就嚇得把那三姑娘下嫁給了她的窮表哥；還有上上上次……不過，說回來，最有趣的還是鎮國公府的那位大姑娘，聽說姨母看中她，想要撮合我和她的婚事，立刻就提著劍到醴陵王府門口堵我，想要為天下女子除害……」

說到這裡，他又吃吃笑了起來，看著一臉無奈的大皇子，道：「表哥，您說，她怎麼不說是為了天下男子除害呢？人家要禍害也只會禍害男人啊！」

除了大皇子以外，另外幾人很有默契地裝作什麼都沒有聽見。和慕潮陽認識不是一天、兩天了，他們已經熟悉他語不驚人死不休的性子，不過，只能是熟悉，想要像大皇子一樣坦然處之，還需要時間考驗。

「你遲早是要成親的，就算不為你自己考慮，也要為醴陵王府著想，醴陵王府不能後繼無人啊。」大皇子真的是對這個表弟一點都沒輒，只能這樣勸上一句，卻知道這話對於慕潮陽來說連耳邊清風都不算，更聽不進去。

「表哥說的也是。」慕潮陽點點頭，卻又期望地看著大皇子，道：「要不，表哥和姨母說說，她要是給我相一個玉樹臨風的美男子，我一定成親。」

大皇子再一次嘆氣搖頭，道：「好、好，我明白了，以後不和你說這個事情。」

那種大逆不道的話也就慕潮陽敢說，要是傳到了皇后耳中，皇后定然捨不得責怪慕潮陽半句，但是自己一定會被遷怒，被皇后狠狠地削一頓。

「早就該這樣了。」慕潮陽飛了大皇子一眼，那一眼媚意橫生，然後又道：「表哥，你說今年皇上會不會親自主持殿試？」

殿試說是皇帝在殿廷上對會試錄取的貢士親自策問，以定甲第，但有的時候皇帝不一定會親自主持，而是委派大臣主管。上一次就是這樣，這一次，不知道皇帝會不會心血來潮？

「這個不好說，父皇沒有提過這個事情，就要看他到時候有沒有這個心思了？」大皇子輕輕搖頭。他從來都不會猜度皇帝的心思——就算猜度，也不會說出來。他只是帶了幾分好奇的神色問道：「你怎麼忽然關心起這個了?上一次你自己參加殿試，你都沒有關心過。」

「還不是為了剛剛出爐的會元公。」慕潮陽帶了幾分嬌羞地道：「他是望遠城的解元，又是新科會元，要是在殿試之上，再被點為狀元的話，那可是本朝第一位三元及第的狀元公，那可是千載難逢的，人家自然要多關心一下了。」

大皇子頭疼欲裂。他心裡很肯定自己這個讓人頭疼的表弟不會有那種奇怪的性向，但是也抵不住他整天這般，有的時候他都會懷疑自己是不是看錯了。

「表哥是沒有親眼見到董禎毅，他雖然是個文弱書生，卻很有男人氣概，長得也不錯，不說是面若潘安，但也俊朗得很，說話擲地有聲，是我最喜歡的那種類型。」慕潮陽臉上的表情很容易讓人理解為他對董禎毅「芳心暗許」，他輕輕地咬了咬下唇，道：「我看得出來，他是個有野心的，三元及第就是他目前最大的野心，我要是為他打點一下，以後也能有個理由和他親近不是？」

大皇子頭疼地看著慕潮陽，忽然後悔讓慕潮陽為他出頭，去看看今年的那些貢士怎麼樣了，換誰都比他合適啊！

正頭疼著，傳來一陣輕輕的叩門聲，他立刻沈聲道：「進來。」

進門的卻是慕潮陽的長隨。看他向大皇子行過禮，慕潮陽慵懶地開口問道：「怎樣？」

「回大少爺，那人名叫林永星，今年十九歲，望遠城人氏，和董禎毅同窗多年，是至交好友。林永星出身商賈人家，家境不錯，是望遠城數得上的富庶人家。四年前，林永星中舉，卻在會試中失利，名落孫山，但他運氣不錯，兩年前娶了原禮部侍郎谷老大人的嫡孫女為妻。谷三姑娘的生母是河西杜家的旁支姑娘，得了通融，在杜家的族學上了幾年女子學堂。林永星成親後便到京城求學，待了半年多，其妻分娩才回去，直到年初才回來。會試中，他考得不錯，第九十九名，算是超常發揮。」慕潮陽一問，長隨立刻如數家珍地將林永星的資料說了出來，他的這番話要是被林永星聽見了一定會把下巴給驚掉下來的。

「這又是什麼人？」大皇子微微皺眉。會試中發揮超常才中了第九十九名，勉強算是個人才，只是，慕潮陽怎麼會關注這樣的人呢？

「這個人很有趣呢。」慕潮陽笑盈盈的，道：「我看他和董禎毅關係可不是一般地親密，就讓人隨便查了一查。唔，他的岳母居然出身河西杜家，這麼算來，勉強也算是親戚了，既然是親戚，就該常走動，表哥，您說可是？」

大皇子無言地搖搖頭，道：「別玩得太過了。」

「人家會把握分寸的，不會把他們玩壞了的，表哥放心吧。」慕潮陽知道接下來只要自己做得不要太出格，大皇子就不會干涉。他滿意地笑笑，而後對長隨道：「你再去仔細查查這兩個人的過往，越詳細越好，要是連他們幾歲還尿床的事情都能查到的話，少爺我重重有賞。」

「是，少爺。」長隨點頭。他知道自家世子爺在見了董禎毅兩人之後，就莫名對這兩個人起了興趣，一定會找機會和這兩個人結交的，那麼將這兩個人的底細查清楚就很有必要了。

「去吧。」慕潮陽揮揮手，軟弱無骨地靠在椅子上。

長隨微微遲疑了一下，又道：「小的剛剛見到了四姑娘身邊的豆綠鬼鬼祟祟地和人在一旁說話，卻是讓人去打聽董禎毅的消息。」

「我知道了。」慕潮陽的眼中閃過一絲寒意，然後又道：「你順便去查查，除了董禎毅之外，她還打聽什麼人了？」

「是，大少爺。」長隨領命離開。

「姿怡身邊的丫鬟？她打聽董禎毅的事情做什麼？」大皇子微微皺眉。他口中的姿怡是慕潮陽的庶妹，見過很多次，卻怎麼都喜歡不起來。

「還能做什麼？年紀大了，想嫁人了唄。」慕潮陽涼涼說了一句。

「她的婚事自有姨母作主，自己倒騰什麼？」大皇子也冷了臉。就算是庶出，她也是醴陵王府的姑娘，要是讓人知道的話，豈不是給王府臉上抹黑？

「她心大著呢，怎麼會由著娘給她作主？」慕潮陽冷冷說了一句，卻忽然想起一件事，臉上忽然多了一絲悲傷……

第一百六十六章

「董公子請留步。」董禎毅剛一下馬車，剛剛站定，還沒有來得及抬步上臺階，便聽見一聲嬌滴滴的叫喚。他微微皺眉，腳步一頓，卻看到一個身穿湖青色長裙，外罩一件藍色褙子，梳著雙髻的女子走近，她臉上帶著矜持的微笑，道：「還請董公子借一步說話。」

「我認識妳嗎？」董禎毅淡淡地問了一聲，不等女子回答，轉身便要進門——他是有家室的人，不宜和其他女子接近，要是讓拾娘知道了，一定會不高興的。董禎毅很清楚，看似大度的妻子本質上就是個醋罈子，他那無緣的岳父可沒有教她做個委屈求全的賢妻良母。

「董公子……」女子沒有想到董禎毅居然這麼不給面子，本想讓董禎毅主動詢問自己的身分，然後再賣一個關子、撩撥一下他的，現在卻不敢再遲疑，連忙問道：「公子不想知道奴婢的身分嗎？」

董禎毅再一次頓住腳步，帶了幾分冷然地道：「妳的身分？妳不就是某府的奴婢嗎？這點眼力，董某還是有的。」

被蔑視了。丫鬟心頭氣惱，她雖然是個下人，但也極少有人這麼不客氣地對她說話，要不是因為主子就在身後不遠的地方看著的話，她一定轉身就走，讓眼前這個沒長眼睛的書呆子後悔一輩子。

想到身後的主子，丫鬟只能壓下心頭的惱怒，笑著道：「董公子說得沒錯，奴婢命薄，不過是個伺候人的丫鬟，只是，董公子知道奴婢是伺候誰的嗎？」

「妳自己都不知道自己伺候誰，問我做什麼？」董禎毅裝作聽不出丫鬟話裡的意味，卻把眼前的丫鬟氣得想要跳腳。

「你——」這丫鬟甚少見到如此不進油鹽，不給自己留一點面子的人，一時半刻還真是有些不知道該怎麼把話說下去。

「不知所謂。」董禎毅可沒有心思和她在這裡磨時間，他今天去方家報信了，和方志敏又在書房談了半天，也有些累了，早點回去休息才是正經的，他一甩袖子，轉身往裡走。

「董公子請留步。」又是一個嬌滴滴的聲音，董禎毅無奈地轉身，看到另一個一樣打扮的丫鬟過來，後來這個丫鬟長相略遜之前的那個，但是眼神沈穩，卻又是之前那個所比不上的。她見董禎毅頓步轉身，立刻盈盈一福，道：「奴婢豆綠，見過董公子。」

董禎毅只是淡淡看著豆綠，沒有轉身離開，但也沒有發問，等她將自己的來意說清楚——既然主動找上他，就不應該故作矜持地賣關子，他沒有閒工夫和她們耍花腔。

董禎毅的態度讓豆綠心裡暗自叫苦，知道遇上了一個超級難纏的，卻又升起淡淡的喜悅。不愧是會元公，和那些個毛毛躁躁、沈不住氣的就是不一樣。她謙卑一笑，道：「奴婢是奉我家姑娘的之命，特意前來拜會公子的。」

「我和妳家姑娘認識嗎？」董禎毅淡淡地問，心頭卻不期然冒出一個詞：榜下擇婿。看來是個高不成低不就的官宦人家的姑娘在耍花招，他心裡冷嗤一聲，這位姑娘是太不小心仔細，還是已經飢不擇食了，連自己是有婦之夫都不管了。

「董公子真是會說笑，我家姑娘養在深閨，怎麼會和董公子認識呢？」豆綠有些訕訕的，沒有想到董禎毅這般不給面子，他一個大男人，難道就不能讓著兩個小女子一點嗎？

「那麼，我董家和貴府是世交嗎？」董禎毅再淡淡問了一聲。

「呃？」豆綠微微一呆，不明白董禎毅為什麼有此一問

「不是，對吧？」董禎毅看著豆綠，冷冷道：「我和妳家姑娘一不是舊識，二不是世交，妳家姑娘卻讓妳來拜會我，這算什麼？難道妳家姑娘連男女授受不親都不知道嗎？」

這人是讀書讀成呆子了嗎？怎麼會說這樣的話？還是他根本就不知道榜下擇婿的風雅之事？豆綠被董禎毅幾句話堵得心頭火冒，也不再賣關子了，直接道：「我家姑娘很欣賞董公子的才華，想和董公子訂一個君子之約。」

君子之約？董禎毅心頭的不屑更深了，冷冷地道：「君子之約？什麼君子之約？」

「我家姑娘很想結識董公子，半月之後，約董公子杏園賞花，如果公子願意的話，那麼我家姑娘願意為董公子直上青雲出一把力。」豆綠臉上閃過一絲傲然，道：「我家姑娘身分貴重，只要她出手，公子的青雲之志定然可以實現。」

「喔？那麼請問貴府是哪一家呢？」董禎毅心裡冷笑。身分貴重？真正身分貴重的就不會做這樣的事情了。

「這個請恕奴婢現在不能告訴公子，但是奴婢敢保證，所言絕無虛言。」豆綠臉上的笑容都快維持不住了，之前那兩個，不過是透露了一個意頭，就順著杆子爬上來了，這人怎麼都不會把握機會啊？

「恕董某不能答應。」董禎毅輕輕地一揮衣袖，不說最好，免得添麻煩。

「公子！」豆綠急了，上前一步，道：「難道董公子不願意結識我家姑娘嗎？我家姑娘身分貴重，能夠得我家姑娘青眼，是您的幸運和福氣。」

「董某還真的無意和貴主人結識。」董禎毅冷笑一聲，道：「我不知道貴主人是什麼身分，也不想知道，但是我大概能夠猜到貴主人想要訂這個君子之約為的是什麼了，對此，我正想問一句。」

「公子請講，奴婢洗耳恭聽。」豆綠有不妙的感覺。

「令主人從來都這般莽撞嗎？要玩什麼花招，訂什麼君子之約前，都不查一查對方的底細嗎？」董禎毅臉上帶了譏諷的笑。

「公子這是什麼意思？」豆綠收起臉上的笑容，一副受了侮辱的樣子。

「沒什麼意思。只是想提醒貴主人，在和人搭訕之前，先查清楚對方是不是有婦之夫而已。」董禎毅再冷冷一笑，轉身進了大門，而他身後的兩個丫鬟，這一次終於沒有再出聲阻止，而是傻愣愣地看著他進門。

「豆綠姊姊，現在該怎麼辦？」之前那丫鬟慌了。姑娘最看好的會元公居然已經成親，她們該怎麼回話啊？

豆綠心裡也發慌。董禎毅的事情是她讓人打聽的，但是董禎毅並不像有些人一樣呼朋引伴的，只查到他的住所，知道他也是出身不錯，其他的都一無所知；要是讓姑娘知道忙了這麼半天，她最看好的卻是有婦之夫的話，自己也討不了好啊！但如果知道了還瞞著的話，那下場會更慘。

她們的為難董禎毅可不知道，就算知道也沒有心思理會。他沈著臉進了院子，剛好遇上正要出門的林永星，見了他的樣子微微一怔，問道：「怎麼板著個臉，是不是在方家遇上什麼不高興的事情了？」

「那倒不是。」董禎毅搖搖頭，道：「是剛剛在門口遇上兩個不知所謂的丫鬟，說了些讓人心煩的話而已。」

「哈！」林永星笑了一聲，戲謔道：「會元公就是炙手可熱，這會兒就有人想捷足先登，提前上演榜下擇婿的戲碼了？」

董禎毅冷嗤一聲，沒有接這話。

「你說，要是拾娘知道這事會是什麼反應？」林永星卻興致勃勃地問著，然後又笑著道：「不行，這樣的事情可一定得讓拾娘知道，我這就給她寫信去。」

「好了，你別添亂了。」董禎毅沒好氣地拉住林永星，道：「拾娘是有身孕的人，這些事情還是別讓她費神了。」

「這倒也是。」林永星頓住腳步，然後看著董禎毅，問道：「你準備怎麼辦？」

「什麼怎麼辦？」董禎毅狠狠地瞪他一眼，道：「除了不理會以外，我還能怎麼辦？我可是有妻室、有兒女的人了，可不能讓自己的妻兒傷心傷神。」

「那你還氣什麼？」林永星聳聳肩，道：「為這種事情生氣，多不值當。」

「也是。」董禎毅一想也笑了，卻又忍不住嘆了一口氣，問道：「你說，拾娘現在在幹什麼？」

拾娘正在給輕寒、棣華唸著他寄回家的家書。

董禎毅到了京城之後，每隔三天就會寫一封家書，將在京城發生的事情一一告訴拾娘，他希望就算人各一方，也能知道彼此在做什麼，就像沒有分開一樣。

「娘，爹爹什麼時候才能回來啊？我想爹爹了。」拾娘唸完信，輕寒就眼巴巴地看著拾娘，問了一聲。她虛歲已經三歲，已經能夠清楚地表達了。

「還有些時日。」拾娘摸摸皺著小眉頭的輕寒，道：「如果快的話，大概半年，娘肚子裡的弟弟或者妹妹出生的時候，爹爹就能回來了；如果慢的話……」

「慢的話要多久？」輕寒瞪大了眼睛，然後伸出手小心翼翼地摸了摸拾娘已經顯懷的肚子。這一次她懷的是單胎，這讓拾娘和董禎毅都鬆了一口氣，雙胎實在是太辛苦了。

「慢的話……慢的話等弟弟或者妹妹稍大一些，娘帶著你們去京城找爹爹。」拾娘心裡盤算了一下，如果一切順利，董禎毅能夠中前三甲的話，那麼他可能就無法在自己分娩的時候回來了；那也無妨，孩子五月底、六月初出生，等到孩子兩個月大的時候，天氣剛好涼下來，她就可以帶著孩子到京城和董禎毅一家人團聚。

「喔。」輕寒點點頭，然後摸著拾娘的肚子，道：「弟弟，你可要早點出來啊，等你出來，就能見到爹爹了。」

輕寒孩子氣的話讓拾娘忍俊不禁地笑了起來，不等她說什麼，耳邊就傳來一聲喧鬧的鞭炮聲，她微微一怔，放開輕寒的手，怔怔看著外面。不一會兒，綠盈滿臉歡喜地衝了進來，道：「恭喜大少奶奶，賀喜大少奶奶，大少爺中了會元！」

第一百六十七章

上門報喜的是林家人。得了林永星的信之後，林老爺、林太太大張旗鼓地一路放著鞭炮到董家報喜，拾娘得到消息的時候，大半個望遠城也都知道了這個喜訊。

「六弟妹，真中了會元？」問這話的是董二爺。林家這般大張旗鼓，他自然也聽到了消息，帶著另外幾房的當家人上門來了。

「是啊。」一直看董氏族人不順眼的董夫人也不吝給了他們一個笑容，道：「毅兒爭氣，會試中了會元，林家剛剛收到京城快馬加鞭送回來的消息。」

「真是太好了！恭喜弟妹啊！」董二爺笑得愈發燦爛了，道：「禎毅真是為我們董家爭氣，弟妹也終於苦盡甘來了。」

「是啊，我這些年吃了那麼多的苦，不就盼著有這麼一天麼？」董夫人也覺得自己的苦日子到了盡頭，心裡歡喜的她卻也沒有忘記族人曾經給她帶來的麻煩和苦難，她看了看董二爺身後的董三爺和董七爺，笑容微微一收，道：「至於說給董家爭氣……毅兒是給我家老爺爭氣，是給我這個當娘的爭氣，和你口中的董家可沒有什麼關係。」

董二爺沒有想到董夫人翻臉比翻書還快，臉上的笑容微微一僵，沒有再和董夫人說話，而是將目光投在拾娘臉上，道：「姪媳婦，妳看這個……」

「二伯父，一筆寫不出兩個董字，不管禎毅怎麼樣，他都是董氏子孫，這一點是永遠都不會改變的。」拾娘微微一笑，心裡卻暗自嘆氣。董夫人真的是……她不知道她現在和得志便猖狂的小人沒有什麼兩樣嗎？

「老大家的。」就像董二爺沒有想到董夫人那麼快就改變態度一樣，董夫人也沒有想到兒子都已經出人頭地了，拾娘還說那樣的話，她帶了警告地叫了一聲，一點都沒有在外人面前掩飾一二，給拾娘留點面子的意思了。

拾娘沒有理會董夫人的警告，她只是輕輕地給一旁的董禎誠遞了一個眼色，不等她說什麼，董禎誠立刻上前扶著董夫人，笑道：「娘，不是說好了嗎？這些事情都由大哥、大嫂處理，您在一旁看著就是。」

「那是……」此一時彼一時，說這話的時候是什麼情形，現在又是什麼情況，能一樣嗎？

但是她的話沒有說完，就被董禎誠截住了，他笑著道：「既然娘也贊同，那就讓大嫂和二伯父他們說話，您看著就好。」

當然不好。董夫人氣惱地看著小兒子，對小兒子站在拾娘那一邊很不滿意，但是她不會當著外人的面駁斥自己的兒子。

見董夫人這個樣子，拾娘微微一笑，道：「二伯父，禎毅現在只是中了會元，最後能夠走到哪一步還不好說，但是姪媳能夠代替他向您保證，他一定會為宗族的興旺壯大而努力。」

「那就好、那就好。」董二爺最擔心的就是董禎毅高中之後會翻臉不認人，拾娘的話對他來說無疑是一顆定心丸，他笑呵呵地道：「禎毅高中，我們這些當叔叔伯伯的本應該好好地為他慶祝一番，只是他現在還留在京城等著參加殿試，要設宴慶祝也不現實。這樣吧，我們也不玩那些虛的，直接給禎毅準備禮物就好，妳看怎麼樣？」

「二伯父這話問得可不地道，哪有要送禮卻問收禮人的？」拾娘笑著埋汰一句，但態度卻也明確，那就是認可董二爺的話。

「我的錯、我的錯，我這是歡喜得糊塗了，還望姪媳婦不要取笑。」董二爺得了准信，心裡更踏實了，然後笑著對一直用不滿的眼神剜拾娘的董夫人道：「弟妹，我知道妳心裡一定有怨氣，但就像姪媳婦說的，一筆寫不出兩個董字，不管怎麼樣，大家都是一家人，我想六弟在九泉之下也不會希望看到你們六房和宗族太生分。」

「生分？現在說這個，不覺得晚嗎？」董夫人冷笑一聲，朝著董三爺和董七爺冷哼一聲，雖然沒有說什麼狠話，但也表達了那樣的意思，董三爺和董七爺原本就勉強的笑容更掛不住了。

董二爺沒想到拾娘都說那樣的話了，董夫人還這麼不依不饒，他苦笑一聲，看著拾娘，想聽聽她怎麼說——拾娘進門之後，董家六房裡裡外外都是她在操持，她說的話比董夫人管用多了。

「二伯父，我娘心裡積存了多年的怨氣，您就讓她說說，免得悶壞了她。」拾娘笑笑，算是解釋也算是表示自己的態度，但臉上的笑容卻又微微一收，道：「不過，有的事情現在做不晚，再等的話可能就真的晚了。」

「我知道，有些事情是時候給六房一個交代了。」董二爺苦笑。比起董夫人，拾娘的段數可高了不止一星半點兒，她這是想要藉著董禎毅高中的勢頭，要回六房被宗族和其他幾房占去、瓜分的財產啊！不過，這也是理所當然的，只要六房不乘勢和董氏劃清界限，讓宗族能夠占個便利，重新振作壯大起來就好。

「那麼，我們就靜候二伯父的佳音了。」拾娘臉上又露出笑容。她還是喜歡和聰明人打交道，雖然要動心機，卻不用那麼累。

「妳這是什麼意思？妳不知道我們母子當年受了他們多少氣，因為他們吃了多少苦嗎？妳怎麼敢這樣輕描淡寫地就和他們握手言和？」等到所有的人都走了，董夫人便朝著拾娘大發雷霆。聽到董禎毅高中的消息之後，她忽然覺得底氣十足，對拾娘也不再那麼忌憚了。

「娘，您這話可白說了。」董瑤琳知道董夫人的態度為什麼會轉變得這麼快，她很能適應這樣的轉變，也一改近半年來的低調老實，湊上去道：「受氣吃苦的是我們，又不是她，她頂多裝裝樣子，表示一下同情，您還能指望她感同身受嗎？」

「瑤琳，閉嘴！」董禎誠呵斥董瑤琳一聲，然後再看著董夫人，道：「娘，大嫂這樣做定然有道理，您可以不明白，卻不能給她添亂。大嫂身懷六甲，卻還要管那麼多的事情，已經很辛苦了，您不能再給她增添什麼負擔了。」

和當年懷輕寒、棣華不一樣，這一次拾娘並沒有將家務事交給董夫人管理，她不希望董夫人這一次又趁著管家之便中飽私囊。董禎毅高中是必然的，而不管中了狀元還是別的，董家都有可能會舉家搬遷回京城，需要花很多的銀子；拾娘可不希望董夫人把她這兩年攢起來的銀子揮霍或變成自己的私房錢，然後到了京城之後，無錢好好安置一家子。

「很辛苦？如果不是她抓著管家的大權不放手，會這麼辛苦嗎？」對於這點，董夫人也是有怨言的。剛剛知道拾娘又懷了身孕的時候，她在高興董家又要添丁的同時，也暗自歡喜，想著這一次應該和上一次一樣，拾娘會將管家大權交給她，自己好好養胎。她都已經和董瑤琳在算計著過年為自己添什麼衣服首飾了，哪知，拾娘卻死死地攢著權力不放手，兩個兒子也一如既往地支持拾娘，讓她的算計落了空。現在，董禎誠這樣說，她自然要乘機抱怨。

拾娘這一次不放手將家務事交給董夫人管理的原因，董禎毅兄弟卻都是清楚的。聽董夫人抱怨，董禎誠嘆一口氣，然後看著拾娘，道：「大嫂，妳能說說，為什麼對二伯父那麼客氣的原因嗎？我不是認為要和宗族的人反目，相反，我也很贊同妳的話，不管怎麼樣，我們都姓董，是一個祖宗，真要鬧翻了，不管我們有理無理，大哥的名聲都可能受到影響，甚至還有可能影響他的前程。我不理解的是，大嫂為什麼不趁這個機會，將原本屬於我們這一房的東西要回來？要是現在不要的話，以後就更不好開口了啊。

「我開口了啊。」拾娘淡淡一笑，道：「我想二伯父現在定然已經和族老，還有三房、七房的人商量怎麼把那些東西還回來了。」

「妳開口了？」董禎誠剛剛把大部分的注意力放在董夫人身上，防著她不管不顧地鬧將起來讓所有人都下不了臺了，拾娘的話雖然也聽到了，但卻無暇思索其中的意思，拾娘這麼說了，他沈下心來仔細一想，很快笑了，道：「大嫂，妳說二伯父能拿回多少來？」

「這個不好說，就看他的誠意了。」拾娘輕輕地搖搖頭，道：「宗族以後有什麼事情需要你們兄弟出力，就看他的誠意了，要是誠意不足，那麼你們以後量力而行便也是了。」

「別說什麼量力、盡力的，妳還沒有好好解釋妳怎麼敢那麼擅作主張呢！」董夫人沒有耐心地道，她現在哪有心思聽他們兩個說這說那的。

「娘，我給您慢慢解釋吧。」董禎誠帶了幾分無奈，他看看臉上已經有幾分倦容的拾娘道：「大嫂懷著身孕，又忙活了好一會兒，就讓她先回去休息一下吧。」

董夫人不想就這麼輕易地放過拾娘，但是看看拾娘已經顯懷的肚子，卻又忍了忍，揮揮手，大度了一回。

第一百六十八章

董二爺並沒有讓拾娘等太久。三天後，就和董家幾個說話有分量的族老以及董三爺等人上門了，除了宗族和各房專門為董禎毅高中準備的賀禮之外，還把六房當年被占去的產業還了六成回來。他很有些擔心拾娘對此不大滿意，也擔心董夫人不管不顧地大鬧——能做到這一步已經是他的極限了，另外兩成早就已經還給了六房，還有兩成，卻是怎麼都拿不出來了。

令董二爺意外的是，拾娘不但沒有因為這點和他斤斤計較，還大大方方地將這些產業分成兩半，一半理所當然地收下了，另外一半卻交給了他，說那是六房先給宗族的，田地就當做宗族的祭田，產業的話，就請宗族找合適的人管理，所得的盈利可以用來幫助生活困難的族人。

讓他更意外的是，拾娘的這一舉動，董夫人居然沒有出言阻止——要是她眼中沒有帶了不滿的話，董二爺還會更吃驚。

做這樣的事情並不是拾娘心血來潮，而是在董禎誠向董夫人闡明宗族對他們兄弟的重要性，董夫人無奈接受了不能和宗族劃清界限之後，又和董禎誠商量，然後做出的決定。對此，董夫人很不願意，董禎誠和拾娘都已經商量好了，她無法扭轉改變他們的決定，也就只能捏著鼻子認了，但是心裡對拾娘已經不僅僅是不滿，而是憤恨不止了。

拾娘這樣做也是不得已的——不管董禎毅能否中狀元，舉家遷到京城卻是勢在必行的，而這些產業不在六房手裡那麼多年，想要將這些產業真正變成六房的所有，需要極大的人力和精力。董夫人是指望不上的，而她現在沒有那麼多的精力，生完孩子之後或許可以分神去做，但是她不可能為了這些產業而耽誤了進京；與其讓這些產業像以前那三個鋪子一樣，不死不活地勉強支撐著，還不如拿出一半給宗族，博個好名聲之後，再讓董二爺費心，為她也將其他剩下的一半好好管理。

當然，她也可以像董夫人說的那樣，將這些產業全部賣出去，那起碼也能得上萬兩銀子，但那樣的話，董禎毅必然會留下刻薄的名聲，要是有人在這上面作文章的話，會影響他殿試的排名，甚至還會影響他的仕途，那才真正是得不償失。

所以，再三思量之後，拾娘便做了這樣的決定，雖然損失不少，卻能贏了好名聲。等她們離開望遠城之後，董二爺勢必會對他們留在望遠城的產業多費心，長期算來，卻是值得的。

董禎誠從來都是個明理的，拾娘和他一說，他便毫不猶豫地支持拾娘的決定。用他的話來說，這些產業早就已經不屬於六房了，現在留一部分、送一部分，不但借花獻佛，還占了便宜，划算。

「拾娘，現在家中有多少現銀？」等到董二爺等人滿心歡喜地離開，董夫人便沈著臉開口。這是第一次，她這麼理直氣壯地向拾娘詢問家中的財務狀況。

「公中的帳上還有一萬四千兩銀子，都是彙通的銀票。」拾娘對家中的情況瞭若指掌，不用去看，便能清楚地報出數字來。

「怎麼才這麼一點？華哥兒滿月的時候，我交帳給妳的時候，帳上還有五千兩銀子的，每個月鋪子有一千三、四的收益，怎麼這麼兩年下來，才存了這一點點？」董夫人沒有想到才有這麼一點。這兩年家中大筆的花費可只有修整花園這一項啊，怎麼才有這麼一點？她原以為至少要有兩萬兩銀子的。

「鋪子每個月是有一千三、四的收益，但是這幾年家中添了不少的下人，就算不添置什麼衣裳，每個月家中的花費也不少於四百兩銀子。前年年底，又大修了一些地方，花了三千多兩，這次禎毅上京，連上我讓他們隨身帶的銀子，林林總總也有三千兩。」拾娘大致地報了個數位，沒有說的是這兩年過年，董夫人和董瑤琳添置首飾也花了不少。

「那也不至於才有這一點啊！」董瑤琳知道董夫人為什麼會問其銀錢來，一聽沒有預想的那麼多，就著急了，不善地看著拾娘，道：「妳是不是攢私房錢了？」

董夫人雖然沒有說這樣的話，卻也用那樣的眼神看著拾娘。董禎誠嘆了一口氣，呵斥道：「瑤琳，妳這是怎麼和大嫂說話的？怎麼一點禮貌都沒有？快點道歉。」

「我怎麼了？我這是擔心有人借管家之便，中飽私囊。」董瑤琳可不覺得自己有什麼錯，更不會向拾娘道歉。大哥中進士已經是板上釘釘的事情了，就看他是狀元及第還是進士及第了，自己馬上又是官家姑娘了；娘也說了，等回到京城以後，一定千挑萬選地為她找一門親事，她以前都看不起奴婢出身的拾娘，現在就更看不起了。

「拾娘，妳解釋一下。」董夫人也覺得拾娘定然中飽私囊了——她這也是以己度人，要是她管家的話，一定會這麼做的。

「沒什麼好解釋的，如果娘覺得有疑問的話，我可以馬上把帳本拿出來給您看。」拾娘心裡冷嗤一聲。她要真是在乎銀錢的話，只要在自己那幾個嫁妝鋪子上多用點心就是了，用得著做這種丟人現眼的事情嗎？

「誰知道帳本有沒有被妳做手腳？」董瑤琳說著董夫人不好說的話。

「娘也是管過家的人，有沒有問題，想必一眼就能看出來。」拾娘淡淡地恭維了一句，卻又道：「要是說存下的銀錢不夠多，就是中飽私囊，做了假帳的話，那麼我倒是想問問娘，當初我懷著輕寒、棣華的時候，娘管了九個月的帳，我交給娘的時候，帳目上有四千兩，娘交給我的時候，帳目上有五千兩，這是不是也可以像瑤琳說的那麼假設？」

董夫人沒有想到拾娘忽然翻舊帳，臉色有些難看，但也不敢就此再為難拾娘，給了還想說話的董瑤琳一個眼色，讓她閉嘴，自己卻道：「好了，不說那些。妳一會兒回去把銀票理理，明兒交過來給我。」

「不知道娘忽然之間要這麼多的銀子做什麼？」拾娘微微皺眉，不明白董夫人這又是唱的哪一齣，她應該明白這些銀子是董家諸人在京城的安身銀子才是。

「另外，再讓人打點行裝，三天後，我帶著禎誠和瑤琳進京。」董夫人沒有解釋，但她的話也說明了要這些錢做什麼了。

「娘要進京？」拾娘眉頭深深皺了起來。她不知道董夫人心裡在盤算什麼，但是卻知道董夫人這樣做，定然會給董禎毅帶來無窮的麻煩。

「禎毅高中，我當然要進京為他打點。」董夫人理所當然地道：「他的衣食住行需要打點，前程需要打點，要是不好好為他打點的話，就算他能夠狀元及第，前程也會多磨難的，我可不希望禎毅走什麼彎路。」

「如果是那樣的話，那麼，娘，銀票我不會給您，行裝也不會為您打點，更不會讓您出門。」拾娘臉色微微一沈。她有的時候真的是想不通，董夫人好歹也是官家姑娘，其父更是國子監祭酒，怎麼會這般愚蠢，她這不是為了兒子好，而是想葬送兒子的前程。

其實，拾娘想不通也很正常，如果是十多年前，董夫人斷然不會做這樣愚蠢的事情，她是清高的，這些用手段和金錢花的花樣，在她眼中是那麼骯髒，她都不肯屈身和董志清那些同僚的夫人套交情，又怎麼可能做這種讓人不屑的事情呢？

但是，此一時彼一時，吃了那麼多的苦，經歷了那些人情冷暖，董夫人現在完全都不記得自己曾經的清高了，她只想死死地抓住任何一個可能往上爬的機會，不管抓住的是什麼，只要能夠抓住就好。

「妳敢忤逆我？」董夫人怒了，看著拾娘，警告道：「別以為妳對這個家做了些許小事，有那麼一點功勞，就是這個家的功臣了，這個家還是我說了算。」

「就是、就是！」董瑤琳連聲應和，她作夢都在想早一點到京城，怎麼能夠讓拾娘壞了她的夢想呢？

「不是我要忤逆娘，而是娘有沒有認真地想過，您這樣冒冒失失去了京城，只會給禎毅添亂。」拾娘冷靜地看著董夫人，冷冷地道：「禎毅現在還沒有殿試，要是讓人知道他的母親就滿京城地為他打點關係，您說御史大夫會怎麼說？他們要是在皇上面前說些什麼的話，您說會不會影響禎毅的殿試？讓他因此無緣狀元之位？」

這個……董夫人遲疑了，說實話，她心裡真沒有想過董禎毅能夠成為狀元，要是那樣的話可就是三元及第了，大楚可從來沒有過這樣的事情，但被拾娘這麼一說，卻忍不住有了這樣的期望。

「如果娘是真的為禎毅好的話，還是靜下心來，等殿試的名次出來再說吧。」拾娘現在只能施緩兵之計，但心裡也決定了，馬上給董禎毅去信，告訴他這件事情，免得他毫無準備。

「那就再等等吧。」董夫人思來想去終於打消了立刻上京的念頭。

董瑤琳氣得再一次狠狠地瞪著拾娘，覺得她礙眼無比……

第一百六十九章

「董公子請留步。」耳邊傳來熟悉得已經讓他耳朵生繭的開場白，董禎毅的眉頭深深打結。他已經不記得這是第幾次聽到這樣的開場白了，對此，他沒有感到榮幸，更沒有飄飄然，只覺得膩味和厭煩——這京城到底有多少高不成低不就，想要用榜下擇婿這個方式把自己嫁出去的女子？他都遇上十多起了，不同的是有些是丫鬟出面，有些則是父兄出面。

心裡這樣想著，董禎毅腳下卻也沒有打頓，而是徑直往停在書局外面的馬車走去。他都已經讓林永星託人將自己已經成親，身為人夫、人父的消息傳了出去，就算不理會那些搭訕的丫鬟，也不會讓人指責他失禮了，就沒有必要和那些人虛應。

「董公子。」一見董禎毅不做回應，豆綠搶到他面前，攔住他，等董禎毅皺眉停下時，面帶微笑道：「董公子何必拒人於千里之外呢？」

「是妳？」董禎毅皺眉看著眼前的豆綠。不是眼前的女子讓人過目不忘，而是自打這女子出現之後，他的生活就不再平靜，只要出門，總有丫鬟打扮的女子來一句「公子請留步」，然後向他表示，他很幸運被她們的主子青睞……在董禎毅眼中，眼前的女子就是個掃把星，讓他的生活不再平靜。

「正是奴婢。」豆綠不知道董禎毅記住自己的真正原因，她臉上帶了些許歡喜，道：

「公子真是好記性，只見過一次，就記住奴婢了。」

「我一樣過目不忘，別說是個大活人，就算是阿貓、阿狗，見了一次也不會輕易忘記。」

董禎毅沒有好臉色，更沒有好話，讓豆綠臉上的笑容頓時消失了。

「我想我已經把該說的話說的很清楚了，不管令主人打得什麼主意，都可以放棄了。」董禎毅才不管她笑不笑，一點面子都不給地把話說了出來。還有兩天就是殿試了，他可不希望這兩天再被人打擾。

「董公子是想說自己已經成親了嗎？」豆綠壓住心頭的氣惱，再次笑盈盈地看著董禎毅，道：「如果，我家姑娘不在乎呢？」

「喔？」董禎毅臉上浮起怎麼都不會誤會的嘲諷之色，道：「不在乎？難道是我誤會了，妳家姑娘和另外的人不一樣，想的不是榜下擇婿，而是和董某做個朋友？要是那樣的話，董某倒是很好奇令主人的身分？是哪一家的頭牌？」

「放肆！」豆綠沒有想到董禎毅會那樣誤解自己的話，立刻喝斥一聲。

「怎麼？我又誤會了？」董禎毅知道自己的話有欠厚道，但是他只想讓眼前的女子羞愧離開，不再糾纏。他冷冷一笑，道：「那麼，令主人是想委身為妾了？不好意思，董某家有賢妻，伉儷情深，不想納妾。」

「你……你可知道我家姑娘的身分，竟然敢說這樣的話？」豆綠臉都氣綠了，真想拂袖離開，但是想到姑娘就在身後看著自己，卻不敢那樣任性。上一次沒有將董禎毅的底細查清楚，出師不利已經讓姑娘十分生氣了，這一次要再出岔子的話，姑娘一定不會給她好果子吃的。

「不知道令主人是什麼身分呢？」

董禎毅臉上的不屑誰都能夠感受得到，真要是有身分，也自持貴重的，就不會做這樣讓人看不起的事情——起碼也會讓自己的父兄出面打探一下，而不是讓身邊的丫鬟出來，真正是沒有規矩到了極點。

「妳——」豆綠喘了兩口氣，想到過來之前姑娘最後的交代，努力平復了心頭的怒氣，道：「我家姑娘出身醴陵王府，你說我家姑娘是什麼身分？」

醴陵王府？董禎毅還真沒有想到會是這樣的答案，以皇后娘娘和醴陵王妃的姊妹之情，以當今皇上對醴陵王的器重，醴陵王府的姑娘就算被封為異姓郡主也是有可能的，至於這樣趕著和一個有婦之夫扯上關係嗎？或者，和慕潮陽一樣，這位慕姑娘也是個特立獨行的？

看到董禎毅發愣，豆綠終於找回一點自信，帶了幾分自傲地道：「你沒有聽錯，我們姑娘是醴陵王的親生女兒，現在董公子有興趣聽一聽我們姑娘的君子之約了嗎？」

想到慕潮陽的做派，董禎毅就打了一個寒顫，心裡忽然有了另外的一個念頭——聽說因為慕潮陽那副娘裡娘氣的樣子，至今都還沒有成親，皇后娘娘幾次起意，想要為他指婚，但每次都是剛起了一個頭，女方就被嚇得慌慌張張地做了婚配；這位慕姑娘不會和其兄完全相反，一副男人的做派，把京城男子都嚇得不敢娶了，所以才出此下策了吧？

想到這裡，董禎毅斷然道：「沒興趣。」

「你——」

豆綠沒有想到說出姑娘的出身，董禎毅還是這種態度，氣得想要殺人。雖然她們姑娘不是王妃生的，但也是醴陵王府的姑娘，還是最得寵的那個，哪裡配不上他了？她眉毛一豎，就要發作。

「豆綠，不得無禮。」

就在她要發怒之前，一個好聽的聲音阻止了她，而後從停在董禎毅坐的那輛馬車旁邊的車上，盈盈下來一個戴了帷帽，身穿杏色襖裙的女子，雖然看不清楚她的長相，但是就身段來看，必然是個姿容上佳的女子。

「姑娘……」豆綠臉上帶了幾分喪氣。姑娘一定是覺得自己辦事不力，這才決定親自出馬的。

「不怪妳。」慕姿怡輕輕地擺擺手，一雙被醴陵王讚為秋水的眼眸看著董禎毅，輕笑道：「董公子見過我那兄長的做派，一定誤會我和我那兄長有異曲同工之妙了吧？現在，董公子見了我，應該不會誤會了。」

董禎毅微微一笑，沒有言語，也沒有拔腿離開。不管怎麼說，她都出面了，自己要是就這麼離開，還真的是有些失禮——董禎毅不想承認的是，他最擔心的是惹了妹妹，當哥哥的出面，那樣的話才真的是糟糕透頂。

「我知道董公子已經有了妻室，甚至於還有了孩子，但是，我還是想和董公子做一個約定。」看董禎毅沒有離開的意思，慕姿怡卻誤會自己說對了，她微微一笑，道：「如果公子願意給你那出身卑賤的妻子一紙休書的話，那麼我向公子保證，定讓公子娶到一位出身王府的貴女，這個約定，公子覺得怎麼樣？」

休妻？董禎毅的臉一下子沈了下去，不管對方是什麼身分，這句話都觸到了不能觸的逆鱗。他冷笑一聲，道：「出身王府的貴女？姑娘說的可是自己？」

「你說呢？」

慕姿怡沒有承認，但也沒有否認，只是那麼盈盈地看著董禎毅。她知道自己這樣說太不矜持了，但是都已經決定用榜下擇婿的手段為自己選一個中意的夫婿，就沒有必要顧忌什麼女兒家的矜持了，只要事情成了，那就是一段佳話。換了別人，她也不會做這樣的事情，但是董禎毅不一樣，值得自己豪賭一把。

想到姨娘從父親那裡得到的資訊，想到今上可能會為了得個好彩頭，欽點眼前的人為狀元，想到自己會成為大楚第一位三元及第的狀元之妻，慕姿怡心裡就是一片火熱——要是到了那一步，王妃是不是也會考慮向皇后娘娘請個恩典，為自己討一個封賞呢？

「不管是不是，董某都只有一個答案。」董禎毅臉色一肅，無比認真地道：「董某絕對不會休妻，以前不會，現在不會，以後也絕對不會，所以，還請姑娘另尋他人了。」

「你可知道你拒絕了我，會錯過什麼？」慕姿怡沒有想到自己都親自出面了，董禛毅還像茅坑裡的石頭一樣，她心頭氣苦，對董禛毅的三分心思卻化成了勢在必得——不管是什麼，只要是她要的，就一定要得到，一定！

「只要不錯過能夠和我相濡以沫、患難與共的妻子就好。」董禛毅輕輕搖頭。他知道娶一個出身好的妻子，能夠給自己怎樣的臂助，但是他已經有了拾娘，不能起任何對不起拾娘的心思，心裡甚至連一點可惜的念頭都沒有。

「你……你想清楚了，我是醴陵王府的姑娘。」慕姿怡這刻對拾娘又嫉又恨，別說眼前的男子這般出色，就算稍微遜色一些，能夠這般情深意重也很難得了。相對地，她想要得到董禛毅的念頭也更強了。

「那便如何？」董禛毅再一次冷笑。醴陵王府的姑娘又怎麼樣，就算是金枝玉葉的公主也沒有強行讓人休妻再娶的道理。不過，這樣大不韙的話他是不會說的，他只是玩味地看著渾身散發著怒氣的慕姿怡，淡淡問了一句：「姑娘是庶出的吧？」

「呃？難道你就是因為這個理由才拒絕我的？」慕姿怡微微一怔。難道是因為這樣，所以他才拒絕自己，所謂的伉儷情深不過是個藉口？

「不過是隨口一問而已，沒有什麼意思。」董禛毅心安了。想必慕潮陽不會為了一個庶出的妹妹找自己的麻煩，同時心裡也有了就該如此的感覺——要是嫡出的話，應該也不會自己為自己找夫婿這麼沒有規矩吧。

「我們姑娘可是王爺、王妃最心疼的。」得了慕姿怡的暗示，豆綠上前一步強調一聲。

「不管怎樣，董某的初衷都不會改變。慕姑娘，告辭了，希望我們不會再見。」心安的董禎毅這一次沒有再給慕姿怡面子，微微一拱手，就上了馬車，催著王寶趕車，沒有理會被他甩下的慕姿怡會是多麼地氣惱，也沒有留意到王寶眼中的驚喜和若有所思……

第一百七十章

中和殿內擺滿了案桌，會試中前百名貢士正伏案書寫著，偌大的一個中和殿內，除了紙筆的聲音之外，只有一個不輕不重的腳步聲，那是皇帝正踱著方步，慢慢從一個又一個貢士身側走過，不時還會停下腳步，帶著幾分興味地看一看某個貢士正在書寫的試卷。他的這一舉動，讓這有幸能夠得到皇帝親自監考、已經緊張不已的貢士們愈發緊張了，有些人握筆的手微微發抖，更有些人被冷汗浸濕了後背，近一半的心思和注意力都放在了饒有興致的皇帝身上。

當然，並不是所有的人都真的不堪，貢士之中也有大家族出身的，他們也曾經面過聖，雖然心裡緊張，但也能夠保持鎮靜，不讓自己有任何失態的舉動，給皇帝留下一個見不得大場面，不堪重用的印象。

對於那些人，記性一向很不錯，來之前又稍微瞭解了這些貢士出身和成績的皇帝並沒有多加關注，他目光更多地還是投在了兩個人身上，一個是坐在第一排第一個的董禎毅，而另外一個則是坐在最後一排，倒數第二個的林永星。

他這次之所以親自主持殿試，為的便是董禎毅此人——鄉試中了解元，會試之中又脫穎而出成了會元，主考的大臣對他也頗為讚賞，說此人年紀不大，但功底扎實，見解獨到大氣，還真是個好苗子。

他也看了他會試的卷子，確實是很不錯，簡單查了一下他的出身，唔，也很不錯，前諫議大夫董志清長子，前國子監祭酒方仲澤的外孫，這兩個人在皇帝心中的印象都十分地好；尤其是董志清，雖然為人死板了一些，卻有著錚錚鐵骨，敢當面質問戾王。雖然他的質問對戾王來說不痛不癢，對他也沒有實質上的幫助，但是能夠在那樣的時候站出來，那就是忠臣。

所以，在他登上屬於自己的皇位之後，下旨嘉獎了董志清——董家當時是個什麼狀況他倒也略有所知，也知道，這種嘉獎對董家來說或許算是雪中送炭，卻絕對不能改變他們的生活。但是，如果董志清的兒子們是爭氣的，那麼這樣的嘉獎對改變他們的生活甚至未來已經足夠了；相反地，如果他的兒子們不爭氣的話，那麼就算給再多的嘉獎也是不夠的。何況，除了那些已經故去，已經不能再為他盡忠的臣子之外，他身邊還有更多活著的、能夠為他盡忠、需要他嘉獎的臣子。

所以，在知道董禎毅的成績和他的身分之後，他便動了一個心思——但凡董禎毅有其父的八分本事和文采，那麼就點他為狀元，既可以出一個大楚從未出過的三元及第的狀元，還可以借此補償一下對董家這麼多年的忽視；更讓和董家一樣遭遇的人知道，朕並沒有忘記你們，但是朕不能因為你們先人的功勞就讓你們忘記了進取，只要你們有所建樹，能夠成器的話，朕必然重用你們。

因為種種原因，皇帝最關注的便是董禎毅。

令他頗感欣賞的是，就算自己的目光大部分時間都停在他的身上，他卻能夠恍若不知地專心書寫，一點不自然或者慌張都沒有露出來，這樣的沈著冷靜著實不錯，讓皇帝心裡更多了幾分讚許。不過，他要是知道董禎毅能夠這樣坦然的原因一定哭笑不得——早在兩年前，董禎毅和拾娘便想過殿試這一關要是皇帝親臨怎麼辦。為此，拾娘可謂是費盡心血和手段，鍛鍊董禎毅山崩於前也能夠處變不驚的本事，在他寫策論的時候讓人在書房外敲鑼打鼓、大肆吵鬧者有之，懸梁吊柱者有之，在他坐的椅背放上芒刺者有之，甚至還讓人在書房外燃起柴火，大叫走水……

一次兩次、十次八次，別說是皇帝站在身後，就算中和殿塌了，董禎毅也不會驚慌，他第一反應一定是拾娘又在鬧什麼，而後繼續不緊不慢地書寫，不去管發生什麼事情。

至於林永星，所有的貢士之中只有他，在皇帝的目光投在他試卷上的時候，他抬起頭來朝著皇帝笑了笑，緊張、畏懼半點兒沒有，彷彿就是在私塾中，先生過來看看他在做什麼，而他禮貌地一笑而已。那種坦然，讓皇帝都微微一愣，然後十分欣賞起來……

時辰到。皇帝回到自己的位子上坐定，宮女為他奉上香茗，他輕輕地啜了一口，看著神色各異的貢士們，淡淡地道：「你們的文章朕大概都看了一下，都很不錯，不過最出色的當數董禎毅。」

貢士們對此並沒有太大的意外，在知道董禎毅連中兩元的時候，他們一部分人就在猜測，今上會不會為了三元及第這個好彩頭而點他為狀元了。對此，不服者有之，覺得自己不過是會試失利，就可能和狀元失之交臂，實在是太可惜，而董禎毅未免也太勝之不武；懊惱者有之，早知道這樣的話，就應該在會試之中稍微做點手腳，不敢說讓他落地，但起碼也不能讓那些已經有了解元之名的舉子再添彩，而後讓皇上也給他添彩啊！當然，除此之外羨慕的更多。三元及第啊，本朝目前為止都還沒有出現過一個，遠的不說，就連上一屆最有才華的柳倬都沒有這樣的名頭啊！

「朕知道，定然有人覺得不服，覺得自己並不比董禎毅差，不過是沒有他的好運氣罷了。」眾人心裡在想什麼，皇帝略掃一眼就能看出來了，他也不生氣，直接對身邊的太監道：「康安，你把董禎毅的試卷朗讀一遍，讓他們聽聽，看看董禎毅的策論和他們相比，是略高一籌，還是怎樣？」

「奴才遵旨。」皇帝身邊的總領太監立刻應諾，而後將放在最上面的，董禎毅的卷子拿了出來，用太監特有的嗓音唸了一遍。拋卻那嗓音的怪異，他唸得倒是抑揚頓挫，就算董禎毅自己，也不一定就能比他唸得更好，也讓心裡打著各種小九九（注）的貢士們臉上紛紛露出讚嘆的表情。

咳，並非董禎毅的策論寫得有多麼好，讓這些人能夠打心裡嘆服，而是他們從皇帝的態度中知道，皇帝對董禎毅的讚賞以及已經做了點他為狀元的心思，要是還露出什麼挑釁、不滿、不屑的表情，那不是在給皇帝添堵，順便毀了自己嗎？聰明人是絕對不會做那種沒有大腦的事情的，他們更是聰明人中的聰明人，不會做那種趕著找死的舉動出來。

當然，不可否認的是董禎毅的策論寫得確實是好，措辭到位，引經據典也恰到好處，和自己的相比也不遜色，讓他勝出也不是特別難以接受。

因為這些心思和原因，等到康安將一篇策論唸完之後，所有貢士臉上都是嘆服的表情，更有人狂熱地看著皇帝，似乎在等著皇帝宣佈董禎毅為狀元一般。這些人中就有林永星，不過他和別人不一樣，是真心希望董禎毅能夠連中三元。

皇帝怎麼會不清楚這些貢士心裡在想些什麼，卻也沒有心思點破，更不會顧及他們的想法，直接道：「董禎毅上前聽封。」

「貢士董禎毅叩見皇上，吾皇萬歲。」董禎毅知道皇帝接下來可能會說什麼，眼看自己這麼多年的苦讀和謀劃就要實現，他的心歡喜得就要跳出胸腔，但是雖然滿臉壓不住的喜悅，卻沒有任何失態之處，坦然從容地上前跪下。

「朕知道，你是諫議大夫董志清之子，據說，董志清當年最遺憾的便是會試失利，沒有成就三元及第的夢想，不過他的錚錚鐵骨，卻也無愧於狀元之名。朕問你，你和你父相比怎樣？」皇帝看著董禎毅，眼中帶了一絲探究和玩味——別的不好說，但董禎毅的品行應該還是不錯的，杏榜下來之後，可有不少官宦人家的姑娘在打他的主意，醴陵王的那個庶女甚至暗示他出妻再娶，卻都被他斷然回絕，能做到這一點，也算是遺傳了董志清的耿直。

注：心裡打著小九九，比喻心裡的打算，泛喻謀算。

「不敢相比。」董禎毅搖搖頭，直接而坦然地道：「先父天生一副鐵骨，一生耿直，見不得奸佞；而微臣幼年喪父，見多了世情冷暖，也嚐過不少心酸，定然無法像先父一樣耿直，百折不彎。不過，微臣縱使圓滑一些，也絕對不會讓皇上失望，給先父抹黑。」

「很好、很好！」董禎毅的應答讓皇帝很滿意。他也不相信這父子倆能有一模一樣的脾氣，他點點頭，笑道：「朕點你為今年的新科狀元，授翰林院編撰。」

「謝皇上恩典。」董禎毅大喜拜倒。金口玉言，這一下，再也不會有什麼意外了。

「你算是本朝第一個三元及第的狀元，應該比別的狀元更多些恩賜才是。」皇帝卻還覺得不夠，他又笑道：「董志清當年的府邸正好閒置著，朕將它賜還給你，以便你和家人在京城有個安身立命之處。」

「微臣謝恩。」董禎毅沒有想到還有這樣的意外之喜，臉上歡喜的表情更深，心裡也在打算著，是寫信給拾娘，讓她帶著一家人進京還是自己回去接他們呢？

第一百七十一章

「慕姑娘，請不要讓董某口出惡言。」董禎毅看著攔在大門口的主僕幾人，臉黑得難看。

「董公子，你真的一點都不心動？」慕姿怡一點都沒有將董禎毅的不悅放在眼中，她老神在在地看著董禎毅，道：「你是新科狀元，還是三元及第的新科狀元，未來前程無量，但是你再怎麼有本事、有才華，也是需要一個內賢助的，要不然……未展翅便折羽的雛鷹永遠無法成為翱翔九天之上的雄鷹，你是聰明人，應該明白。」

「慕姑娘，董某家有賢妻，還請慕姑娘另尋高明。」董禎毅臉色沈了又沈。慕姿怡話裡的威脅之意他不是沒有聽出來，卻不認為她真的能把自己怎麼樣——別說她只不過是醴陵王的一個庶女，就算是醴陵王府的嫡出姑娘，手也伸不了那麼長，而相信名聲一向不錯的醴陵王也不會縱容她胡來。

「家有賢妻？」慕姿怡冷笑一聲，看著董禎毅，帶了嘲諷地道：「你覺得你那個出身低賤的無鹽妻子是賢妻？」

望遠城在京城的人不多，但也不少，之前沒有仔細打聽是因為慕姿怡對自己太有信心，以為只要自己向董禎毅表露身分，他就會顛顛地拋棄家中的黃臉婆奉迎自己。

親自在董禎毅這裡碰壁之後，她倒也費了些工夫調查董禎毅和他的家庭情況，查清之後，慕姿怡重新起了更強大的信心——她雖然是庶女，但要出身有出身，要相貌有相貌，才華也不差，和他那個什麼都沒有的妻子完全是雲泥之別，他應該知道該如何選擇的。

「妳調查我？」董禎毅的臉色更難看了，十分厭惡慕姿怡的口氣。對他來說，拾娘是獨一無二的，他更知道，如果不是沒有拾娘，他定然也不能像今日這樣萬眾矚目，如果說他的榮耀必須要和人分享，那麼那個人必然是拾娘，旁人哪怕是董夫人都不行。

「不是你讓我好生調查一下的嗎？」慕姿怡淡淡一笑，帶了幾分勝利者的驕傲，可惜的是她的表情都被遮住了，旁人都看不清楚。她淡淡地道：「這一調查，我還真的是很驚奇啊。令夫人的出身、容貌……嘖嘖，董公子，要是讓世人知曉，你這個玉樹臨風的新科狀元，卻有那麼一個妻子，你說他們是會讚你，說你品德高尚呢，還是笑你，說你連個體面的妻子都沒有，還當什麼狀元，簡直是有辱國體？」

「那也是董某自己的事情，和慕姑娘沒有半點干係。」董禎毅真的怒了，他不願意聽到任何人用那種嘲諷輕蔑的語氣提起拾娘，冷冷反擊道：「就像董某不會關心，慕姑娘的行為讓人知曉之後，世人是會讚賞慕姑娘勇氣可嘉，還是笑話慕姑娘不知廉恥，非要和有婦之夫糾纏不清一樣。」

「你敢說我不知廉恥？」董禎毅話裡的某些字眼刺傷了慕姿怡的心，她氣得道：「你怎麼敢這麼說話？你忘了我的身分了嗎？」

「要是我沒有記錯的話，姑娘說過自己是醴陵王府的庶出姑娘。」董禛毅故作疑惑地看著慕姿怡，道：「難不成姑娘並非醴陵王府的庶出姑娘，不過是假冒醴陵王府的名義招搖撞騙的騙子？」

董禛毅的話讓慕姿怡眼睛都氣紅了，豆綠立刻上前呵斥一聲，道：「我們姑娘是醴陵王爺最疼愛的女兒，身分貴重的貴女，這怎麼有錯？」

「那就奇怪了。」董禛毅冷冷看著慕姿怡，那目光利得彷彿能夠射穿帷帽上的那層紗。他冷笑道：「連丫鬟都知道姑娘的身分貴重，怎麼姑娘偏偏做這種不自重的事情呢？」

「那是我們姑娘的一片愛才之心。」豆綠嘴硬地為主子辯駁。

「愛才？不好意思，不管慕姑娘有多麼地愛才，董某也只能辜負了。」董禛毅冷笑。愛才？他會信這樣的鬼話才怪，她懂什麼叫做愛才嗎？她愛上的是新科狀元這個名頭，要真是愛才的話，就不會這樣糾纏不清。

「你可知道如果娶了我，能夠得到怎樣的助力，又可知道得罪了我，會有什麼樣的下場？」慕姿怡又是利誘又是威脅地道。她真的不明白董禛毅為什麼這樣死心眼，寧願守著一個不能給他任何幫助，還會讓他成為他人笑話的妻子，也不願意將她休棄，和自己成全一段佳話。

「我不想知道。」董禛毅冷笑。眼前的這個女子不是對自己的身分極度自信就是極度自卑，要不然也不會說這樣的話。換了拾娘，再優秀的男人，只要是有婦之夫，哪怕是主動向她示好，也都會被她毫不猶豫地踩進泥濘之中，那才是骨子裡傲氣的人。

慕姿怡長長地吐了一口氣，不讓自己太憤怒。她看著滿臉冷嘲的董禎毅，知道今天的談話已經讓彼此都很不愉快了，再說下去不但不會改善，還可能讓董禎毅對她更加反感。她看著董禎毅，道：「我知道公子心裡現在定然十分地惱怒，但是我還是希望公子冷靜下來之後，好好想一想我的建議，說不定會改變你的念頭的。」

「我永遠都不會改變自己的堅持，還是姑娘自己冷靜地想想，而後打消不該有的念頭吧。」董禎毅搖搖頭。別說他娶的是拾娘，是那種最合適他的好妻子，就算當初沒有出那麼多的變故，他娶的是林舒雅，他也不會做出休妻再娶的事情來，那不光是對妻子的不尊重和侮辱，也是對自己的侮辱。

「你還是好好想一想吧。」慕姿怡心裡火氣又起，但強制壓下，努力讓自己的聲音聽起來沒有火藥味，道：「至於我……我對勢在必得的東西是絕對不會放手，只要我想要的，就一定要得到。」

「那麼，我們就沒有再談的必要了。」董禎毅冷冷一笑，道：「說不得，我得找令兄慕潮陽或者令尊醴陵王好好地談談，請他們好好約束一下姑娘，別出來擾人清靜了。」

「你以為我的所作所為瞞得過我父兄嗎？」慕姿怡笑了起來。她敢肯定自己幾次三番地找上董禎毅，定然瞞不過王府中最有權勢的幾個人；但是他們都沒有說話，這就代表他們不想過問這件事情，或許是想看自己倒騰到最後自討苦吃，也或許是不想干涉理會，也或許是縱容自己任性一回，但不管是哪種，他們不插手就是好事。

董禎毅雖然已經料到慕姿怡的舉動定然瞞不過醴陵王府的人，但是被她這麼直接說出來，心裡卻還是一沈，不再理會慕姿怡，頭也不回地往裡走。

慕姿怡這一次沒有再叫留步，而是揚聲道：「董公子，後會有期。」

鬼才和妳後會有期！董禎毅心裡咒罵著，沒有停頓地進了院子，看到一臉不滿的文林正在無聊地扯打著院子裡的一棵花，似乎在發洩什麼一樣。

「文林，你怎麼還在？我不是讓你回家給大少奶奶報信的嗎？」董禎毅臉上帶了些不悅，將剛剛被慕姿怡惹的一肚子火一併發洩出來。

「大少爺，您可回來了。」文林連忙迎了上來，滿臉委屈地道：「小的已經收拾好了東西，可是將出門的時候卻被王管事給攔住，說您改主意了，說我年紀小，回去送信不大放心，讓他回去。小的不幹，說沒有您的話不能把您吩咐帶回去的信件什麼的給他，結果王管事就把小的一頓臭罵，不由分說把東西搶走，然後離開了。」

這個王寶，實在是膽大包天！董禎毅氣絕，沒有想到到了京城之後，表現很好的王寶敢來這麼一齣，他的膽子未免太肥了些。

「大少爺，現在該怎麼辦？要是追王管事的話，可能也來不及了。」文林心裡有些惴惴，連這麼一點點事情都被他給搞砸了，大少爺以後還怎麼敢交代事情給他啊？

董禎毅沈吟一會兒，卻想到一個可能，臉色更冷了下去……

第一百七十二章

「禎毅被點為狀元了？娘從哪裡得的消息？」拾娘看著董夫人，雖然有些奇怪為什麼不是自己第一個得到這個消息，但也沒有懷疑這個消息的真實性。董禎毅去京城之前，他們兩個也就此做過分析，如果董禎毅會試那一關順利奪魁，殿試也沒有大的失誤，那麼三元及第的夢想就有可能實現。

「王寶回來了，他親口告訴我的，不會有錯。」董夫人的臉上又是自豪又是歡悅。她一直知道兒子是爭氣的，也曾經幻想過兒子能夠和丈夫一樣爭氣，成為狀元，父子兩狀元可是難得一聞的佳話啊！但是，她也知道，那是奢望，狀元可不是好當的。

「大哥不但成了新科狀元，還是當朝唯一一個三元及第的狀元。」一旁的董瑤琳歡歡喜喜地補充了一句，然後笑著道：「皇上不但授了大哥翰林院編撰的職位，還將我們家以前的宅子賜還給了大哥，現在工部的人正在修整，等我們進京，就能住進去了。」

「那可真是太好了。」這個消息對於拾娘而言無疑是久旱逢甘霖，她現在最發愁的就是進京城之後的安置問題，這麼一家子老老小小的，不管是買了兩進、三進的小院子先住著，還是租個稍大一點的院子住都不是長久之計。家中現在就那麼一點錢，看起來很多，在望遠城這樣的地方也能夠過得很好的；但想要將一大家子人在京城安置下來，並過得舒服一點就不大容易了。而現在，有了宅子，最大的問題就已經解決了，剩下的就不是什麼問題了。

「是啊，那可是四進的大宅子，在寸土寸金的京城，那樣的宅子可要不少的錢才能買到手，尤其那宅子還在梧桐胡同，那可是京城清貴人家聚集之地，是有錢都不一定能夠買到的。」董夫人眼中帶著懷念，道：「離開都已經這麼多年了，也不知道宅子變成什麼樣子了，和我們離開的時候還有幾分相似……」

「娘，您也別傷心了，我們馬上就要進京，很快就能住回去了，到時候有什麼變化，一眼就能看出來的。」董瑤琳安慰著董夫人。

「這倒也是。」董夫人也笑了。兒子這般爭氣應該高興才是，她笑著看著拾娘，道：「老大家的，妳趕快收拾一下，把家中的存銀、毅兒的衣物和書籍，都好好地收拾一下，還有家中的丫鬟、婆子，覺得堪用的也一併收拾，最遲五天後，我就帶著誠兒和瑤琳進京。」

「娘要帶著小姑、小叔進京？」董夫人沒有提到自己，拾娘不覺得意外，她比較想知道的是這是誰的意思？是董夫人自己還是另有其人？

「是啊。王寶說了，毅兒身邊沒個人照顧，那宅子馬上又要賜回來了，可不能讓它荒置著，我們得提早趕回京城。」董夫人點點頭，卻又帶了幾分歉然地道：「老大家的，原本是應該帶著妳和輕寒、棣華一起進京的，只是妳這都已經八月的身孕了，望遠城到京城又不近，這天氣也漸漸熱了起來，要是妳有個什麼閃失的話，我怎麼跟毅兒交代？只能讓妳和孩子們暫時留在望遠城了，等到妳生完孩子，天氣涼下來了，我一準回來接妳。」

想到王寶說的那些話，董夫人就恨不得立刻飛到京城去，但是她知道現在最要緊的是把拾娘給安撫好了，一定不能讓她進京壞了大事，所以對拾娘的態度史無前例地和藹可親。

可疑，太可疑了。拾娘看著董夫人的笑臉，心裡的懷疑怎麼都壓不下去。要是她理直氣壯地跟自己要人、要東西、要銀子，然後理直氣壯地把自己母子丟下來，拾娘還覺得挺正常。自從知道董禎毅中了會元之後，董夫人就恢復了官家夫人的派頭和氣勢，對自己更是挑鼻子挑眉毛地看不順眼，怎麼忽然之間變了個人似的，要說沒有什麼貓膩，拾娘是一點都不相信。

拾娘的目光讓董夫人渾身不自在，她敢肯定精明的兒媳婦一定發現了什麼不對，但是她只能笑笑，道：「怎麼？有什麼困難？還是說妳還覺得我們現在進京不合適？毅兒都說了，讓我們進京的，一定不會給他添什麼麻煩的。」

「沒什麼。」一看董夫人的樣子就知道，就算自己問也問不出個什麼來，還不如省省力氣，去林家打聽打聽呢。拾娘微微一笑，道：「我只是在想，公中之前有一萬四千兩銀子，再加上上個月和這個月鋪子交上來的收益，還有族中各位叔伯給的賀禮，有一萬八千兩，不知道夠不夠了？又夠用多長時間？」

「夠了夠了，一萬八千兩銀子省著一點的話，就算是在京城也夠用一年半載了，妳把它們拿來給我就是。」董夫人連聲道。京城各種開銷是很大，但只要不胡亂花錢，添置什麼貴重首飾的話，起碼也夠用個三、五載了。但是，話一說完，她又不情不願地道：「算了，還是拿一萬七給我吧，留一千兩銀子在家中，你們母子也是要花錢的。」

更可疑了。一貫只顧自己和兒女的董夫人居然想得起自己母子。拾娘心裡這麼想著，臉上卻只帶著微笑，道：「那倒不用，我真的急需用錢的話，可以去鋪子裡臨時取一點出來，還是娘帶去京城吧。」

董夫人還在遲疑，擔心不留點錢在家中，拾娘有理由跟著自己一道進京，但是她身邊的董瑤琳一邊連連點頭，一邊道：「大嫂說的有道理，京城可不比在望遠城，什麼都要花錢，我們多帶點也好啊。」

董瑤琳這樣說了，董夫人也就沒有再說什麼，點點頭，算是默認了。拾娘又微微一笑，道：「還有丫鬟、婆子，家中只剩我一個人，也用不著留太多，除了我們院子裡的、廚房裡的，還有門房，全部讓他們跟著娘進京吧。京城不比望遠城，要是沒有懂事、懂規矩的下人，一定會被人恥笑的。」

「也罷。」董夫人原本只想帶一部分走，但是聽了拾娘這話，也就改了主意。她比任何人都知道沒有個像樣的下人會被人笑話成什麼樣子，要是到了京城再買的話，不一定能夠買到中意的，就算能夠買到合心合意的，那也要花不少銀子，還是省省吧。

「那我這就去吩咐，收拾整理，還有讓她們和家人告別也都需要時間，可不能耽誤了你們啟程。」拾娘起身。她做事一貫如此，決定了就不再耽擱，收拾行裝可不是件簡單的事情，再說，那些丫鬟、婆子雖然都是簽了死契的，但是這一離開，也不知道要到什麼時候才能回來，於情於理都應該讓他們和家人告別；要是有那種怎麼都不肯去的，也得讓她們留下來，她可不想帶個心懷怨恨的人進京城，那樣的下人就算賣身契在手裡，也有管不住的時候。

「去吧。」董夫人巴不得馬上就能起程出發，自然不會多說什麼，看著拾娘出去之後，便和董瑤琳商量著帶些什麼東西，哪些又可以不帶了……

拾娘的動作一向很快，不過兩天，該收拾的就都已經收拾好了，而董夫人也沒有耐心，聽說東西和人員都準備好了，第三天一早就帶著人馬浩浩蕩蕩地離開。令拾娘微微感到意外的是，她不但將欽伯留了下來，說他能幫著府裡府外的打點，還以要打理自己的院子為由，將馮嬤嬤留了下來。這個跟隨她多年，在她最困難的時候都一直陪著自己的嬤嬤就這樣被留了下來，馮嬤嬤眼底的悲傷，連拾娘看了都有些不落忍（注）。

就在他們離開的那天中午，一身疲倦的許文林回來了，聽說董夫人帶著兒女和一群下人進京，他喪氣地說了一聲趕回來得遲了，而後將一封厚厚的信交給了拾娘。

拾娘打開信，一口氣看完，心中的疑惑終於有了解釋，終於明白董夫人為什麼會那麼急匆匆地啟程。原來是這樣，她一定擔心自己跟著她進京吧！

不過，拾娘將手放在肚子上，感受著孩子的心跳。比起進京守在丈夫身邊，她還有更重要的事情……

注：落忍，意指過意不去。

第一百七十三章

「妳怎麼能順著她的意思，就那麼讓她進京城去了？」林太太一臉怒其不爭的樣子。她一收到林永星的來信就趕到董府來看拾娘，把京城發生的事情仔細說給她聽，但是沒有想到，她還是來晚了一步。整個董家冷冷清清的，丫鬟、婆子驟然之間少了七、八成，一問之下，才知道昨天一早，董夫人就帶著家中的錢財、兒女和下人進京了。

「讓她帶著小姑、小叔和用得上的下人進京是遲早的事情，我沒有必要多加阻攔，當那個壞人。」拾娘微微一笑。林太太著急擔心什麼，她心裡知道，但是她真的不覺得那是什麼大問題。

「妳啊，一向精明的人怎麼能在這種關鍵的時候犯糊塗呢？」林太太重重地嘆了一口氣，然後道：「不行，妳也不能就這樣在這裡耗著，我馬上回去和老爺說，讓他派專門的人送妳進京，雖然會辛苦一點，但是有信得過的人照顧，也不過是稍微受點累，不會出什麼大事。」

「太太，不用麻煩了，在生下孩子之前我哪都不去。」拾娘知道林太太是在為自己著急擔心，但是她不能聽林太太的。她笑著道：「我知道婆婆一向都不大靠譜，也擔心她到京城之後鬧出些麻煩事情來，不過，有禎毅看著，相信也不會出什麼無法收拾的爛攤子。」

「妳這孩子。」林太太急了，道：「妳知不知道禎毅在京城是什麼樣子的？妳怎麼就那麼放心他啊！」

「太太，他是我的丈夫，要是連他都不放心的話，我還能相信誰呢？」拾娘笑著搖頭，心裡知道定然是林永星在寫信回來時說了些什麼，她心裡暖暖的，被人關心的滋味真的很好。

「妳啊……」林太太毫不客氣地一個指頭點到拾娘臉上，罵道：「虧妳還讀了那麼多的書呢！書上都說了，至親至疏是夫妻，有些事情妳自然要信任他，但是有些事情，最不放心也是他，原來心眼那麼多的人，怎麼懷了孕就變笨了。」

「太太……」林太太從來沒有這麼不客氣地訓過拾娘，這麼來一下，讓拾娘忽然間有了淚意。她也是當娘的人，自然明白林太太心裡是真的疼了她，才會有這樣親昵的動作，她連忙陪笑，問道：「太太，是大哥來信了吧？他殿試之後的名次怎麼樣？禎毅在信裡沒有細說。」

「禎毅給妳的信裡說了些什麼？」林太太沒有回答拾娘的問題，而是關心董禎毅是怎麼和拾娘說的，有沒有說清楚。

「他只說他殿試順利，皇上點他為狀元，還將董家在京城的舊宅賜還給了他……」拾娘原本還想賣關子，但是看林太太凝重的神色，不敢再繼續下去，話音一轉，道：「那位出身醴陵王府的慕姑娘糾纏的事情，他也原原本本和我說了。他原本是讓身邊的書僮送信，不過中間出了點意外，他寫的第一封家書被婆婆安排了和他一起上京的王寶拿走，前幾天回來，直接交到了婆婆手裡。」

「所以，她就急匆匆地把妳一個人撇在這裡，自己帶著兒女、帶著下人，還帶著妳這麼幾年好不容易攢下的銀錢去了京城？」一聽拾娘的話，林太太就猜出董夫人忙不迭趕去京城是什麼原因了。她怒道：「如果沒有妳的話，董家這些年還不知道要過成什麼樣子，她怎麼能這麼沒良心？不行，妳一定得馬上進京，可不能讓她蠱惑或者逼著禎毅做了對不起妳的事情。」

「太太，我不去。」拾娘搖搖頭，然後看著臉色難看又不解的林太太，微微一笑，道：「如果禎毅真有那個心思，他不會在發現王寶擅作主張之後，讓他的書僮趕回來給我送信。」

「他現在或許沒有不好的心思，但是以後呢？」林太太看著拾娘，道：「如果董夫人一再地在他耳邊嘮叨呢？如果董夫人以死相逼呢？拾娘，不管怎麼樣，那是他娘，是含辛茹苦將他們兄妹拉扯大的娘，他總有心軟的時候，妳一定不能大意。」

「我沒有大意，但是現在不是衝動的時候。」拾娘微微一笑。她心裡是相信董禎毅的，相信他不會那麼傻，做出休妻再娶、讓人詬病一輩子的事情，而林太太說的那些她也想到了。她輕輕地摸著肚子，道：「我也知道，太太是為了我好，但是太太別忘了，我現在身懷六甲。」

「那不是正好嗎？」林太太冷哼一聲，道：「我就不行，看著妳現在這副樣子，那不知羞的女子還敢上門糾纏。」

「太太。」拾娘微微搖頭，道：「太太可想過，萬一婆婆鐵了心要和權貴人家聯姻，而我和禎毅怎麼都不願意退讓，她會不會乾脆來個以絕後患？」

「妳的意思是……」林太太看著拾娘的肚子，忽然明白了拾娘為什麼明明知道董夫人心裡定然打著鬼主意，還那麼輕易地就讓她進京去了。是啊，她現在的情況可不比平日，與其留在身邊給自己造成威脅，還不如遠遠地把她送走，等自己調養好了，再慢慢謀劃。

「我不想把她想得太壞，但是我更不願意吃了虧懊悔。」拾娘點點頭，道：「等到我生完孩子，養好身體，再進京和他們好好計較，那個時候不管發生什麼，我至少可以保全孩子和自己。」

「唉，看來也只能這樣了。」林太太嘆了一口氣，卻怎麼都不甘心，道：「董夫人帶去的有沒有妳信得過的人？不去京城無所謂，但是妳一定要知道她在做些什麼。」

「這家裡除了少數的幾個下人之外，都是我買進來的，平時都是我讓人調教，身契也都捏在我手裡。」拾娘再一次笑了，道：「另外，我已經吩咐許管事先進京，他明天一早就啟程。他不一定會和禎毅聯繫，但是那府裡有什麼事情，他會比禎毅還清楚。」

接到董禎毅的信之後，拾娘就做了安排。她原本的安排是讓許進動一家子進京的，許進動也是個靈透的，直接說自己帶著兒子和女兒進京，也好有個人照應；至於老母許嬤嬤就留在拾娘身邊照顧拾娘，等拾娘生完了孩子，調養好了身子，天氣再涼下來，帶著許嬷嬷進京和他會合也就是了。

許進勳這般明白，拾娘也就點點頭，將林家當初給她的陪嫁莊子、鋪子這幾年的盈利，大概四千兩銀子全部拿給了許進勳，讓他帶在身上便宜行事。許進勳也沒有推辭，把銀子收下，說一定不會辜負拾娘的信任。他也沒有耽擱時間，今天已經在處理手上的事情，明天一早出發。

「那就好、那就好。」林太太總算是放下心來了，道：「永星來信，說他也決定暫時不謀缺，進國子監好好讀兩年書，等覺得自己有那本事了，再慢慢謀個實缺。」

「大哥能這樣想是好事，厚積薄發才能長久。」拾娘沒有想到林永星會做這樣的決定，卻很贊同。她笑著問道：「太太還沒有說大哥殿試的成績怎樣呢？他那人，越是遇上這種大場面，就越是沈得住氣，應該不會再吊在最後了。」

林永星會試能夠列在第九十九名，讓拾娘十分意外，而同時，拾娘卻更看好他的殿試——憑這林永星的個性，殿試這一關定然又像那年的會試一樣，抱著自己就是去湊數的心態，緊張什麼的定然和他無關；而這一關，考的可不只是學識，還有心態，他說不定還能得個更好、更靠前的名次。

「還真是讓妳給說對了。」林太太想到林永星的成績就樂得笑開了，道：「他居然排到了六十二名，這根本就是作夢都不敢想的，真是……拾娘，說起來還是要感謝妳，當初要不是有妳的話，別說能夠這般地光耀，恐怕連個舉人都不一定得中。」

「太太，您這是什麼話啊，這是大哥自己努力得來的，我不過是盡了自己的本分而已。」拾娘也為林永星感到高興，她笑著道：「大哥來信中還說了什麼？有沒有說要接語姝母子進京？」

「說了，不過語姝說孩子還小，天氣又熱，擔心孩子不適應。我和老爺商量了，讓她把孩子暫時留在家中，讓她先進京。」林太太笑笑，原本他們倒也覺得等到天氣涼了之後再讓谷語姝母子進京也不錯，但是董禎毅的事情卻讓他們心裡起了警鐘，他們可不希望兒子也被人糾纏，然後把持不住做了對不起谷語姝的事情，到時候家宅不寧，談什麼前程？

不過，她並沒有對拾娘說其中的原委，而是笑著道：「等我回去和她好好說說，讓她進京之後好好地打聽那個不要臉的女子的底細，她在京城長大的，一定可以打聽清楚，然後告訴妳，免得妳不清楚她的底細，不能好好應付。」

「那我就先謝謝語姝了。」拾娘微微一笑。雖然她對自己有自信，但如果谷語姝能夠幫她這個忙自然更好，知己知彼總比雲裡霧裡要強得多。

第一百七十四章

「娘，您這些天一會兒見這個、一會兒見那個，怎麼就不去醴陵王府見見那位想嫁大哥的慕姑娘啊？」董瑤琳窩在董夫人身邊著急上火地問道。

董夫人正坐在客棧客房的窗下，仔細看著手上的帳目。

轉眼間，他們母子三人帶著下人到京城已經半個多月了。初到京城的時候，梧桐胡同的宅院還沒有收拾好，董禎毅還住在林永星的那個院子，他們也只好將就著在客棧裡住了七、八天。而這七、八天的時間，董夫人帶著她和董禎誠去了方家，去了董志清某些故交家，將拾娘專門準備的望遠城土儀（注）送了出去。

而後，梧桐胡同的宅子收拾好了，工部來人通知董禎毅之後，董夫人去看了後便開始添置家具，想要盡快收整好了，搬進去住。想要早點住到作夢都想回去的家是其一，不想再看到林永星那張臉是其二——在見到他們母子，得知他們母子帶著家中的銀錢和大部分下人包袱款款地來了，卻把大腹便便的拾娘和孩子留在家中，林永星的臉色就沒有好看過，說出的話更是夾槍帶棒的，怎麼難聽怎麼說。

董夫人倒是和他解釋，說不是想要把拾娘拋下不管，而是因為拾娘身子不便，不方便趕

注：土儀，意指當作禮物餽贈的土產。

路；董禎誠更把拾娘當初勸他，讓他一併上京的理由和林永星說了——董夫人是知道兩個兒子的秉性的，也知道別說娶了媳婦忘了娘的大兒子，就連打小比較貼心的小兒子在關鍵時候都靠不住，所以並沒有將王寶說的所有的事情都告訴他，只說董禎毅中了狀元；因為他是本朝第一個三元及第的狀元，皇帝十分高興，將董家的故宅賜還，董禎毅來信讓他們進京團聚，只是考慮到拾娘的特殊情況，只能暫時委屈她留在望遠城了。

董禎誠是不願意的，不是他不相信董夫人的話，而是覺得那樣未免太沒有人情味——將即將臨盆的大嫂單獨一個人留在家中，不管是不是為了她考慮都不好。但是他也知道，董夫人怎麼都不可能打消馬上進京的念頭，就建議董夫人帶著董瑤琳進京，他留在家中照應一二，等拾娘生產或者董禎毅回望遠城接他們，再一家團聚。

董夫人自然不肯將小兒子留下，但別看董禎誠平日裡很好說話，也沒有什麼脾氣，可是一旦認定的事情，卻不會輕易改變。董夫人費盡口舌也沒有改變他的主意，最後還是拾娘從董禎毅身邊需要有個人照應，到董夫人不靠譜需要他多多留意，再到他應該趁這個機會看看能不能進國子監求學，最後還拿出殺手鐧——小叔子單獨留在家中照顧嫂子，這聽起來是不是不大好聽？

拾娘想要說服一個人，極少有失敗的時候，董禎誠抵不過拾娘，只能乖乖地收拾行李跟著董夫人上京，不過他臨走之前，倒是向拾娘保證，一定讓董禎毅早點回望遠城接他們母子。

董禎誠怎麼解釋，林永星都是聽不進去的，要不是還念著和董禎毅這麼多年的交情，也相信董夫人這樣做不會是董禎毅的授意，更顧及拾娘的話，就不只是給他們臉色看和明嘲暗諷了。

「妳急什麼？」董夫人輕輕地拍了董瑤琳一下，然後看著手上的帳本，嘆了一口氣，道：「唉，這錢真是不夠用啊，連一半都不剩了，要是在望遠城的話，這些東西花不了六千兩銀子的。不過，還算好，該添置的都添置妥當了，就等選一個黃道吉日搬進去了。」

「娘，您有沒有在聽我說話啊？」董瑤琳不依地搖著董夫人的手，不讓她再去看什麼帳本。哼，要是大哥能夠娶到醴陵王府的姑娘，金山、銀山都是有的，帳上這點東西算什麼啊。

「我在聽、我在聽。」董夫人被她晃得頭都暈了，哪裡還看得進去，她只能無奈地合上帳本，然後看著董瑤琳，道：「這件事情啊，我們不用著急，先把搬家的事情辦妥當了，再謀劃也不遲。」

「怎麼能不急啊！娘，您就不擔心那個慕姑娘改了主意，又不想嫁給大哥了？那我們這麼急匆匆地趕到京城來，不就什麼意義都沒有了嗎？」董瑤琳最擔心的就是這個，在王寶將董禎毅進京後發生的所有事情，尤其是慕姿怡不止一次糾纏的事情和董夫人說了之後，董夫人就動了某些心思——不管兒子怎麼想，她一定得讓兒子把處處讓她不滿意的拾娘給休了，娶一個高門出身的媳婦進門；至於棣華、輕寒，還有拾娘肚子裡的孩子，她卻還沒有來得及考慮。

這一切的一切，除了女兒以外，董夫人沒有和任何人說——和王寶家的說？王寶可是透過王寶家的把話傳到自己耳中的，王寶家的說不定比自己還要早知道這件事情。和馮嬤嬤說？這些年她可沒有少在自己面前說拾娘的好話，誰知道她心裡最要緊的是自己還是拾娘，自己這頭和她說了，她那頭就告訴拾娘，自己的謀算還能成嗎？就連上京的時候，她都考慮再三，將馮嬤嬤給留在望遠城，為的就是不讓馮嬤嬤在這件事情上有所作為。

但是，就這樣悶在心裡，也不是董夫人能夠做到的。知道這件事情之後，立刻就和女兒說了，她都不用說自己的想法打算，董瑤琳就咋呼地讓她把拾娘給攆了，給自己娶一個出身權貴人家的大嫂進來——出身醴陵王府的大嫂，想想就讓人心潮澎湃，她一定能夠帶著十里紅妝嫁進門來，她的不就是董家的嗎？她一定會讓父兄照顧大哥的前程，大哥以後一定能當一個比爹爹還大的官。當然，她也一定會照顧自己這個小姑子，給自己找一門好親事，給自己準備一份豐厚的嫁妝也是理所當然的了。

想到那樣的大嫂能夠給自己、給全家帶來的好處，別說董瑤琳素來不喜歡拾娘，就算喜歡也只會覺得拾娘礙眼無比了。所以，董夫人急匆匆上京的心情，她是最能理解也最支持的，誰知道時間耽擱久了有沒有別的變化，還是早點過來看著、守著比較放心。

「傻丫頭。」董瑤琳滿臉藏不住的焦急讓董夫人笑了起來，她輕輕地點了點女兒的鼻頭，笑著道：「妳說說，是那位慕姑娘先起了心思，想要嫁給妳大哥，連妳大哥已經有了妻兒都不顧了，還是我們先起了心思的？」

「當然是那位慕姑娘先起的心思。」董瑤琳眼睛眨巴眨巴地看著董夫人，不敢說的是，要不是因為是那位姑娘起了這樣的心思，自家大哥再出色也不敢起那樣的念頭啊。

「所以呢，我們完全不用著急，急著去見她，平白降低了自己的身分，還是等她來見我的好。」董夫人笑得很篤定。她這些日子那麼倒騰，這家、那家地拜訪，不就是為了讓那位醴陵王府的姑娘知道自己已經到京城的事情嗎？她要真的很想嫁給自己的兒子，那麼就一定會來見她——如果她還沒有放棄嫁毅兒的心思，那麼找上自己，和自己打好關係，繼而達成一致的主意就是很有必要的。相反地，如果她都已經熄了那個念頭，自己就算主動上門也是不成的，說不定連醴陵王府的大門都進不得。

「可是萬一那位慕姑娘改變主意了，那可怎麼辦啊？」董瑤琳著急地看著董夫人。董夫人說的她也能聽懂，但是她最擔心的還是慕姿怡改了主意，畢竟這裡是京城，是娘口中權貴子弟如雲的地方，那位慕姑娘一定能夠找到比大哥更好的男人，要是那樣的話，她的美夢就成泡影了。她嘟囔道：「大哥除了是狀元以外，什麼都不是啊！」

「妳大哥不光是狀元，還是本朝第一個三元及第的狀元，說不定還是唯一的一個，慕姑娘不會輕易地改變自己的主意的。」董夫人也沒有看起來的那麼篤定，但是在女兒面前卻不能顯露出來。她瞪了女兒一眼，強調了一句。

董瑤琳還要說，卻被一陣敲門聲打斷了，她只能將到嘴邊的話嚥了下去，揚聲問道：

「誰啊？有什麼事情？」

「姑娘，是奴婢。」王寶家的聲音從一點都不隔音的門板外清晰地傳了進來，道：「有一位自稱姓慕的姑娘想要見夫人，說是有事情想要和夫人好好談談。」

姓慕的姑娘？董瑤琳一躍而起，緊張地看著董夫人，熱切地道：「娘，是那位慕姑娘，一定是那位想要嫁給大哥的慕姑娘來了！」

董夫人也是滿心歡喜，但是她還能夠保持冷靜，朝著門外道：「妳去對面的茶樓開一間雅室，請慕姑娘在裡面喝茶稍候，我一會兒就到。」

聽著王寶家的離開，董夫人朝著女兒挑挑眉頭，頗為自得地道：「怎麼樣，我說的沒錯吧？」

「是、是，娘真是神機妙算。」董瑤琳連聲應著，然後又熱切地道：「娘，我們去見慕姑娘吧。」

「我去，妳留下。」董夫人看著一下子失了笑容的女兒，道：「妳沈不住氣，還是等娘和她談好了之後再找機會見她吧。」

第一百七十五章

「勞慕姑娘久等了。」慕姿怡在茶樓的雅室坐下不過一盞茶的工夫，董夫人就到了，沒有急匆匆地往上湊，也沒有表現得很冷淡——她想為兒子換一個出身高貴的妻子，但卻不能換一個沒有進門就讓自己捧著的。

「姿怡冒昧拜訪，打擾夫人清靜了。」見慣了董禎毅的臭臉，慕姿怡還真沒有被怠慢的感覺，她微微笑著道：「夫人到京城的時候就應該過來拜訪的，只是想著夫人旅途勞頓，應該需要好好休息，便耽擱了些日子，失禮之處，夫人勿怪。」

董夫人進京的當天，一直讓人留意著董禎毅的慕姿怡就知道了，當然，也知道董夫人什麼人都帶了，卻唯獨將兒媳婦和孫子、孫女留在故鄉的事情。她微微一想，就是滿心的驚喜——看來這位夫人一定知道了自己青睞董禎毅的事情，而且還和兒子想的不一樣，要不然就不會這麼急匆匆地趕進京，還特意將礙眼的人給丟下了。

她滿心歡喜地等著董夫人上門拜訪，甚至都已經想好了怎麼開條件，董禎毅那個出身不好的原配休出門是必然的，她生的兒女最好是留在望遠城，一輩子別進京，免得礙了她的眼；還有，她進門之後要立刻管家，她可不耐煩嫁了人還要受別人的管制……林林總總的，她在心裡想了很多。

可是，等了又等，就是不見董夫人上門，再仔細一問，這位夫人似乎已經把要拜訪的人家走了一個遍，開始為搬家忙碌了，慕姿怡終於坐不住了。她忍不住在想，難不成這位夫人對自己看上董禎毅的事情一無所知？這倒也說得過去，畢竟自己看上董禎毅，三番五次的糾纏，都是避開了人的；除了董禎毅和自己身邊的下人以外，應該沒有幾個人知道，那麼只要董禎毅將身邊的人管住了，這個事情還真的不會傳到別人的耳朵裡——至於董夫人和董禎毅一樣，不把自己放在眼裡的可能，慕姿怡是想都沒有想，她本能地排斥有那樣的事情出現。

想到這裡，慕姿怡就坐不住了，這才有了今天主動拜訪的事情。

「慕姑娘能夠來看我，我歡喜還來不及，又怎麼能說打擾不打擾的呢？」董夫人笑笑。和慕姿怡見面之後怎麼說話，怎麼應對，她已經在心裡想過無數遍了，自然是不慌不忙，她微微一笑，道：「只是不知道慕姑娘是哪位府上的？我進京之後上門拜訪了先父的舊友故交，只是我離京多年，有多年沒有書信往來，難免會有遺漏的，有失禮之處，還望慕姑娘見諒。」

她果然不知道。董夫人的明知故問，讓慕姿怡臉上的笑容更自然了幾分，她盈盈一笑，帶了幾分矜持地道：「自己出身醴陵王府，家父便是醴陵王。」

「原來是醴陵王的愛女。」董夫人裝出一副恍然大悟的樣子，然後又故作思索了一會兒，才道：「要是我沒有記錯的話，先夫和貴府並無來往，不知道慕姑娘今日有何賜教？」

「不過是晚輩向長輩請安問好，哪能說什麼賜教。」慕姿怡輕輕嗔了一聲，卻又道：

「夫人可能不知道，姿怡和董大哥也算是認識的，聽董大哥說起過伯母含辛茹苦地帶著他們兄妹過的辛苦日子……姿怡對伯母很是敬佩，所以才特意來拜訪的。」

「是這樣啊。」董夫人有些訝異慕姿怡到這個時候還沈得住氣，但是她警告自己一定要更沈得住氣。她微微一笑，道：「毅兒這孩子也真是的，怎麼什麼都和人說。不過，我怎麼沒有聽毅兒提起過妳呢？」

慕姿怡俏臉微微一紅，沒有接這話，反而問道：「聽說董大哥有一對雙生兒女，不知道姿怡能不能見見？一雙長得一般模樣的孩子，想想都讓人喜歡不已。」

「這個慕姑娘要失望了，孩子和他們的娘留在故里，沒有進京。」董夫人輕輕地搖搖頭，發現慕姿怡的眼睛忽然閃亮起來，又補充了一句道：「我那大兒媳婦身懷六甲，我不忍心讓她受舟車勞頓之苦，便讓她安心在家中養胎，等她生完孩子再上京。」

這樣啊……慕姿怡剛剛亮起來的眼睛立刻黯淡下去。她看著董夫人的眼睛，想要透過董夫人的眼神知道她的話裡到底有沒有水分；但她本來就沒有受過特別的教導，董夫人又是有備而來，除了董夫人的眼珠子不是那麼黑，眼白也不是那麼清澈之外，什麼都沒有看出來。她咬咬牙，決定不再和董夫人兜圈子，直接道：「聽說董大哥的那位妻子……」她微微頓了頓，又繼續道：「她出身低微，又是個無鹽之女，伯母想必對她不甚滿意吧。」

「慕姑娘為什麼會說這個？」董夫人故作愕然地問了一聲，而後也退了一步，嘆氣道：「不過……唉，妳這話還真是說到我心坎上了，我那大兒媳婦雖然精明能幹，但是她的出身，她的那張臉……不瞞妳說，我這次沒有讓她一起上京，說是為了體諒她，不想讓她太辛苦，但未嘗不是因為擔心她進京之後，給董家丟臉呢？」

慕姿怡大鬆一口氣，眼睛又一次亮了起來，道：「伯母都對姿怡說這種推心置腹的話了，姿怡也就不和伯母繞彎子了。姿怡對董大哥十分心儀，也曾經厚顏向董大哥吐露心聲，只是沒有想到董大哥卻早早成了親……」

看著慕姿怡故作傷心的模樣，董夫人心裡大安，卻故作訝異地道：「有這種事情，毅兒怎麼都沒有和我說？要是我早知道這些事情的話，一定會把家裡的事情處理妥當了再進京的。」

董夫人話裡透出的意思讓慕姿怡的臉都亮了起來，整個人容光煥發。她熱切地看著董夫人，嘴上卻為難地道：「姿怡也知道不應該和伯母提起這件事情，只是，這些話悶在姿怡心裡著實難受，伯母又是那麼和藹可親，所以才會不管不顧地和您說了……」

「說出來也好，別悶在心裡把自己給悶壞了。」董夫人笑笑，卻又關心地問道：「姿怡的心思，令尊、令堂也知曉？我也沒有別的意思，畢竟就算毅兒為了妳可以不顧一切，但如果王爺、王妃反對的話……」

董夫人不希望出現自己將拾娘掃地出門，慕姿怡卻又不嫁的情況，那種雞飛蛋打的事情可不能做也做不得。

「他們不會反對的。」慕姿怡衝口而出，然後又覺得自己太不矜持了，帶了些羞意地道：「我的意思是他們默許我任性一次……」

「就算是當繼室他們也會由著妳的性子來嗎？」董夫人心裡越來越滿意，但是另一方面卻又有些懷疑——這個慕姑娘在醴陵王府是不是不受重視啊，要不然為什麼落到自己為自己選夫婿的地步？她略帶懷疑地看著慕姿怡，道：「雖然毅兒是本朝第一個三元及第的狀元，但是董家的家境卻不大好，他們會不會擔心妳受苦呢？」

「我不是嫡出。」慕姿怡輕聲嘆息一聲，算是給了董夫人一個解釋。庶出的姑娘給人當繼室是司空見慣的事了，而後又道：「姿怡幼時便立志要嫁狀元郎，爹娘自然知道姿怡的心思的，也有意成全姿怡幼年的夢想；可是，誰知道命運作弄，上一屆的新科狀元是姿怡的親哥哥，而要是等到下一屆，姿怡也成了嫁不出去的老姑娘了。所以……至於說吃苦，就算姿怡不在乎，願意陪著心愛的人吃苦，爹娘也不會捨得的。」

也就是說她要是嫁進門的話，一定有大筆的嫁妝了？說不定還能有十里紅妝？董夫人心頭越來越熱，看著慕姿怡的眼神也越來越和善親熱，甚至笑著道：「妳這麼懂事乖巧的孩子，別說妳爹娘捨不得你吃苦，就連我這個剛見面的人也捨不得讓妳吃苦。」

慕姿怡甜甜地一笑，看著董夫人道：「姿怡一見伯母就覺得分外親切，真恨不得給伯母當女兒，好能在您身邊盡孝。」

「我也恨不得有姿怡這麼一個漂亮又乖巧的在身邊陪一輩子。」董夫人也笑了。該問的都已經問到了，自然就該給說法了，可不能讓她再那麼不確定下去，誰知道拖長了會有什麼變故。

「董大哥可不一定會像伯母這麼想。」慕姿怡心中歡悅，卻又擔心董夫人知道了董禎毅的態度之後，改變想法。

「他啊，一定會和我一個想法的。」董夫人才不管董禎毅的想法呢，反正她已經決定了，一定要讓他休了拾娘那個哪裡都不如意的，改娶慕姿怡。像她這樣的才是她心中的好媳婦人選，當然，要是她不是庶出的就更好了。

「可是，董大哥已經有了家室。」慕姿怡很滿意董夫人的回應。姨娘說的沒錯，只要討好了未來的婆婆，別的都不重要了。

「姿怡都不介意了，他也不會介意寫封休書的。」董夫人斬釘截鐵地道，一點都沒有素來的搖擺不定。

「那姿怡就靜候伯母的好消息了。」慕姿怡心裡甜滋滋的，道：「對了，伯母馬上就要搬遷新居了，不知道有沒有選好日子，姿怡還想給伯母送一份薄禮，慶祝喬遷之喜呢！」

「我正在挑日子，等挑好了日子一定通知妳。」

第一百七十六章

「大少奶奶，林家大少奶奶又來信了。」綠盈對躺在樹蔭下納涼的拾娘輕聲道。她手裡拿著一封信，是林家人剛剛送過來的。自從林家大少奶奶去了京城之後，每隔幾天就有一封信，比大少爺的信來得還要勤快。

「嗯。」拾娘眼睛都沒有睜開，輕輕地應了一聲表示知道這件事情。過了好一會兒，綠盈都以為她已經睡著的時候，她才淡淡地道：「收起來吧。」

「是，大少奶奶。」綠盈應諾。林家大少奶奶的信，拾娘一封都沒有拆開過，每次都是讓她放在她床頭櫃的抽屜裡，裡面已經放了厚厚的一摞信。

「娘！」跟著綠盈一起過來的輕寒輕輕地叫了一聲，拾娘立刻睜開眼睛，示意守在一旁的綠意將她抱上軟榻，然後問道：「輕寒怎麼過來了？」

「娘，爹爹是不是不要我們了？」輕寒的小臉上帶了些困惑和傷心。家中驟然冷清下來讓他們有些不適應，剛剛無意中聽到的那些話更讓她心裡起了困惑，所以才會跑到拾娘面前，將自己心中的疑問問了出來。

「輕寒怎麼會這麼想呢？是不是聽到誰說什麼了？」拾娘眼中寒意一閃，臉上的表情卻更柔和，語氣也更溫和了。

「是曹嬤嬤，她和奶娘說爹爹中了狀元，奶奶帶著叔叔和姑姑去了京城，卻偏偏把我們給留了下來，一定是嫌娘去了京城會給爹爹丟臉，所以才不要我們一起去的。」輕寒人雖小，說話卻很有條理，這也是拾娘特意培養的結果。

「奶娘怎麼說？」拾娘眼底的寒意更重，想知道張得貴家的是怎麼回應的。輕寒、棣華滿兩歲的時候便已經斷了奶，那個時候她便有意地讓棣華和曹嬤嬤慢慢疏遠一些，就算現在把曹嬤嬤發賣出去也無所謂了，但是張得貴家的卻有些不大好處置，她和輕寒還親著呢。

「奶娘讓她別胡亂猜測，說我們家是懂規矩的書香人家，不會有那種不規矩的事情。」輕寒搖搖頭。張得貴家的是林太太精心挑選的，不但穩重，什麼話能講什麼話不能說，心裡也是很清楚的。

「但是，輕寒還是信了曹嬤嬤的話，對不？」拾娘心裡微微放心了些，卻又帶著取笑意味地看著女兒，道：「是不相信爹爹呢？還是覺得娘真的不夠好，會讓爹爹感到丟人？」

輕寒小臉紅紅的，很不好意思地看著拾娘，道：「娘，對不起，輕寒錯了。」

「輕寒哪裡錯了？」輕寒能夠道歉，拾娘很欣慰，她可不想將女兒養得和董瑤琳一樣，不管對錯都梗著脖子強詞奪理；但是這還不夠，她還希望輕寒明白她錯在什麼地方。

輕寒只是從拾娘的語氣中知道自己應該是錯了，但為什麼錯了，她卻不知道。就算早熟，她終究也只是一個虛歲才三歲多的孩子。

「輕寒不知道，對吧？沒關係，娘和妳好好說說。」拾娘溫柔地笑了，輕輕地將輕寒摟在身邊，讓她靠著自己的肩，道：「輕寒這件事情錯在不該隨便聽了別人的話就信以為真，人云亦云是最要不得的。不過，輕寒聽到這樣的話，能夠馬上和娘說，而不是悶在心裡自己一個人難受，這一點卻是很好。」

輕寒似懂非懂地點點頭，拾娘摟著她又笑了，道：「娘知道，輕寒不一定能夠聽懂娘說的是什麼意思，但是輕寒記在心裡就好，等輕寒再長大一點，就能明白了。」

拾娘也知道，自己的話對一個兩、三歲的孩子而言深奧了些，但是她從來就不會因為覺得女兒應該聽不懂就不教她，她相信孩子比大人想像的更聰明，也相信和她說得多了，對她的成長是有好處的。

「嗯，輕寒記住了。」輕寒用力點點頭。她早就已經習慣了拾娘這般教導她，拾娘的話她也都會牢牢地記在心裡。

「輕寒真乖。」拾娘輕輕女兒的額頭，然後對一旁的綠意道：「妳去把曹嬤嬤叫過來，就說我有話要問她。」

「是，大少奶奶。」綠意點點頭，知道拾娘心裡一定很生氣，她一向忌諱丫鬟、婆子在姑娘、哥兒面前嚼舌根子，為此發落了好幾個丫鬟，曹嬤嬤這一次應該算是撞到槍口上了。

「如果她問我為什麼叫她的話，妳就告訴她說輕寒在我這裡。」拾娘想了想，又交代了一聲。

綠意很詫異拾娘會這麼補充一句，卻沒有多問，應諾一聲就過去了。

「娘，妳叫曹嬤嬤過來做什麼啊？」輕寒不明白地看著拾娘，根本想不到是自己的話讓拾娘對曹嬤嬤心生不滿，準備收拾她了。

「娘要訓斥她，讓她明白不是什麼話都能亂說的。」拾娘已經決定當著女兒的面處理曹嬤嬤了，也就把話給說開了，順便說了一些家中的規矩。馬上就要進京了，輕寒也該知道些規矩了。

說話間，綠意帶著曹嬤嬤過來了，曹嬤嬤臉上帶了些忐忑，手裡還牽著一臉迷茫的棣華。看到拾娘，她把手鬆開，讓棣華朝著拾娘奔過去，自己則屈身向拾娘行禮，道：「大少奶奶，您找奴婢？」

拾娘先向朝著她跑過去的棣華伸伸手，讓他牽著自己的手，這才抬眼看曹嬤嬤，淡淡地道：「妳剛剛和張得貴家的說了些什麼，再說一遍我聽聽。」

拾娘的話讓心裡本來就發虛的曹嬤嬤腳一軟就跪了下去，一邊磕頭一邊告饒道：「大少奶奶，奴婢知錯了，奴婢知錯了！」

「原來妳也知道那些話是不該說的啊。」拾娘冷冷地看著曹嬤嬤，淡淡地道：「我也不追究妳的錯了，妳現在去收拾東西，綠意，妳去叫人牙子過來領人。」

「大少奶奶，奴婢知道錯了，請您看在奴婢伺候小少爺這麼兩年，沒有功勞也有苦勞的分上，還請您饒了奴婢這一次，奴婢下次不敢了！」曹嬤嬤沒有想到拾娘連話都不多說，就要將自己攆出去，連忙求饒；見拾娘沒有軟化的跡象，連忙對一旁有些不知所措的棣華，道：「少爺，您幫奴婢向大少奶奶求求情吧！」

棣華不明白拾娘為什麼那麼生氣，但是曹嬤嬤是他的奶娘，她這麼說了，棣華也就看著拾娘，輕輕地搖了搖拾娘的手，道：「娘，您就饒了曹嬤嬤吧！她知道錯了，以後一定不會犯錯的。」

拾娘輕輕地搖了搖頭，問道：「棣華，你知道娘為什麼這麼生氣，一定要發落曹嬤嬤嗎？」

「不知道。」棣華搖搖頭。曹嬤嬤說那些話的時候他沒有在一旁，自然什麼都沒有聽到，就算聽到了，他一個三歲的孩子，也不一定能夠聯繫到一起。

「都不知道緣由，就為她求情，你這樣做可是不對的。」拾娘輕輕教訓了棣華一聲，看著他羞紅了臉，把自己將曹嬤嬤叫過來的緣由說了一遍，問道：「你也知道，娘最不喜歡的便是下人不好好當差，在一起搬弄是非，而她敢說這種話，是不是該處置？」

棣華乖乖點點頭，然後又道：「可是，娘，這樣的處罰是不是稍微重了些？」

「如果她沒有拉著你過來的話，娘或許只是敲打她一番，扣一個月的月錢，但是她卻拉著你過來了……」拾娘冷笑一聲，道：「棣華，綠意叫曹嬤嬤過來的時候，她是不是問過綠意，娘叫她做什麼？過來的路上還交代若是娘處罰她，讓你為她求情？」

「是。」棣華點點頭。

「娘最生氣的是這個。她這樣做是為什麼？是因為她知道自己犯了錯，但是她卻想透過你躲開可能有的責罰，她是在拿你和娘賭，賭娘會顧忌你的感受而放過她。投鼠忌器的故事娘和你講過，還記得不？」拾娘看了看曹嬤嬤。她是不是應該感謝她給了自己教育兒女的一個機會呢？

「記得。」棣華點點頭，一旁的輕寒也點點頭。

「如果娘就這麼饒了她，那麼你就是那個器，她就是那隻老鼠，而娘就是那個擔心砸了器物放任老鼠的人。如果娘因為你的話而輕輕地放過了她，你覺得她以後會收斂嗎？」簡單地解釋了現在的狀況之後，拾娘又問了一聲，這一次沒有等棣華說，她便接著道：「或許會，但更有可能的是她會有恃無恐，更沒有分寸，想著反正有你為她說情。娘放過她這一次，縱容的是她的壞習慣，但害的卻是你。她是你的奶娘，是和你最親近的下人，甚至對你來說還是長輩，這樣的一個人留在你身邊，你說，娘能放心嗎？」

「所以，娘一定要發落她的，對嗎？」棣華看著拾娘。拾娘的話他只能理解很少的一部分，不過和輕寒一樣，他將拾娘的話都記在心頭了。

「是。娘不能縱容她的壞脾氣，更不能讓一個敢拿捏你，把你當作擋箭牌的人留在你身邊。」拾娘點點頭，然後對臉色灰敗的曹嬤嬤，道：「妳明白妳錯在什麼地方了吧？我給妳半個時辰的時間，妳去收拾東西。綠意，妳看著她收拾，如果半個時辰之內還沒有收拾好的話，那麼就不用再收拾了，直接讓人牙子淨身領走。」

曹嬤嬤知道求情無望，只能離開，腳下走得還不慢——她可有不少東西要收拾，要是落下了可不划算。

看著曹嬤嬤離開，棣華有些失落，但沒有忘記董禎毅留給他的任務——要關心、照顧母親。他拍拍拾娘的手，道：「娘，您也別聽曹嬤嬤的那些胡話，爹爹一定會回來接我們的。」

「當然會。」拾娘笑了，道：「你爹爹最近的一封信上說，他會趕在弟弟出生之前回來一趟，頂多再過半個月，你們就能見到爹爹了。」

「哇！」輕寒和棣華還是第一次聽拾娘說這件事情，一起歡呼起來。拾娘看著歡樂的兒女，輕輕地嘆了一口氣。

董禎毅，你可知道孩子們都在想你？

第一百七十七章

「毅兒，如果你實在是放心不下的話，娘派王寶家的回去一趟就是了。」董夫人對正在看著丫鬟收拾行李的董禎毅道。

他算著拾娘臨盆的日子，給翰林院請了假，他的上峰知道他是要回望遠城探視即將臨盆的妻子，很大方地准了他二十天的假期。

搬回故宅之後，他每天早出晚歸，幾乎都沒時間待在家中，卻不意味著他不知道董夫人在打什麼主意——她都把慕姿怡請回來好幾次了，幾次三番地想要製造讓他們見面的機會。

但這家中的下人，除了王寶兩口子、她身邊的惜月、瑤琳身邊的思月和董禎誠身邊的碧月之外，都是拾娘買進來的，董夫人的一舉一動都在他們眼皮子底下，也都在董禎毅的掌握之中。

知道家中來了不速之客，董禎毅要不在翰林院多待一會兒，和同僚們談談學問，要不就去方家找方志敏請教。方老夫人對董夫人依舊是淡淡的，但對董禎毅兄弟卻親熱多了，很喜歡他去叨擾。再不然就去林永星那裡，兩個人一壺茶就可以聊上一、兩個時辰，倒也不覺得日子難熬。

一次、兩次之後，別說董夫人，就連慕姿怡都察覺到他在躲人。這兩個人還真是很有默契，不約而同都把慕姿怡上董家來的時間改在了休沐的日子。但是，慕姿怡進門之後，董禎毅不是得了信從角門出去，一整天不歸家，就是乾脆請了人上門作客，慕姿怡到底還要顧及最後的臉面，不能當著那麼多的人上來糾纏。所以，董夫人和慕姿怡搭上線已經有些時日了，但慕姿怡連董禎毅的衣角都沒有挨上。

對於這樣的情況，董夫人極為煩惱。她知道，兒子未必就不知道自己的心思和打算，但是，她卻不敢冒冒失失地把這件事情給說破了，那樣的話不過是給了兒子一個直接反對的理由和藉口罷了。可是就這麼拖著也不是啊，慕姿怡前兩天還暗示她，說她八月及笄——及笄的姑娘怎麼著都該張羅婚事了，她這是示意自己加快點速度。

所以，聽說兒子特意告了假，要回望遠城看望拾娘，董夫人便急匆匆地過來阻止了——與其將那個時間浪費在拾娘身上，還不如和慕姿怡坐下來，好好談一談，他一定會發現，比起慕姿怡，拾娘什麼都不是。

「王寶家的？」董禎毅的臉上帶了一抹董夫人陌生的嘲諷，冷冷地道：「在娘心裡，兒子和王寶家的是一樣的嗎？」

董夫人沒有想到董禎毅會說這樣的話，微微怔了怔，道：「毅兒怎麼能說這樣的話呢？王寶家的不過是個奴才，怎麼可能和你相提並論呢？」

「娘既然知道她不能與兒子相提並論，為何還說讓她代替兒子回去呢？」對王寶兩口子，董禎毅心頭恨極，要不是他不適宜插手內宅的事情，王寶這兩口子又沒有直接犯到他手裡的話，他一定把這對奴才攆了出去，免得在董夫人面前蠱惑，說些不該說的話——當然，他心裡也清楚，要是董夫人心裡沒有那些不堪的念頭的話，王寶兩口子說什麼都不管用。

董禎毅的話讓董夫人咬牙，她狠狠心，道：「那我回望遠城一趟總行了吧？你到翰林院之後就沒有好好休息過，就趁著有假，好好地休息休息。」

董夫人這也是不得已的選擇了，雖然她不能時時盯著，但是家中還有瑤琳，只要他肯留在家中，瑤琳就一定能夠找機會讓他和慕姿怡見面；到時候不管他們之間談得怎麼樣，有沒有發生什麼，自己都可以逼著他娶慕姿怡回來，而自己也可以趁這個機會把拾娘給攆出去了——就算她莫拾娘再厲害，她終究還是董家的媳婦，只要自己敢豁出去，她也翻不了天去。

董夫人的話讓董禎毅定定地看著她，眼睛都不眨地就那麼看著，看得董夫人心裡發虛，不自覺摸了摸鬢角，道：「毅兒這是怎麼了？」

「兒子想看看娘心裡到底在算計些什麼？」董禎毅的臉色徹底冷了下來。他這是想到了拾娘在信裡隱晦提到的某些內宅陰私，交代就算他回不去，也不能讓董夫人回去。拾娘也坦言，說董夫人應該不會想到用那樣的手段對付自己，但是她卻不敢去賭，輸了的代價對她來說是絕對承受不起的。董禎毅之前也覺得拾娘想得太多了些，董夫人真要有那樣的手段的話，當年也不會出現姨娘、下人捲著細軟逃走的事情了。但董夫人說了要回去的話，卻讓他忍不住想歪了去。

「我能算計什麼？」董夫人只以為董禎毅看穿了自己想趁這個機會攆走拾娘，神色更加不自然起來，而她的神色讓董禎毅徹底誤會了。

「娘心裡在算計什麼自己心裡最是清楚，應該不用兒子說那麼明白了。」董禎毅看著董夫人，輕輕地搖搖頭，道：「娘，我知道，您在盤算某些事情，某些覺得是為了我好的事情。我想說的是，如果娘是真的為了我好的話，那麼請您安安心心過安穩日子就好，不要盤算這個那個的，兒子的前程，兒子自己努力，不用娘那麼瞎折騰。」

「大哥，你這是說什麼話啊？什麼叫做娘在瞎折騰？你就不擔心傷到娘的心嗎？」聽說董禎毅要收拾行李回望遠城，匆匆趕過來想要為阻止董禎毅出一把力的董瑤琳剛剛衝進來就聽到這樣的話，立刻不滿地朝著董禎毅抱怨起來。

「瞎折騰的除了娘還有妳。」看著一點規矩都沒有的妹妹，董禎毅一陣頭疼。以前在望遠城，他所接觸的女子本就不多，林舒雅自己就沒有多少規矩，拾娘雖然講規矩，但是和拾娘接觸卻也是成親之後的事情，他還真不知道閨閣女子應該受些什麼規矩。但是，方志敏是有女兒的，不管是嫡女還是庶出的女兒都極有規矩，尤其是方志敏的那個嫡女，比董瑤琳小一歲，可和她一比，董瑤琳真的成了沒有見識的鄉下丫頭。

想到這裡，董禎毅淡淡地道：「我看妳精神不錯，既然這樣的話，就好好學學規矩。看看表妹，再看看妳自己，真不知道該怎麼說妳。娘，您還是把心思放在瑤琳身上，我可不希望我的妹妹將來嫁不出去。」

「你……你敢說我嫁不出去？」董禎毅說她沒規矩，董瑤琳還真是不在乎，自打拾娘進門之後，她被訓斥沒規矩已經是家常便飯了，但是董禎毅說她嫁不出，她卻受不了——自從和慕姿怡認識，聽她講她在醴陵王府如何受寵，王府的奢華生活，她那些出身高貴的閨中密友，也聽她故作不經意地提起這個府裡的小侯爺、那個府裡的世子，似乎和那些貴人都十分熟稔，她都在幻想自己能夠嫁進侯門了——咳咳，她也知道自己的出身，相貌和德才都不是頂尖的，也沒有敢奢望嫁什麼小侯爺、世子爺的，但是哪個王府、侯府沒個庶出的？

慕姿怡雖然也不算是個真聰明的，但比起董瑤琳卻高明多了，董瑤琳的心思很快就讓她給拿捏住了。她隱晦地表示，只要她成了董瑤琳的長嫂，那麼長嫂如母，她一定會為董瑤琳謀劃一門好親事，讓她嫁入王侯之家。

可是，現在她卻被自己的親大哥當面訓斥沒規矩，說她嫁不出去，這讓她怎麼受得了？她跳起來，發狠地道：「大哥，你看好了，我不但要嫁出去，還要嫁進王侯人家去享福！」

「瑤琳，別胡說八道。」別說董禎毅看不下去了，就連董夫人也為董瑤琳的言語舉動而感到羞愧，姑娘家的，說這些也不怕被人笑話。

「我沒有胡說。」董瑤琳卻還不明白自己不該說那樣的話，只以為連董夫人都不相信自己能夠高嫁，她直接道：「姿怡姊姊說了，只要她嫁進門來，就一定能替我找一門好親事。娘，您讓大哥把莫拾娘給休了，早點把姿怡姊姊娶進門吧！」

這話也是能夠胡說的！董夫人心裡愈發惱女兒的不知天高地厚。

但是還沒有等她做什麼，董禎毅便走到董瑤琳面前，一字一頓地道：「瑤琳，妳說什麼？什麼叫做讓我休了拾娘？」

「莫拾娘無才、無貌、無德，更沒有出身，她哪裡配當董家的大少奶奶？為了這個家，為了你的前程，也為了我和二哥，你就應該休了她，娶姿怡姊姊進門。她是醴陵王的女兒，是當今皇后娘娘的姪女，娶了她——」

「啪！」董瑤琳的話被董禎毅毫不留情的一巴掌給打了回去。

他臉色鐵青地看著不敢置信的董瑤琳，冷冷道：「如果妳不是我的親妹妹的話，就這些話，我一定打死妳。」

「你……你打我？」董瑤琳這才感到臉上火辣辣地疼，她伸手摸著已經紅腫起來的臉，瘋也似地叫道：「我說錯什麼了？我看你是被我說中了疼處，所以才惱羞成怒地打人！」

「瑤琳！」董夫人叫了女兒一聲，而後看向一臉冰冷的兒子。他的那一巴掌打在董瑤琳的臉上，卻打進了董夫人的心上。她看著董禎毅，直接道：「瑤琳的話雖然偏激了些，但卻不無道理。毅兒，為了你自己，也為了這個家，娘要你休妻。」

董禎毅死死地盯著董夫人好一會兒，而後搖搖頭，道：「娘，您知道您在說什麼嗎？」

「當然。」董夫人發狠，道：「如果你不聽娘的話，娘就去見你爹，讓你爹知道你有多不孝。」

「娘，您還是別去見爹，要是爹知道您存了這樣的心思的話，爹一定會後悔的。」董禎毅苦澀地搖了搖頭，終於明白了當年董志清最後和他說那些話的時候，為什麼會是一臉的苦澀難耐，又為什麼一再告訴自己，娶妻一定要娶一個知事明理的了。

「你什麼意思？」董夫人從來都覺得自己是最好的，一時之間還真想不明白董禎毅在說什麼，反倒愣住了。

「若是爹知道娘這般作為的話，在九泉之下恐怕也不得安寧。」董禎毅搖搖頭，伸手接過丫鬟綠蘿遞過來的包袱，又冷冷看一眼捂著臉、滿眼憤恨的董瑤琳，頭也不回地出去了，將董夫人的叫聲和董瑤琳的怒罵都丟在身後……

第一百七十八章

「我還是回來晚了。」看著躺在床上，臉色紅潤卻掩不住疲倦的拾娘，董禎毅滿是歉意地握住她的手，眼中帶著真真的眷念。

「我倒覺得你回來得剛剛好。」拾娘卻不那麼認為，她輕輕地搖搖頭，寬慰董禎毅道：「你回來得早了，也不過是在外面著急擔心，什麼都做不了，真不如像現在這樣，一進門就聽到好消息。」

今天是六月初六，是拾娘的生辰，董禎毅原本是想趕在今天回來給拾娘一個驚喜，哪知他剛一進門，卻聽到一個讓他又是驚喜又是內疚的消息——就在天濛濛亮的時候，拾娘為他生下次子。

將看到他欣喜若狂，一左一右拉著他的手的輕寒、棣華安穩妥當，一再保證他不會忽然不見了，董禎毅才能進來看拾娘和剛出生的孩子。和懷姊弟倆那個時候不一樣，拾娘雖然也有控制飲食，卻沒有那麼嚴苛，這個剛出生的孩子比輕寒、棣華剛剛生出來的時候可要好看得多，小臉光光滑滑的，一點皺紋都沒有，眉眼間和輕寒、棣華也不大一樣，或許這個孩子會長得像父親一些。

「我知道我就算回來也不能幫得上什麼，但至少能夠讓妳知道，我在門外陪著妳，妳心裡踏實，疼痛或許也不會那麼難熬。」董禎毅輕輕地為拾娘將額頭上一絲帶著汗的頭髮理順，心中的愧疚因為拾娘的寬容而更加深切。

「你的心思我知道就好。」拾娘微微一笑。她可不是那種沒有了男人在身邊就活不下去的女人，莫夫子對她的教導可沒有那一項。他一貫對她的要求是，活得精彩是為了自己，不是為了任何人，一個離開了他人就不能綻放光彩的人，注定只能是別人的附庸，而她從來就沒有打算做董禎毅的附屬品。

她笑笑，不想繼續這個話題，但現在身體很疲倦，精神卻很亢奮，也睡不著，便淺笑著問道：「就你一個人回來嗎？」

「嗯。」董禎毅點點頭，伸出一個手指頭逗弄正閉眼睡覺的寶寶。他感覺到不適，只是輕輕地皺了皺小鼻子，便再沒有其他的反應。

「娘沒有阻攔你？」拾娘帶著戲謔的笑容問道：「她可眼巴巴地盼著你早點把我給休出門，好給董家娶一個出身高貴的兒媳婦回來呢。」

「她倒是攔了，我沒有理會她。」拾娘提起董夫人，讓董禎毅連逗弄孩子的心思都沒有了。他輕嘆一口氣，縮回手，道：「我打了瑤琳一巴掌。」

呃？董禎毅的話讓拾娘吃了一驚。董瑤琳不知天高地厚，沒有教養更沒有規矩已經不是一天、兩天的事情了，董禎毅對此也並非一無所知，卻總是用一種寬容的眼光看待，總覺得她年紀還小，再長大一些自然就不會這樣了。對此，拾娘心裡雖然不以為然，但也只是淡淡地提醒過幾次便沒有再干涉了，不做什麼吃力不討好的事情。

「唉，我總覺得爹去的時候她還太小，吃的苦多，得到的疼愛卻很少，對她多有縱容，卻沒有想到她已經被我們慣成了那副樣子，我現在真的很擔心她以後。」董禎毅又重重嘆了一口氣，不期然地想起拾娘曾經說過的，愛之適足以害之，她就是被溺愛給害了。

拾娘輕輕地搖搖頭，沒有對董瑤琳的脾性作評價，只是問道：「她做了什麼還是說了什麼，讓你發那麼大的火，居然動了手？」

「她……唉，不說也罷。」董禎毅不想將董瑤琳的那些話說出來，免得拾娘聽了生氣，他搖搖頭，道：「不說這個了，我剛剛怎沒見到棣華的奶娘？還有輕寒、棣華好像和我剛剛離開的時候很不一樣了，不光是看起來長大很多，說話什麼的也有大人的樣子了。」

「曹嬤嬤在輕寒面前胡言亂語，知道我生氣，要問罪，又拿棣華當擋箭牌，我就乾脆把她發賣出去了。」拾娘淡淡道，沒有說曹嬤嬤被發賣不久，就又找了新的主家，但是心生怨恨，便大肆宣揚董夫人對拾娘不滿意，所以進京的時候才會將拾娘母子留了下來，還信誓旦旦地說等到董家人再回來的時候，就是拾娘被休下堂的時候。這樣的言語有人聽了一笑而過，但也有人信了，董二爺就被這樣的謠言弄得有些心神不寧。在他看來，董家最識大體、明事理的便是拾娘了，要是拾娘被休，又換成董夫人那個揑不清的當家的話，還真是不知道六房要和宗族鬧成什麼樣子呢！

所以，在聽到這樣的謠言之後，董二太太便上門探望拾娘，一來是打聽一下為什麼會有這樣的話傳出去，一來也是向拾娘表態，說要真是走到那一步的話，宗族絕對不會袖手旁觀，一定會為拾娘作主，要拾娘放心養胎，好好地把孩子生下來再做計較。

董二太太的好意，拾娘自然是全盤領受了。事實上，她在決定將曹嬤嬤發賣出去，而不是將她打發到莊子上關個三年五載再發落，便已經料到會有這樣的事情了，而這也是她想看到的——有的時候，輿論可以殺人，要是董禎毅真的把持不住，被董夫人逼得寫了休書的話，這些作為可就能派上用場了；若是董禎毅能夠堅持，那麼在收拾這些流言的同時，董禎毅在望遠城的名聲也能更上一層樓。

「她說了什麼，讓妳那麼生氣？」董禎毅輕輕地一皺眉。對曹嬤嬤，他的印象並不深，只知道是棣華的奶娘，這兩年當差還可以，別的還真的是不大清楚。

「她說你不要我們母子了，所以才會將我們給留下來……」拾娘輕輕地搖搖頭，笑笑道：「她說這樣的話我真沒有多生氣，我知道家中不少下人都有這樣的猜測，甚至族裡也有人有這樣的懷疑和議論，只不過綠盈她們很小心，沒有讓這些讓人不舒服的話傳到我耳朵中而已；但是曹嬤嬤卻不該當著輕寒的面說這樣的話，讓輕寒十分難過，特意跑來問我。」

「這樣的下人是不能留。」董禎毅一聽，便也惱了，道：「怪不得輕寒、棣華一直拽著我，怎麼都不肯放開，一定是受了些影響。唔，我能在家待十天左右，這些天一定要好好陪陪他們，不能讓他們被人影響了，胡思亂想。」

「我更生氣的是她居然想利用孩子逃過處罰。」拾娘輕輕地冷哼一聲，道：「我是當著輕寒和棣華的面發落她的，他們雖然還小，但是我覺得有必要讓他們知道奴大欺主是什麼嘴臉，也讓他們知道，不能隨便就被人拿捏住。那件事情之後，兩個孩子就忽然懂事了很多，看得我又是心疼又是安慰。」

「他們才三歲，妳是不是心急了些？」董禎毅搖搖頭，卻又苦笑，道：「唉，也不小了，都說三歲看老，是該讓他們逐漸知道這些了，要不然像瑤琳那樣……其實，瑤琳那般不懂事我還想得通，我想不通的還是娘。爹在的時候她孤芳自賞，清高傲氣……爹那些同僚的夫人要是和她一般飽讀詩書的，她就把人家當親姊妹，無話不說、無話不談，沒有半點隱瞞；和她不一樣的，她就看不起人家，甚至當眾表示對人家很不屑，讓人下不了臺。那些夫人不是被她得罪得連帶著對爹都有了怨言，就是別有心思，從她嘴裡把家中的大小事情都套得清清楚楚的……而現在，娘變成了她最不屑的、那種見了權貴就立刻圍上去討好不迭的小人，她自己不但沒有發現，還覺得自己做的沒錯。我知道人都是會變得，但是她的變化未免也太極端了些，我都懷疑是她變了一個人，還是我的記憶出了差錯……」

「人都是會變的。」拾娘安慰一聲。

「還有一件事……爹當初當庭和戾王叫板也是有緣故的，他事前便已經做好了赴死的準備，他說因為戾王剛剛登基，皇位未定，就算惱怒，將他下獄甚至直接推出去斬首，也不會罪及家人，我們只要早點離開京城就能活下去。但如果他還在，我們一家想要離開京城那潭深不可測，卻又已被攪渾的水，是絕無可能的事情；只是如果不離開，就娘那處處得罪人又不知道收斂防備的性子，一定會讓全家都死無葬身之地的。」這些話埋在董禎毅心裡很久了，他從來沒有對任何人說起過，就連董禎誠也沒有，更是第一次和拾娘談起。而這麼一說出來，他覺得心頭鬆快很多。能夠和人談談心裡最深的秘密，其實是件不錯的事情。

「你當初非要娶我是不是拿娘做標準的？」拾娘沒有想到還有那麼一段沈重的往事。這麼說來，董志清敢當庭對戾王發難，不僅僅是他的職責所在，也不僅僅是他的一身傲骨，更多的還是對家人的考慮，原本對他的不以為然卻在這番話之後多了些敬意。不過，拾娘卻不想繼續那個沈重的話題，而是一轉話音，說了句風馬牛不相及的話。

「什麼？」董禎毅微微一愣，不明白拾娘怎麼這麼問。她和董夫人可是一點相似之處都沒有的。

「不是嗎？」拾娘玩笑地道：「我還以為你是拿娘當標準擇妻呢，凡是娘有的，你的妻子一定不能有。所以，娘出身好、相貌好、性格好，還是知書達禮的大家閨秀，你就想找一個出身低微、沒有顏色、性格不好又蠻不講理的丫鬟，剛好彌補了娘所沒有的一切。」

「噗！」明知道拾娘是故意逗自己的，董禎毅卻還是忍不住笑了出來，而後又在心裡嘆息。拾娘說的似乎也對，他在娶妻的時候想的不就是一定要娶一個和娘完全不一樣的妻子回來嗎？董家真的不能再有一個和她一樣的媳婦了……

第一百七十九章

「爹，這是我畫的，好看不？」輕寒笑嘻嘻地舉著自己剛剛出爐的傑作，滿臉墨漬地看著董禎毅。董禎毅雖然請了二十天的假，但是京城往返望遠城需要十天左右，現在氣候正好，天亮得早、黑得晚，他從京城趕回來只花了四天，回去也打算只花四天時間，但也得留一天時間休整，在家的時間滿打滿算只能待十一天的時間。

他心裡覺得對妻兒不住，除了早上起來，趁著拾娘和孩子們都還在睡覺的時候看看書以外，其他的時間都用來陪他們了。拾娘本來就不是黏人的性子，又在月子裡，他大多數時間還是陪著兩個孩子，這可把兩個孩子歡喜壞了，整天纏著他。

「輕寒這畫得是什麼啊？」董禎毅看著那一團黑乎乎的墨跡，看了好半天，還是什麼都看不出來，只能問了。

「牡丹花啊！」輕寒瞪大了眼睛，指著那一團完全沒有層次的墨團，和董禎毅說著這是花瓣、那是花蕊，還有那個是花莖，當然花的葉子也是不可少的。

看著女兒認真的小臉，董禎毅很想違心地誇一誇她，雖然她畫得實在是一塌糊塗，但是她這種認真的態度是應該誇獎的；但是誇獎的話到了嘴邊，他又忍住了，接過綠盈捧著的毛巾，為輕寒將小臉上的墨漬擦乾淨，道：「輕寒，爹爹知道妳畫得很認真，但是爹爹真的看不出來妳畫的是什麼。這樣，爹爹畫一幅牡丹花，輕寒在旁邊好好看著，看看爹爹是怎麼畫的，好不好？」

雖然沒有得到董禎毅的誇獎，輕寒卻沒有氣餒，而是高興地點點頭，牽著董禎毅的手，走到放在院子裡的案几面前，笨手笨腳地為董禎毅鋪好畫紙，一臉期望地看著他，而棣華也配合默契地為董禎毅拿了毛筆。

從殷勤的棣華手中接過毛筆，董禎毅一邊在紙上作畫，一邊輕聲為兩個孩子講解作畫的要領——拾娘和他說過，孩子比大人想像的要聰穎得多，說了他不一定能夠聽得懂，卻能記在心裡，遲早有一天能夠懂；所以不要以孩子還小，還不懂為由，不去教導他們更多的東西。對於拾娘的這番見解，董禎毅深以為然——當初要不是總覺得瑤琳還小就放縱的話，也不至於變成今天這個樣子。

透過半掩的窗看到那父子三人圍在一起，大人一臉認真地教授，孩子一臉認真地學習，那種淡淡的溫馨讓拾娘輕笑出聲。一旁伺候她的鈴蘭笑道：「看大少爺和小少爺、姑娘這麼親密，大少奶奶這心裡也該踏實多了吧。」

「妳這死丫頭，我有什麼好不踏實的。」拾娘輕輕地拍了鈴蘭一下。鈴蘭和艾草在年前就被她放出去成親了。鈴蘭嫁的是胭脂鋪子掌櫃董寧的小兒子董凱威，那小子比他的老子機靈，做事也很踏實，董寧自覺教不好這個兒子，便將他丟到交情越來越好的許進動身邊。聽說拾娘想要把身邊的大丫頭放出去嫁人，就特意求到了拾娘跟前，拾娘問過鈴蘭自己的意思之後，便放了鈴蘭自由身，讓她嫁到了董家。而許進動進京之後，點心鋪子便交給了董凱威打理，到目前為止，沒有出過半點差錯。

「是奴婢嘴拙，說錯了話。」鈴蘭呵呵一笑，卻又道：「大少奶奶，奴婢今天回來見您，是想向您求個恩典的。」

「說吧。」拾娘微微一笑，鈴蘭在她身邊好幾年，她相信鈴蘭不會作多過分的要求。

「奴婢想回來伺候大少奶奶，當個管事嬤嬤。」鈴蘭笑著看著拾娘，道：「奴婢現在整天在家裡，也就是收拾收拾家裡、做做飯、做做針線，沒有別的什麼事情。您也知道，奴婢是忙慣了的人，這麼一閒下來，還真是不自在，所以想回來伺候您。」

「妳是擔心我身邊的人手不夠吧。」

拾娘了然地看著鈴蘭。董家胭脂坊現在是望遠城最好的胭脂坊，別說望遠城有錢、有地位的人家的姑娘以用董記的胭脂香粉為榮，就連附近的幾個地方都有人特意過來訂購。胭脂坊的生意好了，董寧的收入也就高了，董家的生活和以前更是大不一樣了，鈴蘭在董家不敢說是當少奶奶，但也是有自己的小丫鬟的。她又不是那種享不來福的人，定然是覺得自己身邊的人不湊手，所以才想回來幫襯一二的。

「大少奶奶身邊這麼多的妹妹，哪裡就能說人手不夠了？只是，她們都是些未嫁的姑娘，有些事情不方便為大少奶奶出面，而奴婢卻已經是嫁了人的婦人，就算有些什麼出格的言語，也不會讓人覺得不好。」鈴蘭笑笑。她之所以起了這個心思，最主要還是因為擔心拾娘進京之後要和董夫人起什麼衝突，董夫人身邊有王寶家的那個潑皮破落戶兒，而拾娘身邊的那幾個嬤嬤手藝是都不錯，但是要真是有什麼的話，卻不一定能派上用場。綠盈、綠意幾個雖然不錯，但終究是未嫁人的姑娘，臉皮薄了一些不說，要是太潑辣了也不大好，還是自己這種嫁了人的更好為拾娘做事。

「我知道妳的心思。」拾娘輕輕地搖搖頭。她不是不想將鈴蘭留下來，但是……她問道：「妳有沒有和家裡人商量過這件事情？」

她對鈴蘭和艾草說不上親如姊妹，但是對她們倒也很器重，也在她們兩個身上費了些功夫、花了些心思，這兩個丫鬟識文斷字不說，做事也是麻利妥當的；當初將她們兩個放出去嫁人的時候，心裡還真的是捨不得的，畢竟培養這麼一個丫鬟真心不容易，而她身邊也沒有合適的管事，可以讓她們嫁了人還留在身邊當差。但是，拾娘還是沒有耽擱她們的婚事──與其將她們留得年紀大了，不好嫁人或者嫁不出去，還不如早點嫁出去，也成全了主僕情誼。但是，她們倆嫁出去的這段時間，拾娘有的時候還真的有些忙不過來的感覺，也曾後悔沒有一個一個地放出去。

「商量過了。」鈴蘭爽快地笑笑，道：「我家那口子滿口同意，公公、婆婆也都很贊成，說與其讓我閒在家裡什麼事情都不做，養懶了，還不如回來伺候您得好。另外，公公也說了，府裡沒有不簽身契的下人，讓我和少奶奶商量，我和我家那口子簽了身契進來，但是我們要是有了孩子還請大少奶奶開恩，讓他們掛在大伯名下，當個良家子。」

鈴蘭的話讓拾娘心裡有些酸酸的。她輕輕地搖搖頭，道：「妳可知道，等我坐完月子，身子調養好，天氣也涼下來之後，就要帶著家中大部分的人進京，如果妳要是回來了，我可不會捨得把妳留下來。」

「大少奶奶要把奴婢丟下來，奴婢還不幹呢。」鈴蘭笑著道：「奴婢就是衝著能夠跟著大少奶奶進京城、開眼界才要回來的。」

「妳這丫頭……這樣吧，妳回去和家裡人再商量一聲就回來當差吧，我身邊還真是缺個管事嬤嬤呢。」拾娘輕輕地搖搖頭，想了想，道：「至於身契就別簽了，你們兩口子簽一個像董寧一樣的契約就好，還是良家子的身分，免得以後生了孩子麻煩。」

「就聽您的。」鈴蘭點點頭，而後又有些遲疑地看著拾娘，道：「大少奶奶，艾草她……」

「她怎麼了？也想回來？」拾娘微微一皺眉。鈴蘭父母早就沒了，當初把她賣給人牙子的是大伯娘，而她是個聰明的，擔心自己回去被大伯娘又賣了，在自己透露出想要放她們出去的時候，便主動向自己表示，讓她做主婚人。但艾草父母卻是健在的，在恢復她自由身之前，她回去和父母通了聲氣，她父母倒是給她找了一門親事；具體的情況拾娘沒有仔細過問，但知道男方家有十多畝田地，家境還不錯，男的還是個讀書人，正準備考秀才，艾草對這門親事也是滿意的，嫁人的時候，拾娘還給了她五十兩銀子壓箱。她要是也想回來的話，應該是家中出了變故。

「唉，她男人開春的時候考秀才，不分晝夜地看書，一個不小心惹了風寒，撐著去考了試，卻又落了榜，又病又氣，就一病不起。躺在床上三個多月，半個月前剛去了。我去看過她兩次，她說您有身孕，不准我把這些不好的事情告訴您，怕您煩心。」鈴蘭輕聲嘆氣。艾草嫁的那個男人還真的是不錯，家境好，人好，對艾草也很好，就是這身子骨太差……可是話又說回來了，如果那人不是遠近聞名的藥罐子，想找個大家閨秀找不著，找個識幾個字的媳婦卻還是簡單的，也不至於輪到艾草嫁過去了。也怪艾草的爹娘，貪圖男的家給的聘禮豐厚，就不管女兒的死活了。

「這真是……妳一會兒去帳上取十兩銀子，再帶點東西過去給她，就說我在坐月子也不能去看她，等我出了月子叫她回來說說話。」拾娘嘆息一聲，道：「再問問她以後有什麼打算，看看我能不能幫上什麼。」

「什麼打算都沒用了。」鈴蘭苦笑一聲，看著拾娘，道：「她婆婆不說是她男人的身子骨兒不好，才會熬不下去，反而怪艾草，說都是因為她沒有好好照顧才害得她白髮人送黑髮人，說是等她兒子過了五七（注）就把她賣了……」

「這樣啊……」拾娘看了鈴蘭一會兒，道：「妳就跟著這件事情吧，要是她婆婆真要把她給賣了的話，妳就把她買回來。」

「如果這麼簡單，奴婢也不會和您說了。奴婢家中這些年日子也很寬裕，奴婢進門之後，公公、婆婆對奴婢也好，她的賣身銀子奴婢也拿得出來，只是……這個丫頭說什麼她是不祥之人，不想給親近的人帶來不幸，怎麼都不願意讓奴婢把她從那個火坑帶出來。」鈴蘭苦笑著搖頭。那丫頭素來好說話，這次難得倔一次，卻……唉！

「那麼這件事情就讓欽伯去辦吧。他經歷的事情多，一定能夠說服艾草的。」拾娘嘆息一聲。和鈴蘭的爽利不一樣，艾草溫柔很多，也習慣為別人考慮；但是她卻不明白，在為別人考慮之前，應該先為自己著想，連自己都顧及不到了，還能顧及什麼？

注：五七，民間習俗在人死後，每七日祭祀或唪經。五七指死者去世後三十五天。

第一百八十章

「大少奶奶，林家大少奶奶給您的所有信都取來了，您現在看嗎？」綠盈將厚厚的一摞信放到拾娘面前。

「先放著，我把帳本看完就看。」拾娘微微一點頭，有些頭疼地看著帳本上的數字。唉，真是錢到用時方恨少啊！

董夫人進京的時候，將公中的銀錢全部帶走，剩下的只有拾娘那幾處陪嫁這些年的盈利——剛剛嫁到董家的時候，拾娘還抱著等到董禎毅高中之後，就將這幾處陪嫁還回去的心思。但隨著林太太和她越來越親密之後，這樣的心思反倒淡了，她知道要是那樣做的話，一定會讓林太太心裡難受，還不如將它們收下，以後好好地孝順林太太也就是了。

這幾處陪嫁，每年的盈利不多，這三年多來分文未動，倒也存了不少，加上董夫人離開的這三個月幾處鋪子的盈利——董家原本的那三個鋪子一共存下來四千六百兩，另外族裡剛剛換回來的四處鋪子，收益也有一千五百兩，還有董禎毅假期結束，回京的那個早上，趁拾娘還沒有睡醒偷偷塞到枕頭下的一千八百兩。

咳咳，那是他進京趕考的時候，拾娘塞給他的，他知道拾娘攢下錢來不容易，花錢的時候很小心，沒有花多少；而董夫人進京之後，也沒有問過這筆錢，他就理所當然地放在了身上。當然，董禎毅絕對不會承認，那是因為聽董禎誠說董夫人將家中所有的現銀都帶走，心中惱怒，也擔心拾娘錢不夠用，所以故意不告訴董夫人自己身上還有錢；更不會承認，董夫人就算問起，他也不會將這筆錢拿給董夫人。這次回來他特意帶在身上，走的時候又怕拾娘再塞給他，便偷偷地放到拾娘枕頭下面。等拾娘起身走動，綠盈為她整理床鋪的時候，才發現多了那麼幾張銀票。那天，拾娘捧著銀票，心頭百感交集。

這麼一算，她手裡有現銀八千左右——為了上京，拾娘準備了自己和孩子過冬的衣裳，進京之後需要拜訪各處準備的禮物，這些東西花了近千兩銀子。這筆錢看起來似乎不少，但是拾娘堅信，自己到京城之後，董夫人極有可能在第一時間伸手向自己要鋪子這幾個月的盈利，就算不要，自己也不能不為自己和孩子們留一點現銀防身。

正在頭疼著，綠盈又過來了，臉上帶了些奇怪的神色，道：「大少奶奶，林太太來了，說是林家大少奶奶又有一封信，她給您親自帶過來。」

「太太來了？」拾娘立刻將手上的帳本放下，道：「那還不快請她進來。」

「林大姑娘也來了，她說她有一筆生意要和您談，最好還是在花廳見您比較好。」綠盈的話讓拾娘很意外。林舒雅自從去了望海城之後就一直沒有回來過，聽林太太提過幾次，每次都是又自豪又擔心，說她做生意越來越精明厲害了，現在林家的生意基本上都是她在打理，林老爺樂得清閒；又說她現在越來越沒有女人味了，這樣下去的話，再嫁是遙遙無期了。就算有男人不介意她的再嫁之身且精明強悍，她恐怕也不肯安安分分地嫁人，然後相夫教子過一輩子。

在花廳見到林舒雅的那一剎那，拾娘一下子就明白綠盈為什麼有那種奇怪的神色了——林舒雅的變化是在是太大了。

歲月沒有在林舒雅的臉上留下任何痕跡，但是她的氣質完全不一樣了，滿臉都是明亮爽朗，眼神則十分溫和，一點都沒有生意人的精明感覺，身上帶了一種讓拾娘都覺得有些炫目的光彩，猶如一枝恣意綻放的牡丹一樣，讓人一眼看過去，就挪不開眼睛。

「都不是外人，我也就不賣關子了，我看中了董記胭脂坊的東西，我託人從京城的傾城坊買過兩款相似的仔細比較過；說實話，董記的東西除了名聲沒有那麼響亮，價格稍微便宜了一些以外，一點都不比傾城坊的東西差。」林舒雅的性子也變了不少，等拾娘坐下就直奔主題，現在的她看起來倒真的是在商言商，一副生意人的做派。

「妳是說那些胭脂香粉的方子？」林舒雅直言，拾娘卻也沒有裝傻。她看著林舒雅道：「那些方子確實是我的，是我在先父留下的古籍中發現的。」

「是妳的就更好了。」林舒雅就猜會是拾娘的，卻也不敢肯定，聽她這麼一說，眼睛就亮了，笑著道：「我有兩個方案。第一，妳將這些方子直接賣斷給我，每個方子我出五千兩銀子，以後除了董記胭脂坊以外，妳不得再開任何的胭脂坊，董家的規模也不能再擴大。第二，我們一起合夥開幾個大的胭脂坊，妳占兩成，我占八成，妳只要出方子，什麼都不管，我每年給妳最少兩萬兩銀子的盈利；除此之外，再給妳兩萬兩銀子，畢竟妳出方子卻只占兩成分子實在是少了些。」

林舒雅給出的條件實在是不差，但是拾娘卻輕輕地搖了搖頭。林舒雅也不著惱，笑著道：「妳有什麼意見可以再提，雖然我們是自家人，但是生意歸生意，不是一碼事。」

「不是我不心動，也不是妳的方案不好，而是……」拾娘嘆了一口氣，道：「妳知道我手上有多少方子嗎？」

「董記胭脂坊賣的一共十二種，但是妳給娘送的那個卻是見都沒有見過的，妳自己用的那種香味，董記胭脂坊也是沒有的，妳手裡的胭脂方子應該有二十多種。」林舒雅來之前也是做過準備的，拾娘這麼一問，便說了自己的猜測。

「不止。」拾娘輕輕地搖搖頭，道：「我手上的方子有四十多種，最繁複難做的有十一種，做工講究、材料講究也不說了，就連配料和時令都很有講究，所以到現在也都沒有成功做出來。專門為董記做胭脂香粉的那個師傅曾經和我說過，這麼繁複的方子極少見，說不定只有內宮的東西才有那麼多的講究。」

林舒雅眼中的光彩更甚，要是那樣的話，這些方子可就是生金蛋的金雞啊！不過，她已經不再是當年那個什麼都不懂、莽莽撞撞的林家姑娘了，她看著拾娘，道：「妳是擔心我要是把這些東西都做出來大肆出售的話，會給我們兩家帶來麻煩？」

「說不好。」拾娘直接點點頭，道：「不管是哪一行，秘方都是最重要的東西。先父只是一個讀書人，我想這些方子極有可能是他年輕的時候為了討好某位佳人，說不定就是我的母親特意收集的；自己照方子做些胭脂無所謂，像董記這樣小打小鬧也沒什麼事情，如果大張旗鼓地到處開店，恐怕就不妥了。」

「妳說的也有道理，可是……」拾娘的話林舒雅聽進去了，但是作為生意人，眼看著有那麼一個賺錢的方子，卻不能用它來賺錢，心裡那個癢啊，實在是不好受。她想了又想，道：「那要不然這樣，就算再開店，也只賣董記現在賣的這十二種？我做過調查，這些胭脂香粉並不常見，但也不稀罕，除了京城傾城坊有類似的以外，京城幾家大的胭脂坊又有相似的品種，只是質地不一樣而已，應該不會有什麼大麻煩。」

「如果就這十二種的話，那我可以把方子給妳，妳還可以找幾個完全信得過的人跟著黃二江家的學學，她做這些已經好幾年了，讓她帶著會學得快一些。」拾娘也不再猶豫，點點頭，算是同意了這件事情。

「好。我手上已經有了好幾個做胭脂的師傅，我明兒就讓她們過來。」林舒雅也不客氣，立刻點點頭，然後道：「那麼，妳是把方子賣給我還是和我一起合夥呢？合夥的話，我醜話可要說在前面，方子不多，一年我只能保證妳不少於一萬兩銀子的盈利了，再多的話就得看開多少店，生意又怎麼樣了。」

「不用。」拾娘搖搖頭，林家對她的照顧豈是這些方子能夠還得清的，如果不是擔心更多的方子引來麻煩的話，全部給了林舒雅也不算什麼。

「別說不用的話，親兄弟明算帳，這句話用在姊妹之間也是一樣的。」林舒雅笑著，她可不是來占拾娘便宜的，尤其是她知道拾娘現在應該比較需要用錢，更不能占拾娘的便宜了。

「我看這樣吧，舒雅妳直接給拾娘一筆銀子買斷算了。」林太太笑笑，道：「拾娘應該已經準備好了進京，急需要用錢，等慢慢安定下來之後，也不稀罕妳每年的分成。這樣，十二個方子，妳就拿五萬兩銀子出來……拾娘妳別多話，妳不知道這丫頭現在有錢得很，去年老爺不想做海貨生意，她就用自己的私房頂了老爺的分子，一筆就賺了二十多萬，她的私房比我的都多。」

最後那句話是對拾娘說的，林舒雅不滿地朝著林太太哼了一聲，埋怨道：「娘，我發現您現在更疼拾娘，都不疼我了。」

「妳？」林太太瞪了女兒一眼，道：「妳還需要我疼嗎？妳連妳爹的那幾個合夥人都敢算計，被妳坑了還寫信給妳爹誇什麼強父無弱女，說什麼林家生意後繼有人，妳這麼強悍還需要我這個當娘的疼嗎？」

「我哪有那麼厲害？叔叔伯伯們那是心疼我，故意讓著我，逗我開心呢！」林舒雅笑嘻嘻回了一句，然後又看著拾娘，道：「自家姊妹我不和妳客氣，妳也別和我生分，這件事情就這樣定了。董記胭脂坊不必有什麼變動，我也不會在望遠城開一個和妳搶生意，我給妳五萬兩現銀，妳把方子給我。」

「是妳和我生分，就這麼幾個方子，至於收妳的銀子嗎？」拾娘搖搖頭。她可不好意思收林舒雅的銀子，就算知道她有錢也一樣。

「那就給妳兩成分子，然後再給妳兩萬兩銀子，一萬是方子錢，一萬是提前給妳的紅利……這次不准推辭了，妳要進京和那個老虔婆鬥智鬥勇，沒有銀子妳挺不直腰桿，妳就算不為自己著想，也該為三個孩子多想想。」林舒雅不容拾娘推辭地道，說完又笑嘻嘻地道：「董禎毅可是三元及第的狀元，說不定以後還能當上一品大員，到時候多關照我就是了。」

「拾娘，就聽舒雅的吧。」林太太拍拍拾娘的手，拾娘只能默默地點頭，心頭卻記住自己又欠下的情分——這樁生意做好了，確實能賺不少錢，但是她卻覺得這是林舒雅她們想著法子給自己送錢來，要不然的話時機不會這麼巧，更不會什麼都還不是，就要給自己紅利。

「這就對了。」林太太滿意地點點頭，然後笑著道：「孩子呢？把孩子們叫過來陪我說說話，還有青哥兒，我可想他了。」

拾娘笑笑，立刻讓人去叫輕寒、棣華過來，當然，還在襁褓中，被取名為董棣青的寶寶也抱過來。

谷語姝最後還是帶了孩子進京，可把林太太給想壞了，看見什麼孩子都眼饞得緊……

第一百八十一章

京城什麼人最多？皇親國戚？達官貴人？紈袴子弟？都對，但除了那些之外，還有一樣也比別的地方多，那就是沒有見過世面的土包子。

天子腳下也會有沒有見過世面的土包子？當然有，而且還不少。不過，這些土包子可不是京城人，而是剛剛到京城的外鄉人；他們剛剛到京城，被京城的繁華耀花了眼，看什麼都稀奇，那種傻傻愣愣的樣子，落在生活在天子腳下，自覺高人一等的京城百姓眼中，就是沒有見過世面的土包子。更有那種家有餘產、衣食無憂的閒人專門以捉弄這些外鄉人逗趣。

但是，哪一天的土包子都沒有八月初八這一天來的這一群土包子好玩。

「大爺，從這裡一直走，到第一個十字路口右轉，直行三個路口再左轉，再直行兩個路口左轉，然後再到第一個路口右轉……」一臉老實相，一口外鄉音的小夥子一臉老實地重複著，忽然一頓，故作精明地道：「怎麼這麼複雜，你沒有騙我吧？」

「我怎麼會騙你呢？騙你有什麼好處？」男人沒有想到眼前的小夥子忽然精明起來，反駁了一句之後，又好奇地問道：「你被人騙了嗎？」

「可不是？」小夥子老實地點點頭，道：「我之前問過路了，那人告訴我第一個路口左轉，直行兩個路口左轉，直行一個路口再左轉，再直行兩個路口左轉，然後再直行……結果我早上就在這裡的，轉來轉去還回到了這裡。」

左轉、左轉、左轉再左轉，不就是繞了一個圈嗎？男人感到肚子發疼，那是憋笑憋的，他終於明白眼前的小夥子有多傻了，怪不得哥們特意叫他過來看笑話，還真是……這麼一排的七、八輛馬車被逗著轉圈圈，還真是很有成就感。

憋笑憋得都快成內傷，但男人臉上還是一本正經，看著小夥子質問道：「你看我像是騙人的嗎？」

「這個……不像。」小夥子還真認真地看了看男人的樣子，然後得出了一個結論，之後又難為情地撓了撓頭，道：「這位大哥，我人笨，都記不住您說的話了，您能不能再給我說一遍？」

「沒關係、沒關係，我再給你說一遍。」男人臉上帶著戲謔的笑，一點都不覺得自己故意把原本簡單的路指點得特別複雜有什麼不好意思的，比起那個左轉、左轉再左轉的傢伙，他已經很厚道了。不管怎麼說，他沒有讓這個傻小子再去繞圈子，而是讓他繞點路到達目的地。

他又重複了一邊自己的話，小夥子特別老實地又重複了一遍，這已經是他第三次重複了，好在這一次總算是記住了。

「我記得沒錯了吧。」唸完一遍，心裡已經將眼前的男人罵了個半死，但是臉上卻還是一副老實憨厚的樣子；當然，也因為終於記住那複雜的左轉右轉而帶了幾分得意。

「嗯，就是這樣。」男人一本正經地點點頭，肚子都已經笑破了，很佩服自己把直行過去第五個路口右轉，然後再直行一個路口就能找到的地方說得那麼七拐八拐的，還沒有出錯，然後順口問道：「小兄弟，是從哪裡來京城的啊？去梧桐胡同是去找什麼貴人啊？」

「我是從望遠城來的，這是第一次到京城。京城可真大啊，比望遠城大了不知道多少倍。」感嘆了一句之後，小夥子又笑呵呵道：「我可不是來找什麼人的，我是回家的，我家大少爺在梧桐胡同有宅子，只是我是第一次進京城，沒有去過，這才要問路的。」

「望遠城我聽說過，今年的新科狀元就是望遠城人氏，他可是本朝第一位三元及第的狀元公，是你們望遠城的驕傲啊！」順著小夥子的話感嘆了一聲，表示自己也不是孤陋寡聞之輩之後，男人又好奇地問道：「你們少爺是誰啊？難不成是今年的新科進士？」

家在梧桐胡同，下人卻又不識路，極有可能是剛剛住進了梧桐胡同的那幾個新科進士家的下人。要是那樣的話，戲弄了眼前的小夥子可比戲弄一般的土包子更有成就感，男人滿是期望地看著眼前的小夥子。

小夥子，或者應該稱他為董凱威，再一次不好意思地撓了撓頭，笑呵呵地道：「我家少爺就是今年的新科狀元，梧桐胡同的那宅子還是皇上欽賜的呢！我這是陪我家大少奶奶進京，和我家大少爺團聚呢。」

新科狀元家的下人？車上還坐著新科狀元傳說中堪比夜叉的糟糠之妻？男人的眼睛亮了起來，京城最近的熱門話題就是一表人才、玉樹臨風又滿腹詩書的新科狀元公有一個出身卑微、貌若夜叉的糟糠之妻。比這個更熱門的是醴陵王府的庶出姑娘和新科狀元邂逅，而後一見鍾情、訂下盟約，有人有鼻子有眼地傳著兩個人如何私會，如何山盟海誓；甚至還有人信誓旦旦地說看到醴陵王府的那位庶出姑娘在新科狀元家出入……

有好事者設了賭局，賭這新科狀元是富貴不忘糟糠之妻，還是學著有些沒有良心的休妻另娶，來一齣貴易友富易妻的好戲？目前為止，賠率是一比一。這個賠率很合理——守著無鹽女的糟糠之妻，不但會錯過據說貌若天仙的王府庶女，還會錯過攀上高枝的機會；但是休妻另娶卻有可能招來御史大夫的彈劾，品德上也會有抹不去的污點，這可是兩難的選擇啊！

「小兄弟，聽說你家少夫人長得其醜無比不說，出身也不好，還是個十分難纏的，可有這回事？」男人聲音放低了些，一邊說著眼睛一邊控制不住地往董凱威身後的車隊瞟，心裡猜測著那位董家少夫人坐在哪一輛馬車上。

「誰那麼缺德？胡說八道！」董凱威脹紅了臉，臉上的憤怒有三成是裝出來的。他昨日來找許進動，順便熟悉京城大概道路的時候，就聽許進動說過這件事情了，第二次聽自然沒有乍一聽聞之下那麼吃驚。

「那麼說那些傳言都是假的了？」男人眼睛閃了閃。要是能夠從眼前這個傻小子嘴裡套到些資訊，說不定還能去賭上一把，小賺一筆。他也不貪心，只要能賺幾天的酒錢也就滿足了。

「我又不知道是些什麼傳言，怎麼知道是真是假？不過，我們大少奶奶是好人。」董凱威梗著脖子說了一聲，大有一言不合就要鬧將起來的架勢。

「二子，你不快點趕車，在那裡磨蹭什麼呢？」董凱威身後的馬車簾子掀起一角，一個媳婦子揚聲呵斥了一聲，董凱威唯唯諾諾地應了一聲，立刻跳上馬車坐定，作勢就要趕車。

那男人不願錯失機會，又低聲問道：「兄弟，你說你家少爺會休妻嗎？」

「我家大少奶奶進門三年，給大少爺生了兩兒一女，你說我家大少爺可能休妻嗎？」董凱威白了那男人一眼，示意他讓開，這才趕著馬車照著男人說的趕路。

這倒是個新消息。三年抱兩個已經不容易了，這個董家的少夫人居然能生三個，更不得了，就衝這個，休妻再娶的可能就又小了幾分，只是這話是真是假可得驗證一下。男人目光閃了閃，決定抄近路到董府門前候著看看，要是真有三個孩子的話，那倒是可以去押注，就押董狀元不會休妻。

在一旁看熱鬧的人不少，男人和董凱威後面的幾句話都壓低了聲音，聽見的人不多，但之前的那些話聽見的人卻不少，都看笑話似地看著董凱威，想看看這個新科狀元家的下人拐了多少彎之後才會發現自己被人給糊弄了。

董凱威似乎一點都沒有發現那些看好戲的眼神，還是一臉憨厚地趕著馬車，唯一不同的是剛剛是一臉的笑，現在臉上的笑容卻是沒有了。

馬車隊緩緩地走動起來，照著男人的指引，前行到了第一個十字路口右轉，直行到第二個路口的時候，第二輛馬車上，一個俏丫鬟探出頭來，朝著前面叫道：「二哥，停下車。」

等整個車隊停下來之後，那個俏丫鬟則拿了幾個銅板，給了第二輛車的車伕，往路邊某個小店指了指，交代了一聲，那車伕便棄下馬車，在眾目睽睽之下，買了兩隻糖猴，遞進馬車，然後才又緩緩地駛動起來……

但是沒出去多久，相同的事情又再度發生，又為了街邊某個小店看起來比較新穎好玩的東西停了車，然後買了東西之後又再緩緩出發……

土包子，真是沒見過世面的土包子。看熱鬧的人最後都發出這樣的嘲笑。原本只要半個時辰就能走完的路，硬是被這一群沒有見過世面的土包子花了一個多時辰，一會兒下來買個糖猴，一會兒買兩塊點心，一會兒是看中了街邊小店的小飾品……

沒等車隊到了董府大門口，新科狀元的正室是個沒見過世面的鄉野村姑，見什麼都好奇，見什麼都想買的傳聞已經傳開了；等他們到了董府，一臉憨相的董凱威敲開門，滿臉歡喜的丫鬟、婆子迎出來的時候，但凡是耳目靈通一些的人都知道，傳說中新科狀元的那個無鹽正室已經到了京城……

第一百八十二章

「慕姊姊，您看我這樣穿好看不？」董瑤琳歡快地轉了一個圈。她身上穿的是董夫人剛剛為她找人訂做的衣裙，說是時下京城貴女們最青睞的樣子。

「妹妹人長得人好，穿什麼都漂亮。」慕姿怡隨意誇了一句，眼中卻閃過一絲嫌惡。她對董瑤琳實在是沒有什麼好感，膚淺又俗不可耐，如果她不是董禛毅的親妹妹，是董夫人的心頭肉的話，她瞟都不會瞟她一眼的。

「是嗎？」董瑤琳卻因為這一句敷衍的誇獎而神采飛揚起來，她歡快地湊到慕姿怡面前，道：「那麼後天我就穿這身和慕姊姊一起去寧國侯府赴宴了。」

想到慕姿怡願意帶著自己去寧國侯府，董瑤琳心頭就是一陣火熱。她以前作夢都沒有想到自己能夠到侯府作客，侯府啊，光是想想就已經讓她激動不已了。

聽了董瑤琳的話，慕姿怡總算認真了幾分，仔細打量了董瑤琳，搖搖頭，道：「還是穿妳平常那些衣裳吧。現在滿京城都這個款式，要是穿這身去的話，會被人笑話的。」

呃……慕姿怡的話讓董瑤琳大受打擊，她立刻蔫了下來，悶悶地點點頭。一旁的董夫人立刻朝著思月使了個眼色，讓她拉著董瑤琳去換衣裳，自己則坐到慕姿怡身邊，關心地問道：「姿怡，我看妳心情不好，是不是遇上了什麼為難的事情？」

能好嗎？慕姿怡心裡嘆氣。最近她就沒有遇上一件順心如意的事情，她糾纏董禎毅的事情不知怎地傳開了，董禎毅依舊避而不見，董夫人口口聲聲說不會委屈她卻沒有半點進展，只知道在人前詆毀董禎毅正室的名聲。這個蠢貨，她的詆毀加上那些流言，是個人都認為是她故意抹黑自己的兒媳，已到達不可告人的目的，真是……她有那個時間精力的話，為什麼不去把那個正室給解決了？那女人前些日子生產，那可是難得的好機會。可是她呢？想不到這一點也就罷了，還把自己蒙在鼓裡，直到董禎毅告假離京，瞞不住了才如實相告，她哪怕是早個兩天讓自己知曉，這件事情都還有操作的可能啊！

不過，心裡再怎麼惱怒，慕姿怡也沒有給董夫人臉色看，她只是輕輕地嘆了一聲，道：「伯母，您也知道，外面現在是流言滿天飛，說得繪聲繪色的，要是……這事情怎麼會傳到外面去，還傳得沸沸揚揚……」

董夫人有些心虛。這件事其實是她讓王寶傳出去的，這還是董瑤琳的主意，她這是擔心董禎毅的冷淡態度讓慕姿怡卻步反悔，但要鬧開了的話，慕姿怡恐怕就只能一條路走到黑了。董夫人覺得有道理，便讓王寶把這事情傳出去——除了王寶夫妻倆，董夫人已經沒有可以託付的人了。

看慕姿怡這般苦惱，董夫人除了心虛之外還有些得意，嘴上卻關心地道：「誰知道怎麼會這樣……姿怡，王爺、王妃沒有因此責罵妳吧？」

董夫人這話算是問到慕姿怡心中的痛處了——不管是醴陵王還是醴陵王妃目前為止都沒

有就此事發表任何的意見，彷彿不知道一般。醴陵王是否知道，慕姿怡不敢肯定，她能肯定的是醴陵王妃一定清楚，但她也沒有任何反應。慕姿怡清楚，醴陵王妃從來就沒有把自己當女兒看待，自己的死生榮辱，醴陵王妃估計就一個態度——與我何干。

不過，慕姿怡一直以來都想讓世人知道，她是醴陵王府裡最得寵的姑娘。她臉上習慣性地浮上了掩飾的笑容，但是還沒有等她說那些給自己臉上貼金的話，董瑤琳咋呼地衝了進來，滿臉的不敢置信和憤怒，也不管慕姿怡在場，連連跳腳，道：「娘，莫拾娘來了！」

她終於來了。董夫人只覺得心頭一直懸著的某件事情落到了實處，而後一怔，她怎麼好像盼著這一天呢？

她怎麼來了？慕姿怡大出意外的同時也憤怒起來了，那個卑微、醜陋的女人怎麼敢到京城來？還在這個時候？她應該一輩子躲在望遠城那樣的鄉下地方才對啊。

沒等大受衝擊的她們回過神來，拾娘便在一群丫鬟、婆子的簇擁下笑盈盈地走近。慕姿怡的瞳孔微微一縮。這種通身的氣派可不像是出身貧寒，曾經賣身為奴的人啊……

「見過母親。」拾娘盈盈笑著給董夫人行禮請安，道：「母親離家許久，一定掛念媳婦了，媳婦這一進門就趕過來給母親請安來了。」

請安？董夫人可不相信拾娘的話，她看了看身邊的慕姿怡。她是特意來堵人的吧？

董夫人都能想到拾娘是特意來堵人，讓慕姿怡難看的，慕姿怡當然不會想不到。她上前一步，大大方方地看著拾娘，臉上帶著微笑，眼中滿是鄙夷，語氣也帶著一種不明的意味，道：「伯母，聽這稱呼，看這樣子，這位就是那個出身卑微、相貌醜陋的莫氏了吧？」

「姑娘有眼力，我便是董禎毅的正室莫拾娘。」拾娘盈盈一笑，道：「不知姑娘是哪位？聽這稱呼，看這樣子，莫非是傳聞中嫁不出去，肖想有婦之夫的那位慕四姑娘？」

「妳——」慕姿怡真沒想到拾娘敢這麼對她說話，她從未沒想過有人敢當著她的面把這樣的話擲到她臉上。

「我怎樣？難不成我說錯了，誤會了姑娘？」拾娘反問，不等慕姿怡說話，便又盈盈一笑，道：「要是那樣的話，我向姑娘道歉，順便謝謝姑娘沒有肖想我孩兒的父親。」

慕姿怡知道不管自己怎麼回應都是錯的，只能冷冷地哼一聲，就那麼冷冷地看著拾娘，心裡卻再也沒有了輕敵之心——這樣的一個女子，就算董家所有的人都恨不得將她攆出去，也不是那麼容易打發的，更別說董禎毅似乎沒有休妻的意思了。

打破僵持局面的是董瑤琳。她跳了起來，衝著拾娘道：「妳怎麼到京城來了？這裡也是妳能來的地方嗎？」

「小姑這話說的真稀奇，為什麼我來不得？」拾娘反問一句。

看著沈不住氣又想上躥下跳的女兒，董夫人一陣頭疼，不願當眾責罵女兒，只能沒好氣地對拾娘道：「妳不是說是來請安的嗎？已經見過禮了，該做什麼做什麼去吧。」

「是。」就算董夫人不趕人，拾娘也不準備久留。如董夫人所想，她就是過來見見傳聞中的人的，現在人見到了，她也該回去看孩子，收拾行囊了。她朝著慕姿怡微微一笑，道：

「如果沒有什麼急事的話，慕姑娘不妨在寒舍多待一會兒，在寒舍用過晚膳再走。進京的動靜稍微大了些，我想這會兒，門外一定有不少好事的人逗留呢。」

進京的動靜大了些？慕姿怡微微一怔，這是什麼意思？

董夫人比慕姿怡更瞭解拾娘，拾娘前腳一走，她便馬上讓王寶出去看究竟——董宅外面果然聚集了不少閒人，更有人大搖大擺地坐在街對面朝裡面張望。王寶傻了眼，沒等他打聽，便有人圍了上來向他打聽事情，相互一交流，王寶更傻眼了，立刻回稟董夫人。

董夫人氣得倒仰。她敢肯定莫拾娘是故意的，她那麼能耐的人若非故意，怎麼可能鬧這樣的笑話？她也敢肯定在拾娘鬧了這麼一齣之後，這京城恐怕沒有人不知道董禎毅娶了一個沒有見識的妻子的事情，真是丟臉死了。

比起董夫人，慕姿怡想的卻更多了一些——莫拾娘這是擔心自己被人無聲無息地給害了嗎？要不然為什麼會鬧出這麼大的動靜來？她防的人是誰？是董夫人母女還是自己，或者是……要是他們夫妻已經相互猜疑的話，那麼自己倒是可以算計一二。

怎麼算計是以後的事情了，慕姿怡心氣不平的是自己和拾娘對上的第一回合輸了，只能依照她的話留在董宅，等那些人散去再說了——要是她在董宅出入的事情不再限於流言，而是現於眾目睽睽之下的話，醴陵王妃一定會大大方方地承認養女不教，然後用一頂青衣小轎把她送到董宅來。她是想嫁給董禎毅，但卻從來都沒有想過要給他當小妾！

第一百八十三章

董禎毅很快就回來了。拾娘一進門，都不用她特意交代，便有人把拾娘帶著孩子抵達的消息告訴了他，他沒有耽擱，和上峰告了假，立刻就回來了。他一回來，外面的閒人就散了大半——看董狀元滿臉的笑容，就知道他的心情定然不錯，那麼他們夫妻的感情也應該是不錯的，那麼……想到可以在那場賭局中小賺一筆，那些閒人就都跑去押注了。

董禎毅回到家之後，直奔主院——搬進來的時候，他倒是建議董夫人住這裡，但是董夫人心裡算計著要是慕姿怡嫁進來的話，應該住這裡才像樣，便怎麼都沒有搬進來，讓他住了進來，自己帶著董瑤琳住到了後院，董禎誠則住在了前院。

迎接董禎毅的是輕寒、棣華大大的笑臉，抱了兒女，看看襁褓中睡得正熟的棣青，再看看拾娘，董禎毅的心終於踏實了；但對慕姿怡要留下來用晚膳的事情還是嘀咕了一句——好不容易一家子團聚了，卻夾個外人進來，真是讓人心裡不舒服。

說是在一起用飯，實際上卻是將飯廳用屏風隔開，董禎毅兄弟帶著棣華坐一邊，女眷和慕姿怡這個客人坐在另一邊。看著滿桌子的菜，聽著外間董禎毅和棣華的聲音，再看看拾娘和輕寒的互動，慕姿怡忽然胃口全無。

「今晚的菜還真是不少啊。」董瑤琳看看桌子上的菜，皺皺眉，道：「娘，怎麼這麼多的菜，卻沒有幾個是慕姊姊愛吃的呢？是您忘記了還是廚房的人辦事不力啊？」

董夫人臉上也帶了不滿，冷冷對身邊伺候的王寶家的道：「妳去廚房問問，這到底是怎麼一回事？怎麼這家裡是越來越沒有規矩了？」

董夫人這也是藉故生事，因為拾娘回來得太突然，她都沒有心思管什麼，更沒有特意吩咐廚房加菜；但顯然，她忘記了，別人卻沒有忘記。

「是，夫人。」王寶家的知道，董夫人這是想要找拾娘的不是，誰不知道廚房裡的人是拾娘培植的第一批親信啊。

「不用去了，是我吩咐廚房加的菜，單子也是我擬定，讓廚房照做的。」拾娘淡淡說著，然後輕輕看了慕姿怡一眼，道：「娘沒有讓人傳話，我不敢肯定慕姑娘會留下用膳，便沒有特意照顧。」

「妳吩咐的？妳怎麼會沒知會我一聲？」董夫人被拾娘理所當然的態度氣到了，到了京城之後一直是她打理庶務，什麼事情都要她發話；沒想到拾娘才踏進門，一切就脫離了掌握。

「這些都是媳婦的分內事，不用事事請示母親。」拾娘泰然自若地說著，然後輕輕地拍拍眼睛一直往屏風那邊看的輕寒，笑著道：「是不是想去和爹爹坐一起吃飯？要去的話就去吧，不要淘氣就好。」

「可是我也想陪著娘。」輕寒朝著拾娘笑笑，沒有說想要陪祖母、姑姑的話。孩子都是敏感的，董夫人和董瑤琳不喜歡她，她和她們自然也親近不起來。她略帶了些孩子氣地天真抱怨道：「娘，為什麼要和爹爹、叔叔分開坐呢？這麼大的桌子，可以坐得下啊。」

「因為今天有客人，還是女客，所以不能讓爹爹和叔叔坐過來，那樣的話就太失禮了。」拾娘笑著解釋一聲，道：「娘不是和妳說過嗎，男女七歲不同席，就是這個道理。」

「喔……」輕寒似懂非懂地點點頭，心裡糾結著，是留下來陪娘呢，還是過去找爹爹？唔，她有兩個多月沒有和爹爹一起吃飯了。

「把姑娘牽過去吧。」拾娘笑笑，直接對身邊的綠盈道。輕寒歡歡喜喜地跳下椅子，讓綠盈牽著過去了。

「妳管家？那是以前，現在是娘管家，以後這些事情妳就別管了。」輕寒一走，董瑤琳便一點都不客氣地對拾娘發號施令。她其實很想衝著拾娘吼一聲，但是想起董夫人剛剛過來之前的交代，便又忍住了。她不願意承認的是自從被董禎毅打了一記耳光之後，她對董禎毅便起了深深的忌憚，生怕再被他打一耳光。

「這樣嗎？」拾娘微微一笑，抬眼認真地看著董夫人，道：「娘也是這個意思嗎？如果是的話，媳婦倒也樂得輕鬆。」

「娘當然是這個意思。」董瑤琳想都不想就脫口而出，心裡還冷哼一聲，她以為現在是三年前，需要仰仗她的嫁妝銀子養家的時候啊？

而董夫人也想到這一點，點點頭，淡淡地道：「輕寒、棣華正是淘氣的時候，青哥兒也還小，妳還是專心照顧孩子吧，別的事情就不用管了。」

「是。」拾娘點點頭，管不管家對她現在已經沒有多大的影響了，她樂得好好地清閒一段時間，查清身世、尋找親人也需要時間。

這麼簡單？董夫人沒有想到拾娘這一次會這麼好說話，一點都沒有猶豫就將管家的大權給交了出來，反倒有些不敢相信。而董瑤琳則是喜上眉梢，在她看來，拾娘的管家大權都交出來了，那麼距離將她攆出去的日子也不遠了。

這個家以前是她在管？慕姿怡滿臉微笑地聽著他們談話，臉上看似平靜，但是心裡起了波瀾——那麼，董家的下人又是誰調教出來的呢？如果是她的功勞的話，那麼應該重新估量這個莫氏了。慕姿怡也是跟著教養嬤嬤學過管家的，自然能看出來董家的下人規矩不錯，以前以為是董夫人管教有方，但現在似乎不見得了。

「娘，不能因為大嫂將管家大權交出來，就不追究廚房和她的責任了，要是以後還這麼隨意的話，這家裡還有什麼規矩可言？一定要狠狠地責罰廚房的丫鬟、婆子，讓她們明白什麼叫做規矩，也讓她們知道以後該聽誰的話。」董瑤琳從來都不知道什麼叫做適可而止，她覺得拾娘這一次這麼簡單就將管家的大權交出來一定是因為心虛。她看了慕姿怡一眼，道：「更何況，她們怠慢的還是慕姊姊，更應該罪加一等。」

「妳說的也有道理。」董夫人點點頭，看了看一臉無動於衷的拾娘，道：「王寶家的，妳現在就去，把廚房裡當差的都狠狠地訓斥一頓，管事的幾個杖責十下，其他的人扣半個月的月錢。」

「是，夫人。」王寶家的心裡樂呵呵的，心裡已經想著該怎麼逞威風了。

「等一下。」沒等王寶家的離開，拾娘便出言阻止。

董夫人已經料到拾娘不會那麼輕易讓自己給那些沒有認清楚這個家現在誰說了算的下人一頓殺威棒，拾娘這一出聲，便冷冷問道：「怎麼，老大家的覺得我這樣處理不妥當嗎？」

「娘不管怎麼處置都是妥當的，媳婦不過是有話要交代一聲而已。」拾娘淡淡一笑，側臉對綠盈道：「妳和王寶家的一起過去，等王寶家的把她們處置之後和她們說，就說是我的意思，讓她們今晚就收拾行李，明兒一早全部回望遠城，也別回董府了，我會寫信給太太，讓她們先回林家當差。」

「老大家的，妳這是想做什麼？想和我唱反調嗎？妳這個忤逆不孝的東西！」董夫人用力地拍了一下桌子，一臉怒氣地道。

「娘別誤會，我這不是配合您嗎？」拾娘淡淡看著董夫人，道：「娘到京城之前是看過家中帳冊的，家中這些年就沒有從公中拿過銀錢買下人。這家裡的下人，除了媳婦嫁進門之前就在家中當差的下人，其他的都是媳婦用私房買下的，都算是媳婦的陪嫁；既然娘對她們不滿意，那麼媳婦自然要將她們遣回林家去。」

「妳——」董夫人一直沒有留意過這個問題，但是她知道拾娘既然敢這樣說，那麼就一定不會讓自己抓到小辮子，怪不得所有的下人眼裡、心裡都只有拾娘，原來根源在這裡。

「娘可是覺得媳婦這樣處置不夠乾淨俐落？」董夫人的氣惱拾娘一點都沒有看在眼中，她帶了詢問地道：「那麼這樣吧，除了媳婦身邊缺不得的幾個丫鬟、婆子之外，其他的人都遣回望遠城去，免得娘見了心裡不舒服。」

「妳——」董夫人真不知道該怎麼選擇了，是收回成命，不讓王寶家的去找什麼麻煩，還是和拾娘硬氣到底？但是以她和拾娘這些年鬥智鬥勇的經驗看，要是那樣的話，拾娘還真的敢將董府所有的下人都遣散，那樣董府就會成為一個空架子了。

「伯母，這麼一點點小事沒有必要那麼嚴肅，就當看在我的面子上，放過這件事情吧。」慕姿怡的心沈得厲害。她真沒想到拾娘這般強勢，敢正面和董夫人叫板。

「既然姿怡都為她們求情了，這件事情就算了。」董夫人立刻順著梯子下來，但是卻不是很有底氣地看了拾娘一眼，生怕拾娘不肯。

「還是慕姑娘臉大，那就這樣吧。」拾娘也不想逼得太緊，便輕輕地放過了這件事情。她看了看桌子上的幾個人，胃口全無，她盈盈起身，道：「青哥兒該醒了，我去看他，你們慢用。」

看著拾娘瀟瀟灑灑地離開，慕姿怡袖子都快被撕破了。臉大？這話聽起來怎麼那麼難聽啊……

第一百八十四章

「毅兒，今晚的事情你自己可親眼看到了。」拾娘走後，董夫人臉上無光，慕姿怡心中惱怒，董瑤琳在一旁討巧賣乖也沒讓氣氛好起來，食不知味地用過晚膳，慕姿怡沒有藉機和董禎毅說話便向董夫人告辭了。等她一走，董夫人發作起來，道：「這樣的媳婦你能忍得下，我忍不下，我不管你是怎麼想的，必須把她給休了！」

董禎毅的臉色一沈，董禎誠拍拍他，向他示意兩個孩子還在，他長長地吁了一口氣，帶笑對輕寒、棣華道：「爹爹有話要和祖母好好談談，你們先回去，好嗎？」

「嗯。」輕寒、棣華乖巧地點點頭，一直在一旁的綠盈立刻牽著他們離開。董禎毅等到孩子們走遠之後，才冷冷看著董夫人，淡淡地道：「不知道拾娘到底犯了哪一條，讓娘對她無法容忍，非要兒子休她出門？」

「她不順姑婆，這可是七出之首。」董夫人理直氣壯地看著董禎毅，道：「你也看到了，我說一句她能頂十句回來，這樣的兒媳婦哪個婆婆能忍受？休她出門是理所當然的。」

「既然提到了七出，那麼娘可曾考慮到三不去？」董禎毅反問一聲，又道：「貧賤之知不可忘，糟糠之妻不下堂，娘要兒子休棄糟糠之妻，可知道這是在陷害兒子於不仁不義？」

「那麼你就是不聽娘的話了？」董夫人早就知道兒子不會輕易同意休妻，但是——董夫人的眼睛閃過一絲堅毅之色，這個媳婦必須休出門。

想到這裡，董夫人看著董禎毅，道：「如果你不聽娘的話，那麼娘就不認你這個兒子，娘要敲鼓鳴冤，狀告兒子忤逆不孝。你想清楚，你是想被世人非議，說你對寡母不孝，還是想要讓人說你拋棄糟糠之妻？」

「娘，您怎麼能這樣逼大哥呢？您這不是想將大哥逼上絕路嗎？」董禎誠嘆氣。在董夫人被拾娘弄得下不了臺的時候，他心裡對拾娘不無埋怨，就算知道董夫人是自取其辱也一樣，畢竟那是自己的娘；但現在……子不言無母之過，他無話可說。

「我逼他上絕路？我是你們的娘，你們都是我身上掉下來的肉，為了你們，讓我做什麼我都願意，我怎麼會逼他上絕路呢？」董夫人瞪著插話的小兒子，悲傷欲絕地道：「你爹不管我們孤兒寡母，就那麼撒手去了；他倒是好，還能落得個鐵骨錚錚、寧死不彎的身後之名，卻不想想我一個婦道人家，帶著年幼的你們怎麼過日子？就不想想，沒有了他，我們還能不能熬出頭？現在，我好不容易把你們拉扯大了，好不容易盼著你大哥中了狀元，眼看著就能過上舒心的好日子了，兒子卻又這般不孝……」

看著董夫人傷心的樣子，董禎誠嘆氣，道：「娘，我和大哥都知道您為了我們兄妹吃了不少苦，我們怎麼會不孝順您呢？您怎麼會這麼想呢？」

「孝順？莫氏忤逆不孝，他都不肯休妻，還說孝順。」董夫人開始抹眼淚，董瑤琳則湊到她身邊，輕聲安慰著她。

「娘，這是兩碼事，您怎麼能混為一談呢？再說，大嫂也沒有忤逆您啊。」董禎誠嘆氣，他真的覺得和董夫人說不清楚了。

「我不管那麼多，反正他如果不聽我的，把莫拾娘休出門就是不孝，我就去狀告他忤逆。」董夫人乾脆來個無理取鬧。她看著董禎毅，要他給個說法——他不是愛惜羽毛，不願意背上拋棄糟糠之妻的罵名嗎？那麼他應該知道，比起拋棄糟糠之妻來，忤逆不孝的名聲更糟糕，不光是清流會嗤之以鼻，全天下的人也都會不屑與他的。

「如果娘堅持的話，那麼就去吧，兒子不敢阻攔。」董禎毅看著董夫人，臉上無悲亦無喜。他從來沒有像現在這一刻這麼理解父親心底的苦楚，他淡淡地道：「真到那一步，兒子一死以謝天下也就是了。」

董夫人怔怔看著董禎毅。這一瞬間，她有一種錯覺，覺得眼前的人不是自己的兒子，而是那個已經快要記不清楚模樣的丈夫。

她就那麼呆呆地看著董禎毅，直到董瑤琳擔心地一邊搖晃著她的手一邊叫著她，她才如夢初醒般地一聲嚎啕出來。這次她是真傷心了，眼淚那是一串一串往下掉，和剛剛裝模作樣的抹眼淚完全不一樣了。

「大哥，你怎麼能說這種話？你這不是往娘心窩子上扎刀子嗎？」董瑤琳有些被嚇到了，居然忘記了對董禎毅的畏懼，又大聲質問起來。

看著董夫人那副悲傷的樣子，董禎毅心裡也不好過，只能是微微嘆氣。董禎誠也是一樣，大家都沒有說話的心思，一時之間除了董夫人的嚎哭聲，再無其他聲息。

「這是怎麼了？」還是拾娘的聲音打破了這樣的死寂，她來了有一會兒了，只是一直站在外面沒有進來罷了。

「妳還有臉問？」董瑤琳對拾娘怒目而視，道：「如果不是因為妳的話，能鬧到這一步嗎？都是妳的錯。」

「我的錯？」拾娘輕輕一挑眉，反問道：「不知道我錯在哪裡？小姑說來我聽聽。」

「妳錯在哪裡？妳的存在就是一種錯誤。」董瑤琳瞪著拾娘，道：「妳就不該嫁進門來，打妳進門之後，這個家就沒有安生過。」

「瑤琳。」董禎毅怒斥一聲，因為董夫人的悲慟而起的愧疚被董瑤琳的這些話打得蕩然無存——如果不是董夫人一直對董瑤琳這般說，向她灌輸這樣的思想的話，這樣的話她怎麼會脫口而出呢？

「難道不是嗎？我說錯什麼了？自從她進門，這個家就沒有安生過，這不是事實嗎？」董瑤琳這次算是豁出去了，她梗著脖子看著董禎毅，道：「你除了會吼我、會打我，還會做什麼？」

「禎毅，你也別生氣。」拾娘上前一步，安撫地拉了董禎毅一下，而後淡淡看著董瑤琳，道：「我明白妳的意思，妳覺得我配不上妳大哥，不該嫁給他。可是，現實是我不但嫁給了妳大哥，還與他琴瑟和鳴，為他生兒育女。如果說娘真心為了這個家，為了禎毅好，就應該用一種寬容之心接受我，而不是逼著他休妻。」

「就是為了這個家，為了大哥，娘才要這樣做。只要休了妳，大哥就能娶高門出身的妻子進門，有了岳家的幫助，大哥能夠一展鴻圖，二哥的科舉之路也會走得順暢，而我也能夠有個好的前程未來；還有輕寒、棣華他們……」董瑤琳越說越覺得自己和董夫人沒錯，她看著拾娘，道：「妳應該知道妳的出身相貌，妳的一切不但會讓大哥成為他人的笑柄，更會影響輕寒、棣華他們的未來。」

「所以呢？」拾娘嘴角挑起一個冷笑。

「所以，為了這個家，為了大哥，也為了妳自己的親生兒女，妳應該自請下堂。」董瑤琳看著拾娘，道：「那樣的話，大哥不用背上拋棄糟糠之妻的罵名，娘和大哥也不會因為妳生隙，董家也會越來越興旺，孩子們也會越來越好……」

自請下堂，她還真敢說。拾娘看著董瑤琳，再轉向董夫人，冷冷地道：「娘也是這麼想的嗎？將我休出門，讓禎毅娶一個高門貴女進門？」

「是。」董夫人知道話都說到這個地步了，再維持和睦的假象，裝作什麼事情都沒有發生已經是不可能的了，也就乾脆地道：「我向妳保證，只要妳自請下堂的話，我一定會好好地對三個孩子，妳就算不為這個家和禎毅著想，也該為孩子們考慮……」

「我可以不考慮家宅，不考慮禎毅的前程，卻怎麼都不能不為孩子們打算。」拾娘看著董夫人，道：「娘就是這個意思，對吧？」

「妳同意自請下堂？」董夫人懷疑地看著拾娘，她不敢相信拾娘會答應。

「當然不。就算是為了孩子我也會堅守到底的。」拾娘搖搖頭，淡淡地道：「只要我活著一天，那麼我就不會讓出自己的位置，我也相信禎毅不會為了所謂的榮華富貴拋妻棄子，娘還是死了那條心吧。」

「妳——」董夫人咬牙，道：「妳真的要為了自己的一己之私，讓禎毅背負上忤逆不孝名聲？」

「禎毅是您的兒子，您都不在乎了，我又何必在乎？」拾娘淡淡地一笑，轉頭看著董禎毅，道：「如果真有那一天的話，你的努力就會成空，抱負更不能實現，只能和我回望遠城做一對貧賤夫妻了，你會怨我嗎？」

董禎毅搖搖頭，卻又笑著反問道：「如果我真的一死以謝天下的話，妳會不會怨我呢？」

拾娘也搖搖頭，董禎毅便笑著看向董夫人，道：「娘，我和拾娘做好了決定，我不會休妻，她也不會離開；至於娘……如果娘願意成全兒子的話，那麼就不要再提此事，如果娘要一意孤行的話，那麼，兒子也只能向娘說聲不孝了。」

第一百八十五章

「姑娘，您喝口茶，消消氣。」豆綠給慕姿怡倒上一杯涼茶，輕聲勸慰著，知道自家主子現在定然是滿腹的怒火。

「我嚥不下這口氣。」慕姿怡一點都不文雅地將茶水一飲而盡，然後重重一放，道：「我何曾受過這樣的氣？莫氏，我絕對不會放過她！」

「這是怎麼了？誰惹妳生這麼大氣，連這種話都說出來了。」她的話音剛落，門口便傳來一個嬌媚的聲音。慕姿怡立刻跳下地來，撲了上去，軟軟叫道：「姨娘……」

來的卻是慕姿怡的生母，醴陵王的妾室丁月眉。她輕輕地拍了拍慕姿怡，道：「好了、好了，又不是小孩子了，還整天只會撒嬌。」

「人家也只向姨娘撒嬌而已。」慕姿怡賴在丁月眉身上，嘟著嘴道：「除了姨娘之外，還有誰會什麼事情都為人家考慮啊？」

「這張小嘴還是這麼甜。」丁月眉昵愛地捏了捏慕姿怡的鼻子，笑著問道：「今天怎麼到這會兒才回來，還這麼一副樣子？誰敢給我的好姑娘受氣了？」

「還不是董家的那個醜婦。」想到拾娘，慕姿怡心頭便有氣，也不賴在丁月眉身上了。豆綠乖巧地給她又倒了杯涼茶，她再次一飲而盡，將今天的事情說了一遍，然後氣惱地道：

「姨娘，妳說我能忍得下來嗎？這個莫氏……要是可以的話，我必將她挫骨揚灰。」

「看來這個莫氏還真不簡單。」丁月眉皺了皺眉頭，然後又抱怨道：「妳也是，天下那麼多的好男兒，看上誰不好，偏偏看中個有婦之夫……」

「姨娘，我說過，我只嫁狀元郎。」慕姿怡咬牙切齒地道：「董禎毅可能是本朝唯一一個三元及第的狀元郎，就算冒天下之大不韙，我也要嫁給他。」

「妳啊，為了賭那一口氣就這樣真的是不值得。」丁月眉最明白慕姿怡的心結，她搖頭嘆氣，道：「就算妳嫁了董禎毅，她也不會——」

「我要嫁董禎毅為的是自己，和別人沒有干係，更不是為了賭什麼氣。」慕姿怡不等丁月眉說完，便又打斷了她的話，然後轉移話題，問道：「姨娘，都這麼晚了，妳過來做什麼？有什麼事情嗎？」

「沒有事情就不能來看妳嗎？」丁月眉無奈地搖搖頭。這件事情她們談過不止一次，慕姿怡從來就聽不進去，她也只能作罷。

「姨娘習慣早睡，都這麼晚了，要是沒有事情的話，姨娘應該已經睡了。」慕姿怡笑笑，看著丁月眉，道：「姨娘還是直接說吧。」

「唉……」丁月眉嘆了一口氣，然後看著慕姿怡，道：「妳還記得西寧侯府的那位李姨娘嗎？就是和姨娘關係很好的那個，今天姨娘和她在一起喝茶，她提起了妳——」

「姨娘來往的就那麼幾個人，我自然記得，但是，她怎麼會和娘提起我？」慕姿怡沒有耐心地打斷了丁月眉的話。那個李姨娘她自然是不陌生，那位也曾經是京城有名的樂女，和丁月眉是齊名的好姊妹；當年就是西寧侯將這兩人一起買下，把更妖嬈出眾的丁月眉送給了醴陵侯，將稍微遜色的李姨娘留下自己收用。

李姨娘也是個有手段的，和丁月眉一起懷了孩子，當時醴陵侯和西寧侯曾戲言，說這兩個姨娘生的要都是女兒或兒子的話，就結為兄弟或姊妹，要是一男一女的話就結為兒女親家。李姨娘生的是個兒子，也曾提過結為兒女親家的話，兩人年幼的時候，丁月眉倒也覺得這樣不錯；但今上登基之後，醴陵侯成了醴陵王，深得聖心，而西寧侯還是西寧侯，且為今上所不喜疏遠，這種話便極少提起了。

「妳也知道，李姨娘所生的西寧侯庶子懷勇也不小了，他自幼頑劣，不得西寧侯歡心，西寧侯夫人又厭了李姨娘，也沒有對他的婚事上心……」丁月眉搖搖頭，雖然說要生個兒子才有依靠，但生個頑劣不堪的兒子真的不如生個貼心的女兒。

「所以呢？又舊話重提？」慕姿怡冷哼一聲，道：「姨娘，我是絕對不會嫁給秦懷勇那個蠢貨的，這件事情還是別提了，免得讓人聽了掛在心上，誤了我的終生。」

「李姨娘知道妳心氣高，看不上懷勇，她可沒有再提那些讓大家心裡都不舒服的事情，她是想看看能不能和董家攀個親。」丁月眉知道慕姿怡在忌諱什麼，她不就是擔心醴陵王妃和西寧侯夫人打聲招呼，然後兩個當家夫人便把那句戲言做成了真了嗎？

「妳是說董瑤琳？」慕姿怡微微一怔，道：「董瑤琳要相貌沒相貌，要才華沒才華，出身也不怎麼樣，李姨娘怎麼就看中了她？」

「她有個好哥哥啊。」丁月眉透過慕姿怡倒也知道董瑤琳的不少事情，她看著慕姿怡道：「董禎毅是什麼？是三元及第的狀元，現在又是翰林院編撰，如果沒有意外，他將來的成就必然不差，就算不能拜相，二品大員也是跑不了的。懷勇呢？不過是西寧侯府一個不成器、不得寵的庶子，與其娶一個空架子一樣的庶女為妻，倒不如娶董瑤琳這樣的姑娘回去。董家可就這麼一個女兒，嫁妝上必然不會虧待，要是董禎毅平步青雲了，也一定不會忘記提攜一二。這個親要是能成，那可是懷勇高攀了。」

「所以，李姨娘是想透過我促成這門親事？」慕姿怡皺皺眉頭。以董夫人和董瑤琳的短視和愛慕虛榮，要促成這麼一門親事不難；但是那個秦懷勇不但是不學無術的草包，還學了一身紈袴子弟的惡習，不是什麼良配啊。

「嗯。」丁月眉點點頭，道：「李姨娘是想讓妳搭個橋，讓她和董夫人認識，只要董夫人點頭，她一定會說服西寧侯同意婚事，還說了要是這樁婚事能成的話，一定重謝。」

「她一定也說了，要是我不合作的話，一定會再提父親和西寧侯的那些戲言，等著我嫁過去，對吧？」慕姿怡冷哼一聲，道：「董瑤琳雖然不怎麼樣，但是配秦懷勇卻還是糟蹋了，這種缺德的事情我不做。」

李姨娘確實是隱晦地威脅了一番，丁月眉也不會為她辯解什麼，她看著慕姿怡，道：「妳不是說董瑤琳愛慕虛榮，想嫁進王侯人家嗎？妳看不上秦懷勇，說不定人家還覺得這是門好親事呢？又沒有要妳做什麼，無非不過是在董夫人面前提一句，給李姨娘搭個橋，讓她們認識而已。知道妳不在乎李姨娘說的重謝，但是起碼少些麻煩不是？」

「姨娘，妳不知道，董夫人是短視的，要是她真的同意了這門親事……不行，我不能插手，這事情不成還好，要是成了，可就糟糕了。」慕姿怡搖搖頭。她是非要嫁到董家的，要是秦懷勇那樣的人成了自己的妹夫，豈不糟心？

「妳這孩子……只要妳搭個橋讓她們認識，別的自有李姨娘去謀算，不用妳去管。要是不成，那是董夫人明智，李姨娘只能怨自己生的不是東西，不能怪我們不幫忙；要是成了，董夫人也只能怨自己眼光不好，找錯了女婿，哪能怨上妳啊？」丁月眉搖搖頭，努力說服著慕姿怡，道：「妳想想，就算是媒人說媒，也都只管撮合，成了親之後怎麼樣，哪個媒人會理會？妳還不是撮合，只是介紹這兩人認識而已，更不用擔什麼干係了。」

「可是我也得為自己著想啊！要是這件事情成了，秦懷勇那樣的人成了董家的姑爺，我這不是給自己找麻煩嗎？」慕姿怡搖搖頭。她才不是為董瑤琳考慮呢，她是不想讓自己以後的生活充滿了麻煩。

「這個妳就更不懂了吧？」丁月眉搖搖頭，噓下了慕姿怡不一定能夠如願的話，道：「妳想想，她現在能夠站在妳這一邊，慫恿著董夫人逼董禎毅休妻，將來就有可能慫恿董家人對妳不好。這男人啊，休過一次正室，就可能休第二次，一次更比一次乾脆。但如果她過得不好，自己的事情都還亂不過來，又怎麼有閒心去管娘家的事情？所以，妳還真不能為她考慮。」

「姨娘說的似乎也很有道理。」慕姿怡點點頭。是啊，要是自己不能得償所願，那麼董瑤琳嫁什麼人都和自己無關；但如果自己能夠如願，董瑤琳還真是不能嫁得好了，要不然的話，以她那種白眼兒狼的性格，還真的可能像現在對拾娘那般對自己。尤其是等董家人知道自己在醴陵王府的地位沒有自己說的那麼高之後，這樣的事情更有可能會發生。

「姨娘也是斟酌再三才和妳提這件事情的，不會錯的。」丁月眉看著慕姿怡，道：「這件事情啊一舉兩得，既能消除了李姨娘這邊的那個隱患，又能把董瑤琳這個不安分的小姑子給早早處理掉，妳還是好好考慮一下吧！」

「這不是小事情，我再好好想想，姨娘先不要給李姨娘答覆。」慕姿怡點點頭，表示自己把這件事情記到心上了，至於怎麼做，還需要想想。

「妳肯考慮就行。」丁月眉點點頭，然後道：「時間不早了，妳也早點休息，別為無關緊要的人和事情氣壞了自己。」

「我知道了。」丁月眉不提的話，慕姿怡倒也忘了自己之前在生氣，這麼一提起來，肚子裡的火就又上來了。她勉強笑笑，道：「姨娘還是先回去休息吧。」

第一百八十六章

「別笑了行不行？」董禎毅沒有好臉色地看著林永星。自從坐下來，這傢伙就一直在笑，他可不是過來給他笑話的。他威脅道：「你要再這樣的話，我就回去了。」

「好、好，我不笑了。」林永星點點頭，卻又忍不住笑著道：「拾娘就是拾娘，做什麼事情都出人意表，就連進個京都能弄出這麼大的動靜來。禎毅，你說，這會兒京城還有人不知道董大狀元的夫人已經進京了嗎？」

「恐怕除了聾子以外都知道了。」胡學磊笑呵呵地接上話。他現在沒事的時候也喜歡和董禎毅等人混在一起。董禎毅、林永星是極好相處的人，和他們在一起不但不會有什麼負擔，還經常能夠見到一些貴人，譬如說醴陵王世子慕潮陽。咳咳，這位貴人看董禎毅的眼神很不一樣呢，他都忍不住猜測這位盛傳有龍陽之癖的貴人是不是和其庶妹一樣，也看中了董禎毅，要是那樣的話，董禎毅還真是中了傳說中的桃花煞了。

「哈哈哈！」林永星又大笑起來，笑得坐都坐不穩了。以他對拾娘的瞭解，他敢肯定拾娘這是故意的，他笑著道：「胡兄或許也聽說了，認真算起來我還是禎毅的大舅兄，我這個義妹啊，每每都有驚人之舉，就連我這個熟悉她的人也拿不準她會做什麼。」

「你這話我會回去轉告拾娘的，你笑成這樣子，我也一樣會轉告的。」董禎毅看著林永星，淡淡地威脅一句，成功地看到林永星噤聲。他就知道，林永星也就敢在自己面前這般肆意張狂，要是拾娘在的話，他肯定不敢這麼肆意大笑。

「看來林兄對你這位義妹還是很忌憚的啊。」這下換胡學磊大笑起來。這麼一說就讓林永星老實起來，董禎毅的這位正室夫人還真是不簡單。他笑著問道：「林兄覺得應該怎麼評價董少夫人呢？」

「好一個妙人。」一個聲音在門口響起，幾人聽到那熟悉的語調，一起轉頭，果然見一身妖嬈的慕潮陽站在門口，和他一道的還有柳倬、傅琦善幾個，甚至還有有過一面之緣的大皇子。三人連忙起身向大皇子見禮，大皇子笑笑，讓眾人免禮，然後重新落座。

「慕兄說得沒錯，董兄的這位夫人還真正是個妙人。」柳倬帶了幾分讚嘆地笑道：「我看董少夫人對京城那些流言定然有所耳聞，所以才鬧了這麼一齣，她這般行事風格，倒讓我想起了一個人，那個人也是這般潑辣大膽。」

「柳兄說的可是鬼才閻旻烯？」傅琦善笑著道：「昨日，家父聽到董少夫人這般行事之後也忍俊不禁地笑了一場，說可惜了，要是董少夫人身為男兒身的話，說不定又能出個鬼才一般的人物。」

「不錯。」柳倬笑著點頭，道：「閻旻烯心思縝密，行事卻潑辣大膽，每每做些出人意表的事情，讓人啼笑之餘也不忍不住嘆服，閻家所有的靈氣盡在其身啊！」

「心思縝密？我倒認為他是狡詐詭譎。」大皇子卻哼了一聲，顯然對閻旻烯很有意見，而慕潮陽也贊同地點點頭。

「大皇子這樣說倒也貼切。」傅琦善點點頭，笑著道：「當年戾王矯詔上位之時，閻氏的老族長血濺朝堂，保全了滯留宮中貴人性命的事情應該就是他的手筆，如果沒有那麼一齣，閻家定然不能保全下來。」

「除了他以外，還有誰能想出那樣的主意？」大皇子冷哼一聲。對閻旻烯，他和慕潮陽都更為熟悉。小的時候不知道被那個總是一臉笑嘻嘻的人捉弄了多少次，旁人都以為他們對閻旻烯的恨惱是因為他當年和戾王一起謀逆，但只有他們兩人知道，那種惱多於恨的感情是因為小時候的陰影。至於謀逆，他是閻貴妃的親姪兒，是戾王的親表兄，他們要謀逆，他豈能不附逆？

董禎毅對他們提起的事情倒也不陌生。當年戾王登基之後，今上在燕州起兵討逆，戾王便要拿滯留東宮、沒有來得及逃走的當今皇后以及皇子、皇女祭旗立威。閻氏族長、閻貴妃的親大伯，在朝堂之上第一個跳出來反對，更不惜以頭觸柱，血濺當場來阻止戾王的這一舉動。滿朝文武不是閻家人，就是和閻家有著千絲萬縷關係的，再不然就是心思不定或乾脆就是向著太子的，閻家族長都跳出來反對了，餘人自然也不會贊同，戾王也只能忍下心頭氣，而今上的妻妾子女也得以保全。

等到今上登基之後，滿門抄斬的權貴家族不在少數，但對閻氏卻只是將閻貴妃以及特別親近的幾房抄斬，閻氏子弟被免官罷職，大多數族人平安無事——不是今上不想將閻氏滿門抄斬，消除心頭之氣以絕後患，而是今上不能那樣做，要不定然被天下人詬病。

對於這樣的一個人，董禎毅也是敬嘆不已的，謀逆還能在事敗之後保全家族的，古往今來真是屈指可數；閻旻烯能夠為家族謀劃到這一步，算得上是絕頂天才了。

「不提那個掃興的。」慕潮陽揮揮手，帶了一股陰柔的味道，他轉眼看向董禎毅，道：「你這位夫人倒真是位妙人，有時間讓我也見見，我可是極少對女人這麼感興趣呢。」

這話……雖然和慕潮陽接觸得不少，但董禎毅怎麼都無法習慣慕潮陽，更對怎麼應付他感到頭疼。他苦笑一聲，將目光投向大皇子，希望他能說兩句。

大皇子倒也沒有辜負董禎毅的期望，他輕咳一聲，道：「賢弟，男女有別，你這麼說不是讓禎毅為難嗎？答應你，是對妻子的不尊重，也於禮不合，不答應你卻又似乎不近人情。這樣的話以後別再說了。」

「哎呦，表哥，您也真是的，和別人能說男女有別，和我就不用講究那麼多了吧。」慕潮陽嗔了一聲，卻又看著董禎毅道：「你別聽表哥的，有時間還是給我們介紹一下，說不定我們還能成為好姊妹呢。」

除了大皇子以外，其他人都生生地打了個寒顫，董禎毅更是全身的寒毛都豎了起來——這話聽著怎麼那麼有歧義啊？

「世子，拾娘素來都不喜歡出門，更不喜歡見外人，還是算了吧。」林永星看不過去地為董禎毅說了句話，主要是擔心這個妖孽真的見了拾娘，鬧出些不好收場的事情來。

「拾娘？好特別的名字啊。」慕潮陽捉摸了一下，笑著問道：「她怎麼會起這麼一個名字？是她排行第十呢，還是被人拾回去養的？禎毅，你說給我聽聽。」

「賢弟！」大皇子警告地叫了一聲，又歉然地看著董禎毅，道：「他自前些天忽然有些心情低沈，不知道說了多少胡言亂語，你不要理會他就是。」

似乎被大皇子說到了痛處，慕潮陽的臉色有些陰沈，心情也低沈下去，也沒有心思再說什麼話了，哼了一聲，軟軟地靠著椅背，雖然還是一貫的慵懶姿態，卻帶了一股無言的悲傷。

「是。」董禎毅點點頭，卻又嘆口氣，看著慕潮陽，欲言又止。

「要說什麼就說吧，我聽著呢。」慕潮陽對董禎毅素來都是不一樣的，雖然自己的心情極為不好，但還是道：「要是有什麼需要我幫忙的，也可以說一聲。」

「還真是想請世子幫個忙。」慕潮陽苦笑一聲，道：「世子應該知道令妹……令妹……」

「你想說的是慕姿怡沒皮沒臉地糾纏你，還和你短視的母親，同樣沒皮沒臉的妹妹打成一團，試圖讓你母親逼你休妻，然後她好嫁給你的事情吧？」慕潮陽很直接地道：「這件事情我是知道的，而且知道得很清楚，只是不知道你想說的是什麼。」

「令妹的行為讓董某不勝其煩，原本以為只要我不給予任何回應，不理不睬，便會慢慢消停；但顯然，董某想得簡單了。」董禎毅苦笑一聲，道：「還請世子在王妃面前說句話，請她約束令妹，不要讓令妹隨意出門，我真的不願意再見到她，更不願意讓她攪得董家家宅不寧。」

「我還以為你會樂意見她被你那個厲害的正室狠狠修理呢。」慕潮陽嫵媚一笑，然後對幾個有些迷惑的人道：「你們一定不知道，他的那個正室有多刁悍。昨天到了董宅的第一件事情說是去給董夫人請安見禮，其實卻是去董夫人那裡堵慕姿怡那個沒羞沒臊的，把慕姿怡折辱了一頓，聽說慕姿怡昨晚翻來覆去一夜都沒合眼呢。」

拾娘一向刁悍，堵人順便折辱對手像是她會做的事情。林永星心有戚戚地點點頭，而董禎毅則看著慕潮陽，道：「確實，令妹和拙荊對上，吃虧的絕對不會是拙荊；但是拙荊身子剛剛調養好，又有三個孩子需要操心，我不想讓她再為無關緊要的人費神，更不希望家母、舍妹和人沆瀣一氣，一起為難拙荊。還請世子幫忙。」

「行，沒問題，我抽時間和娘打聲招呼便是。」慕潮陽不是很認真地應諾一聲，很快又變了臉，道：「以後直接叫她的名字便是，別一口一個令妹的，我聽了不舒服。我爹的女兒不等於我的妹妹，我沒有這麼不爭氣的丟人妹妹。」

「那麼，董某先謝過世子。」董禎毅很鄭重地向慕潮陽道謝，要是慕姿怡不能再那麼隨意地出入董家的話，董夫人應該會收斂一些。只是這也只是權宜之計，還得找個鎮得住董夫人的，好好地訓斥她一頓，打消她那些不該有的念頭才是……

第一百八十七章

「到了寧國侯府，一定要好好地聽姿怡招呼，切記不能任性胡鬧，明白嗎？」董夫人送女兒坐上馬車，再次不放心地叮嚀。這是董瑤琳第一次參加京城姑娘們的集會，絕不能出半點差錯，不然她不但會淪為笑柄，還會被那些姑娘排斥，更有甚者還會影響她的婚事。

「我知道了，娘，您就放心吧。」董瑤琳也知道這一次露面對自己很重要，面對董夫人的一再叮囑，倒也沒有不耐煩，而是一臉嚴肅認真地點點頭，再努力笑笑，道：「我一定會讓所有的人都知道，我是個有教養、有規矩的，您就放心吧。」

「姿怡……」董夫人還是不怎麼放心，自己的女兒自己心裡最清楚，雖然她嘴上總是說董瑤琳沒有什麼不好；但是……唉，她有的時候真的是被自己給寵壞了。

「伯母，您放心好了，我會提點瑤琳的。」慕姿怡笑著應諾，道：「瑤琳一向聰明伶俐，嘴巴又甜，今天一起去的又都是和我交情好的，一定都會喜歡瑤琳的。」

董夫人點點頭，退後幾步，慕姿怡這才吩咐下人趕車，很快就駛離了董宅。董夫人直到馬車駛出了視線，再也看不到之後，才慢慢回去。

「慕姊姊，我今天這樣打扮還可以吧？」這個時候，董瑤琳才有時間問慕姿怡這個問題。雖然她已經問過董夫人和身邊伺候的丫鬟，個個都說她的打扮很得體了，但是她還是想再問問慕姿怡的意見。

現在才問是不是太晚了？慕姿怡心裡有些不耐，卻仍笑著打量董瑤琳。「挺好的，不隨意但也不會失禮，很適合今天這種小聚會──咦，妳用了什麼香粉？這味道倒是很特別。」

「我用的是甘菊味道的香粉，今天不是去賞菊嗎？我覺得這個味道應該挺應景的。慕姊姊，是不是不大合適？」董瑤琳有些忐忑。她這個香粉是拾娘這一次從望遠城帶過來的，是專門為她量身定做的一款香粉，為的就是讓她身上有自己獨特的氣息──拾娘對董瑤琳沒有半點好感，但是在這方面卻從來都不會虧待她。每次給她和董夫人的東西，都是當著董禎毅的面收拾整理然後送過去的，在董禎毅眼中，拾娘為了這個家付出了很多，對所有的人，包括她都盡心盡力。

「那倒不是，很特別也很合適。」慕姿怡輕輕地搖搖頭，再一次輕嗅了一下那股淡淡的、帶了一點點甜香的特殊菊花香氣，笑著道：「這款香粉是從什麼地方買的？傾城坊好像沒有。」

「是前天從望遠城帶過來的……」董瑤琳說這話的時候偷偷看了慕姿怡一眼，小心地沒有說這東西是拾娘帶來的，見慕姿怡的神色如常，她才繼續道：「我記得以前和慕姊姊提過，說我們家在望遠城有一家胭脂鋪子……那鋪子裡賣的胭脂香粉都是自己的師傅製作出來的，這一款香粉我以前也沒有見過，應該是這一次專門給我做的。」

董瑤琳說得輕描淡寫，慕姿怡心裡卻忽然起了波瀾。醴陵王妃雖然不待見她，但是吃穿用度上卻從來不會短缺她，她吃的、用的都是很好的。一直以來，她用的都是傾城坊的胭脂香粉，還是最好、最貴的那些，她比任何人都知道那些東西有多貴，更知道要特別調製一款給自己的東西有多麼奢侈。她看了一眼渾然不覺的董瑤琳，笑著問道：「妳往日用的胭脂香粉也都是自家鋪子裡的嗎？」

董瑤琳用的那些東西她是見過的，沒想太多，只以為是董夫人來京城之後給她添置的——那些東西不管是色澤、質地、香味都極好，比不上她用的那些，也沒有遜色太多，不是小地方能買到的，但董瑤琳身上這款從未見過的香粉卻讓她懷疑起來了。

「嗯。」董瑤琳點點頭，帶了些抱怨地道：「可不是，好像還有兩款是專門給我做的，反正那個做胭脂香粉的師傅還特意來看過我，說是照著我的膚色來做的。唉，我一直想用傾城坊的，可娘總是說我還有那麼多沒用完，不能胡亂花錢……原本以為等那些用完了就可以去傾城坊買了，但是那個人這一次進京又帶了好多，用上個一年半載也沒問題。真是討厭，這樣下去的話，我什麼時候才能用上傾城坊的好東西啊？」

真是身在福中不知福。慕姿怡心裡斥了一聲，卻又道：「照妳這麼說，家中應該有不少的胭脂香粉方子才是。」

「應該是吧？」拾娘手上有多少胭脂香粉的方子，董夫人沒有關心過，董瑤琳自然也是不知道的，只能模稜兩可地回了一句，又擔心慕姿怡認為她在敷衍，補充道：「那些方子都是莫氏帶過來的，好像是她早死的爹留給她的，她藏得可緊了，誰也沒有見過，更不知道到底有多少。不過胭脂坊賣著十多種，她自己用的也是特製的，加上娘和我用著幾款，應該是有不少才對。」

方子是莫氏的？慕姿怡微微一怔。她倒是聽教養嬤嬤說過，那些真正的世家大族都會有一些很特別的胭脂香粉方子，都是專門研究出來給家族中最優秀、血統最正也最得寵的嫡支、嫡女用的。她的嫡母醴陵王妃是河西杜家的嫡出姑娘，她用的胭脂香粉就是特製、獨一無二的那種。照這麼來說，這個莫氏出身不見得會差，說不定還是當年附逆戾王的某個家族的餘孽；要是那樣的話……她眼中閃過一絲寒光，要是那樣的話，想要解決莫氏就太簡單了，只是董禎毅一定會受到影響，說不定還會被誅連，那對自己可沒有什麼好處。

「董記胭脂坊賣的胭脂香粉都是莫氏拿出來的方子做的？」慕姿怡又問了一句。她倒也打聽過，知道董家在望遠城略有些產業，最賺錢的就是胭脂坊；但是從董瑤琳的話推敲起來，董家以前不但是莫氏當家，還有可能就是靠著莫氏才能過得這麼安逸。

「是啊。」董瑤琳點點頭，不覺得這有什麼。她那種理所當然的姿態讓慕姿怡暗自搖頭，這董瑤琳還真是隻養不熟的白眼狼，她現在能這樣對莫氏，將來也能這樣對自己；看來是不能讓她嫁得好了，然後有時間、有精力、有閒心找自己的麻煩。

「瑤琳能弄到兩個特別的方子嗎？」慕姿怡笑著道：「說了也不怕妳笑話，我用的胭脂香粉雖然都是傾城坊最好的東西，卻還真沒有那種獨一無二的，一直很想要專屬自己的東西，只是從來沒有那樣的機會。畢竟我是王府的姑娘，不能和那些胭脂香粉的匠人或賣胭脂的商賈打交道的。」

如果能夠弄到的話，她就可以拿著那些方子威脅莫氏，她就不信，在家破人亡的威脅下，她還敢像現在這麼硬氣。

「這個……」董瑤琳很是遲疑。拾娘身邊的丫鬟、婆子都不怎麼買她的帳，無緣無故要從拾娘手裡得到這些東西，還真的是有些困難的；她可沒有忘記自己當年不過是想為儷娘、思月要點胭脂香粉，都被拾娘拒絕和嘲諷。

「要是瑤琳覺得很為難的話，那就算了。」董瑤琳的為難慕姿怡看在眼底，她立刻以退為進地道：「那是莫氏的東西，拿不到也是很正常的。」

「她都嫁到董家了，她的東西就是董家的，我讓娘跟她要。」董瑤琳本是個沒腦子的，立刻就進了套，還問：「不知慕姊姊喜歡什麼香味，我看能不能找到一款您喜歡的。」

「梅香。」慕姿怡隨口道，但是說完自己卻怔住了。醴陵王府上上下下，不管是香粉還是荷包，好像都沒有梅香的，要是真有一款獨特的梅香香粉什麼的倒也不錯，威脅完莫氏之後，還可以讓人照方子做了試用一下。

梅香？董瑤琳眼睛一亮，她記得拾娘用的就是一整套梅香的，不管是胭脂香粉還是口脂，都帶了一股幽幽的梅香，她很喜歡，但是董禎毅卻說什麼那是專屬拾娘的，說什麼都不同意給她用，真是氣死人了。

「怎麼，剛好有嗎？」慕姿怡笑問一聲。

「好像是有那麼一款，只是做起來很繁複……慕姊姊，妳就等著吧，我一定給妳把東西找來。」董瑤琳爽快答應地道。她都已經想好了，讓董夫人逼著拾娘拿方子出來，她就不信，連這個東西拾娘都敢藏私。

「那麼我就等妳的好消息了。」慕姿怡笑笑，然後又神秘地道：「如果妳能盡快給我好消息的話，我也會盡快給妳一個好消息。」

看著慕姿怡神秘兮兮的樣子，董瑤琳忽然福至心靈，脫口而出，問道：「什麼好消息？可是……可是……」

她再怎麼厚臉皮，到了這個時候，也有些不好意思起來。

「不錯。」慕姿怡笑笑，道：「對方是侯府庶子，長得相貌堂堂，生母是侯爺最寵愛的妾室……要是瑤琳不覺得委屈的話，我倒是可以牽個線搭個橋，讓伯母和那位姨娘見個面……」

李姨娘比丁月眉雖然遜色一些，但也是難得一見的美人兒，秦懷勇長得和李姨娘有七成相似，長得豈止是相貌堂堂；只是人不可貌相，一副好皮囊可不見得就有好人品罷了。

董瑤琳滿臉通紅，是羞的也是激動的，她連連點頭，卻連話都說不出來了……

——未完，待續，請看文創風185《貴妻》5完集篇

文創風 158-164

神醫病殃殃

全套七冊

愛恨嗔癡慾，信手拈來／雨久花

面容沈靜、說話輕緩，這個女人不復他記憶裡的蠻橫，
若非親眼所見，他幾乎要懷疑妻子被人掉包了！
而他明明是要前來跟她談和離的，卻遲遲開不了口啊……

她是不得已娶回來的妻子，他本就不愛她，
倘若婚後她能安分守己地當她的元配夫人也就罷了，
偏偏她性子刁蠻，且動不動就撒潑上吊，誰受得住？
因此他一怒之下將她趕去祖宅住，彼此多年不曾相見，
萬萬沒料到，再次見面，她整個人竟像脫胎換骨一般！
他不知道她竟有一身好醫術，她說，是久病成良醫；
他發現她屋子裡有小孩出沒，她說，是一名寡婦的。
嗯，他合理懷疑，她八成是有些事「忘記」告訴他了……

文創風
184

貴妻 4

國家圖書館出版品預行編目資料

貴妻 / 油燈著. --
初版. -- 臺北市 : 狗屋, 民103.05
冊 ; 公分. --（文創風）
ISBN 978-986-328-293-8（第4冊：平裝）. --

857.7 103006731

著作者 油燈
編輯 張蕙芸
校對 沈毓萍 陳盈君
發行所 狗屋出版社有限公司
地址 台北市104中山區龍江路71巷15號1樓
電話 02-2776-5889～0
發行字號 局版台業字845號
法律顧問 蕭雄淋律師
總經銷 知遠文化事業有限公司
電話 02-2664-8800
初版 103年5月
國際書碼 ISBN-13 978-986-328-293-8
原著書名 《拾娘》，由起點女生網〈http://www.qdmm.com/〉授權出版

定價250元
狗屋劃撥帳號：19001626
網址：love.doghouse.com.tw E-mail：love@doghouse.com.tw